SV

Milton Hatoum
Zwei Brüder

Roman

*Aus dem brasilianischen
Portugiesisch
von Karin
von Schweder-Schreiner*

Suhrkamp

Die Originalausgabe erschien 2000 unter dem Titel
Dois irmãos
bei Companhia das Letras, São Paulo
© Milton Hatoum, 2000

Die Übersetzung aus dem brasilianischen Portugiesisch
wurde mit Mitteln des Auswärtigen Amtes unterstützt
durch die Gesellschaft zur Förderung der Literatur
aus Afrika, Asien und Lateinamerika e. V.

© der deutschen Ausgabe Suhrkamp Verlag
Frankfurt am Main 2002
Alle Rechte vorbehalten,
insbesondere das des öffentlichen Vortrags
sowie der Übertragung durch Rundfunk und Fernsehen,
auch einzelner Teile.
Kein Teil des Werks darf in irgendeiner Form
(durch Fotografie, Mikrofilm oder andere Verfahren)
ohne schriftliche Genehmigung des Verlages
reproduziert oder unter Verwendung elektronischer Systeme
verarbeitet, vervielfältigt oder verbreitet werden.
Satz: TypoForum GmbH, Nassau
Druck: fgb · freiburger graphische betriebe
Printed in Germany
Erste Auflage 2002

1 2 3 4 5 6 – 07 06 05 04 03 02

Zwei Brüder

Für Ruth

Das Haus wurde verkauft mitsamt allen Erinnerungen
Allen Möbeln allen Alpträumen
Allen schon oder fast begangenen Sünden
Das Haus wurde verkauft mitsamt seinem Türenschlagen
Seinen zugigen Fluren seinem Blick auf die Welt
Seinen Unwägbarkeiten […]

                        Carlos Drummond de Andrade

Zana mußte alles aufgeben: das Hafenviertel von Manaus, die von uralten Mangobäumen überschattete abschüssige Straße, den Ort, der für ihr Leben fast so viel bedeutete wie das Biblos ihrer Kindheit, die kleine Stadt im Libanon, von der sie laut sprach, während sie durch die verstaubten Räume ging und schließlich durch den Garten streifte, wo die Krone des alten Kautschukbaums die seit mehr als einem halben Jahrhundert kultivierten Palmen und Obstbäume überragte.

Bei der Veranda mischte sich in den Duft der weißen Lilien der Geruch ihres Jüngsten. Da setzte sie sich auf die Erde, betete und wünschte sich weinend, Omar käme zurück. Bevor sie das Haus endgültig verließ, sah sie in den Alpträumen der letzten Nächte die Gestalten ihres Vaters und ihres Mannes, dann spürte sie beider Gegenwart in dem Raum, in dem sie geschlafen hatten. Tagsüber hörte ich sie immer wieder von diesem Alptraum sprechen, »Sie sind hier irgendwo, mein Vater und Halim haben mich besucht... sie sind hier im Haus«, und wehe dem, der mit einem Wort, einem Blick, einer Geste daran Zweifel äußerte. Sie sah das graue Sofa im Wohnzimmer vor sich, wo Halim von der Wasserpfeife abließ, um sie, Zana, in die Arme zu nehmen, erinnerte sich an die Stimme des Vaters, wenn er in Manaus Harbour mit Bootsführern und Fischern schwatzte, und auf der Veranda erinnerte sie sich an Omars rote Hängematte, seinen Geruch, daran, wie sie ihn selbst immer in der Hängematte entkleidete, wenn er nach seinen nächtlichen Ausschweifungen dort landete. »Ich weiß, irgendwann kommt er zurück«, sagte Zana zu mir, ohne mich anzusehen, vielleicht nahm sie mich gar nicht wahr, ihr einstmals so schönes Gesicht nun düster, vergrämt. Denselben Satz hörte ich wie ein Gebet gemurmelt an dem Tag, als sie in dem leerstehenden Haus verschwand. Ich suchte überall nach ihr und fand sie erst bei Einbruch der Dunkelheit, auf Laub und trockenen Palmwedeln liegend, der eingegipste Arm schmutzig, voller Vogeldreck, das Gesicht verquollen, Rock und Unterrock von Urin durchtränkt.

Ich habe sie nicht sterben sehen, ich wollte sie nicht sterben sehen. Doch erfuhr ich, daß sie ein paar Tage vor ihrem Tod, als sie in einem Krankenhausbett lag, den Kopf anhob und auf arabisch, damit nur ihre Tochter und die fast hundertjährige Freundin es verstanden, fragte: »Haben meine Söhne Frieden geschlossen?« Sie wiederholte die Frage mit letzter Kraft, mit der Courage, die eine verzweifelte Mutter in der Stunde des Todes aufbringt.

Niemand antwortete. Da wich die Farbe aus Zanas fast faltenlosem Gesicht; sie drehte noch den Kopf zur Seite, zu dem einzigen kleinen Fenster in der grauen Wand hin, hinter dem ein Fleckchen Abendhimmel verlosch.

1

Als Yaqub aus dem Libanon zurückkam, holte der Vater ihn in Rio de Janeiro ab. Am Kai vor der Praça Mauá standen dicht gedrängt Angehörige der Soldaten und Offiziere, die aus Italien heimkehrten. Brasilianische Fahnen schmückten Balkone und Fenster der Häuser, Raketen zischten gen Himmel, und wohin der Vater auch blickte, überall Siegeszeichen. Er erkannte seinen Sohn auf dem Fallreep des soeben aus Marseille eingelaufenen Schiffes. Er war nun kein Kind mehr, sondern ein junger Mann, der fünf seiner achtzehn Jahre im Südlibanon verbracht hatte. Nur sein Gang war unverändert: schnelle, feste Schritte, die ihm ein gewisses Gleichgewicht gaben und eine im Gang des anderen, seines Bruders Omar, undenkbare Straffheit.

Yaqub hatte sich um einige Handbreit gestreckt. Und während er sich dem Kai näherte, verglich der Vater die Gestalt seines gerade angekommenen Sohnes mit dem Bild, das er sich in den Jahren der Trennung gemacht hatte. Yaqub trug einen grauen, abgewetzten Segeltuchbeutel, und unter der grünen Mütze beobachteten seine großen Augen die Rufe und Tränen der Soldaten des Brasilianischen Expeditionskorps.

Halim winkte mit beiden Händen, doch es dauerte, bis der Sohn den weiß gekleideten Mann, ein wenig kleiner als er, erkannte. Er hatte das Gesicht des Vaters, die Augen des Vaters, den ganzen Vater schon fast vergessen. Besorgt trat Halim auf den jungen Mann zu, sie sahen sich an, und er, der Sohn, fragte: »*Baba*?« Und dann die vier Küsse auf die Wange, die lange Umarmung, die Begrüßung auf arabisch. Arm in Arm verließen sie den Kai und gingen zum Platz Cinelândia. Der Sohn sprach von der Reise, und der Vater beklagte die Not in Manaus, die Not und den Hunger während der Kriegsjahre. Auf dem Platz setzten sie sich an einen Cafétisch, und im Lärm der Umgebung öffnete Yaqub den Beutel und holte ein Päckchen heraus, und der Vater sah verschimmelte Brote und eine Schachtel mit getrockneten Feigen. Nur das hatte er aus dem Libanon mitgebracht? Keinen Brief? Kein Geschenk? Nein, sonst befand sich nichts weiter im Beutel, keine Wäsche und kein Geschenk, nichts! Da erklärte Yaqub auf arabisch, daß der Onkel, der Bruder des Vaters, ihn nicht nach Brasilien hatte zurückkehren lassen wollen.

Er verstummte. Halim senkte den Kopf, überlegte, ob er vom anderen Sohn sprechen solle, zögerte. Sagte: »Deine Mutter...«, und verstummte ebenfalls. Er sah, wie sich Yaqubs Gesicht verzog, sah, wie der Sohn erregt aufstand, die Hose runterließ und mitten auf dem Platz Cinelândia an die Wand des Lokals pinkelte. Er pinkelte mehrere Minuten lang, nun mit entspanntem Gesicht, unbeeindruckt vom Gelächter der Passanten. Halim rief noch, »Nein, das darfst du nicht...«, aber der Sohn verstand nicht oder gab vor, nicht zu verstehen.

Halim mußte die Schmach schlucken. Diese und noch viele andere, ihm angetan von Yaqub und auch dem zweiten Sohn, Omar, dem jüngeren Zwilling, der ein paar Minuten später geboren war. Mehr Sorgen aber hatte Halim die Trennung der Zwillinge bereitet, »denn man weiß nie, wie sie nachher reagieren...« Er hatte sich immer Gedanken über das Wiedersehen der Söhne gemacht, darüber, wie sie nach der langen Trennung miteinander umgehen würden. Seit Yaqub abgereist war, hatte Zana ständig gesagt: »Mein Sohn wird als Tölpel zurückkommen, als ein Hirte, ein *ra'i*. Er wird sein Portugiesisch vergessen und keinen Fuß in eine Schule setzen, weil es im Dorf deiner Familie keine Schule gibt.«

Das war ein Jahr vor dem Zweiten Weltkrieg, als die Zwillinge dreizehn geworden waren. Halim wollte beide in den Südlibanon schicken. Zana widersetzte sich und konnte ihren Mann überreden, nur Yaqub zu schicken. Jahrelang wurde Omar wie ein Einzelkind behandelt, der einzige Sohn.

Im Zentrum von Rio kaufte Halim Kleidung und ein Paar Schuhe für Yaqub. Auf der Rückreise nach Manaus hielt er ihm eine lange Predigt über gute Manieren: daß man nicht auf der Straße pinkelt, nicht wie ein Tapir schlingt und auch nicht auf den Boden spuckt, und Yaqub sagte, ja, *Baba*, den Kopf gesenkt, übergab sich, wenn die zweimotorige Maschine ruckelte, hohle Augen im blassen Gesicht, jedesmal in Panik, wenn das Flugzeug bei den sechs Stops zwischen Rio de Janeiro und Manaus landete oder abhob.

Zana erwartete sie auf dem Flughafen seit dem frühen Nachmittag. Sie hatte den grünen Landrover geparkt, war auf die Terrasse gegangen und blickte nach Osten. Als die silberne zweimotorige Maschine sich dem Kopfende der Landebahn näherte, lief sie hinunter, durchquerte den Warteraum, bestach einen Angestellten, marschierte erhobenen Hauptes zum Flugzeug, stieg die Treppe hinauf und stürmte in die Kabine. Sie hatte einen Strauß Heliconien mitgebracht und ließ ihn fallen, als sie den noch schreckensbleichen Sohn mit den Worten umarmte, »Mein Liebling, mein Augenlicht, mein Leben«, Tränen liefen ihr über die Wangen, »Warum warst du so lange fort? Was haben sie mit dir gemacht?«, ihn unter den fassungslosen Blicken von Besatzung und Passagieren auf das Gesicht, den Hals, den Kopf küßte, bis Halim sagte: »Schluß! Jetzt steigen wir aus, Yaqub hat sich die ganze Zeit übergeben, fast hätte er sich die Eingeweide aus dem Leib gespuckt.« Aber sie hörte mit ihren Liebkosungen nicht auf, verließ das Flugzeug an den Sohn geklammert, stieg so die Treppe hinunter und ging so bis zum Ankunftsraum, strahlend und selbstbewußt, als hätte sie endlich einen Teil ihres eigenen Lebens zurückerobert: den Zwilling, der dank Halims Laune oder

Starrsinn weggegangen war. Und aus irgendeinem unbegreiflichen Grund hatte sie es zugelassen, vielleicht aus Unvernunft, leidenschaftlicher Liebe oder blinder, unbezwingbarer Ergebenheit, vielleicht war es auch alles zusammen, nur hatte sie es nicht benennen wollen oder nie gekonnt.

Jetzt war er wieder da: ein junger Mann, so hochgewachsen und hübsch wie ihr anderer Sohn, Omar. Sie hatten das gleiche kantige Gesicht, die gleichen großen braunen Augen, das gleiche schwarze, lockige Haar, genau die gleiche Größe. Wenn Yaqub lachte, seufzte er anschließend, genau wie der andere. Die Trennung hatte bestimmte gemeinsame Ticks und Angewohnheiten nicht verschwinden lassen, doch hatte Yaqub in der Ferne manche portugiesischen Wörter vergessen. Er sprach wenig, gab nur einsilbige Antworten oder kurze Sätze von sich; schwieg, wenn er konnte, und gelegentlich auch, wenn es nicht angebracht war.

Zana merkte es gleich. Sie sah ihren Sohn lächeln, seufzen und das Sprechen meiden, als umgäbe ihn eine lähmende Stille.

Auf dem Weg vom Flughafen zum Haus erkannte Yaqub ein Stück seiner Kindheit in Manaus wieder, bewegt betrachtete er die bunten Boote an den Ufern der *igarapés*, der Flußarme, auf denen er mit dem Bruder und dem Vater in einem palmstrohüberdachten Kanu umhergefahren war. Yaqub sah den Vater an und stammelte nur wirre Laute.

»Was ist los?« fragte Zana. »Haben sie dir die Zunge rausgerissen?«

»*La*, nein, Mama«, sagte er, ohne den Blick von dem Szenarium seiner Kindheit zu lösen, die so abrupt und viel zu früh beendet worden war.

Die Boote, das Laufen kreuz und quer über den Strand, wenn der Fluß Niedrigwasser führte, die Fahrten nach Careiro auf der anderen Seite vom Rio Negro, von wo sie mit Körben voller Obst und Fisch zurückkehrten. Sein Bruder und er stürmten ins Haus, rannten durch den Garten, jagten mit der Zwille Eidechsen. Wenn es regnete, kletterten sie in den Kautschukbaum im Garten, und Omar kletterte höher, wagte sich weit hinauf, lachte seinen Bruder aus, der sich, im Laub verborgen, auf halber Höhe des Baums, zitternd vor Angst, er könne das Gleichgewicht verlieren, an den dicksten Ast klammerte. Omar rief: »Von hier oben kann ich alles sehen, komm rauf.« Yaqub rührte sich nicht, schaute erst gar nicht hinauf – vorsichtig kletterte er hinunter und wartete auf seinen Bruder, immer wartete er auf ihn, er wollte nicht allein ausgeschimpft werden. Er haßte Zanas Schelte, wenn sie vormittags bei strömendem Regen weggelaufen waren und Omar, nur in Shorts, schlammverdreckt, in den *igarapé* beim Gefängnis sprang. Da konnten sie die Hände der Häftlinge und ihre Silhouetten sehen, und er hörte den Bruder höhnen und spotten, wußte aber nicht recht, wen er verhöhnte, ob die Häftlinge oder die Kinder, die bei den Pfahlhütten ihren Müttern, Tanten oder Großmüttern halfen, die Wäsche von einem Drahtgewirr an den Pfosten abzunehmen.

Nein, er hatte nicht die Energie, mit seinem Bruder mitzuhalten. Und auch nicht den Mut. Er war wütend, auf sich und den anderen, wenn er Omars Arm um den Hals eines Jungen aus der Armensiedlung hinter ihrem Haus sah. Er war wütend über die eigene Ohnmacht und zitterte vor Feigheit und Angst, wenn Omar sich mit drei oder vier stämmigen Bengeln anlegte, ihrer Belagerung und ihren Hieben standhielt und es ihnen wütend und fluchend zurückgab. Yaqub versteckte sich, konnte aber nicht umhin, den Mut des Bruders zu bewundern. Er wollte wie Omar kämpfen, wollte auch Schwellungen im Gesicht spüren, den Geschmack von Blut im Mund, das Brennen von aufgeplatzten Lippen, von Stirn und Kopf voller Beulen; er wollte barfuß laufen, ohne Angst, sich auf der von der glühenden Nachmittagssonne heißen Asphaltstraße die Füße zu verbrennen, und hochspringen, um nach der Schnur oder dem Schwanz eines Drachens zu greifen, der langsam kreisend frei umhertrieb. Omar nahm Anlauf, sprang, drehte sich in der Luft wie ein Akrobat und landete, einen Kriegsschrei ausstoßend, die aufgerissenen Hände vorgestreckt, auf den Füßen. Yaqub wich zurück, wenn er die blutigen Hände seines Bruders sah, verletzt von der Mischung aus Kleber und Glassplittern an der Drachenschnur.

Yaqub war nicht so ein Akrobat, er beschmierte sich nicht die Hände an Drachenschnüren, aber gern tanzte und tollte er auf den Karnevalsfesten in Sultana Benemous Villa, wo Omar auch zum Fest der Erwachsenen blieb und mit ihnen die Nacht durchmachte. Sie waren dreizehn Jahre alt, und für Yaqub war es, als hätte seine Kindheit beim letzten Ball in der Benemou-Villa geendet. Wie fern war jener Abend! Zwei Monate später mußte er sich von den Eltern, dem Land und diesem Panorama trennen, dessen Anblick nun, als er auf dem Vordersitz des Landrovers saß, seine Miene wieder aufhellte.

Das Fest für die Jugend hatte vor Einbruch der Dunkelheit begonnen. Um zehn Uhr betraten die Erwachsenen kostümiert den Salon der Villa, sangen, tanzten und scheuchten das junge Gemüse hinaus. Yaqub wollte bis Mitternacht bleiben, denn eine Nichte der Reinosos, blondhaarig und hochgewachsen, sollte auch bis in den Aschermittwochmorgen feiern. Es war Lívias erster Abend auf dem Fest der Erwachsenen, der erste Abend, an dem er, Yaqub, sie mit geschminkten Lippen sah, die Augen mit schwarzem Lidstrich umrandet, das Haar mit Pailletten bestreut, so daß ihre gebräunten Schultern glitzerten. Er wollte bleiben, um mit ihr im Arm zu tanzen, wollte sich fast so erwachsen fühlen wie sie. Gerade machte er Anstalten, zu Lívia zu gehen, da befahl Zanas Stimme: »Bring deine Schwester nach Hause. Danach kannst du wiederkommen.« Yaqub gehorchte. Er begleitete Rânia in ihr Zimmer, wartete, bis sie schlief, und lief zur Villa der Benemous zurück. Der Raum brodelte von Karnevalisten, und zwischen all den Farben und Masken sah er das glitzernde Haar und die geschminkten Lippen, und im nächsten Augenblick überkam ihn ein Zittern, denn er sah das gleiche Haar und Gesicht wie sein eigenes dicht an dem bewunderten Gesicht.

Lívia und sein Bruder tanzten in einer Ecke des Raums. Sie tanzten ruhig, eng umschlungen, bewegten sich in einem ganz eigenen Rhythmus, der nichts Karnevaleskes hatte. Wenn die anderen Tänzer sie anstießen, berührten sich ihre Wangen, und dann, ja dann gaben sie lautes Karnevalsgelächter von sich. Yaqubs Stimmung wurde finster. Er hatte nicht den Mut, Lívia anzusprechen. Er fand das Fest scheußlich, »die Musik an dem Abend, die Maskierten waren scheußlich, die ganze Nacht war scheußlich«, sagte Yaqub am Nachmittag des Aschermittwochs zu Domingas. Es wurde eine schlaflose Nacht. Er stellte sich schlafend, als der Bruder frühmorgens in sein Zimmer kam, als die Klänge der Karnevalslieder und das Geschrei der Betrunkenen durch Manaus hallten. Mit geschlossenen Augen spürte er den Geruch von Rauschspray und Schweiß, den Geruch von zwei umschlungenen Körpern, und er spürte, daß der Bruder auf dem Fußboden saß und ihn ansah. Yaqub lag still da, verzagt, besiegt. Er merkte, wie der Bruder langsam aus dem Zimmer ging, Haar und Hemd voller Konfetti und Luftschlangen, auf dem Gesicht ein zufriedenes Grinsen.

Es war sein letzter Karneval. Das heißt, das letzte Mal, daß er den Bruder nach einer durchgemachten Nacht nach Hause kommen sah. Er verstand nicht, warum Zana mit Omar nicht zankte, und hatte nie begriffen, warum zwei Monate später er und nicht der Bruder in den Libanon reiste.

Nun fuhren sie mit dem Landrover um die Praça Nossa

Senhora dos Remédios herum, näherten sich dem Haus, und er wollte nicht an den Tag seiner Abreise zurückdenken. Allein, in Obhut einer befreundeten Familie, die in den Libanon fuhr. Ja, warum er und nicht Omar, fragte er sich, und da waren die Mangobäume und Oitizeiros, die ihren Schatten auf den Fußweg warfen, und diese riesigen Wolken, regungslos, wie auf bläulichen Grund gemalt, der Geruch der Straße seiner Kindheit, der Gärten, der Feuchtigkeit am Amazonas, der Anblick der in den Fenstern lehnenden Nachbarn und die Mutter, die ihn im Nacken streichelte, die weiche Stimme, die zu ihm sagte: »Wir sind da, mein Schatz, zu Hause...«

Zana stieg aus dem Jeep und suchte vergeblich nach Omar. Rânia wartete auf der Veranda, hübschgemacht und parfümiert.

»Ist er da? Ist mein Bruder da?« Sie lief zur Tür und erblickte einen schüchternen jungen Mann, größer als der Vater, er hielt den abgewetzten Beutel in der Hand und sah sie an, sah sie zum ersten Mal als junge Frau und nicht mehr als das dünne Mädchen, das er am Kai in Manaus Harbour umarmt hatte. Er wußte nicht, was er sagen sollte – er ließ den Beutel fallen und breitete die Arme aus, um den schlanken Körper zu umfangen, in stolzer Haltung gestreckt, das Kinn leicht angehoben, wodurch sie selbstbewußt wirkte und vielleicht abweisend oder reserviert. Rânia war vom Anblick des Bruders wie hypnotisiert: ein fast perfektes Double des anderen und doch nicht er. Sie betrachtete ihn, versuchte etwas zu finden, das ihn von Omar unterschied. Sie sah ihn aus der Nähe an, ganz von nahem, aus verschiedenen Blickwinkeln, und stellte fest, daß der größte Unterschied in der Schweigsamkeit des soeben eingetroffenen Bruders lag. Doch dann hörte sie den Bruder mit nun tieferer Stimme fragen, »Wo ist Domingas?«, und sah, wie er in den Garten ging und die Frau umarmte, die ihn dort erwartete. Sie traten in das kleine Zimmer, in dem Domingas mit Yaqub gespielt hatte. Er betrachtete seine Kinderzeichnungen an der Wand – die kleinen und großen Häuser, die bunten Brücken –, und er sah den Stift seiner ersten Schreibversuche und das angegilbte Heft, die Domingas aufbewahrt hatte und ihm nun überreichte, als wäre sie seine Mutter und nicht das Hausmädchen.

Yaqub streifte eine Weile durch den Garten, dann ging er durch alle Räume, erkannte die Möbel und Gegenstände wieder, mußte schlucken, als er allein das Zimmer betrat, in dem er früher geschlafen hatte. An der Wand sah er eine Fotografie: sein Bruder und er auf einem Baumstamm sitzend, der quer über einem *igarapé* lag; beide lachten: Omar herausfordernd, die Arme ausgestreckt; Yaqub verhalten lächelnd, die Hände um den Baumstamm geklammert und ängstlich auf das dunkle Wasser starrend. Von wann stammte dieses Foto? Es war kurz vor oder vielleicht kurz nach dem letzten Karnevalsfest in der Benemou-Villa aufgenommen worden. Im Hintergrund des Bildes, am Ufer des Flußarmes, die Nachbarn, ihre Gesichter auf dem Foto so verschwommen wie in Yaqubs Erinnerung. Auf dem Schreibtisch entdeckte er ein weiteres Foto: der Bruder auf einem Fahrrad sitzend, die Schirmmütze schräg auf dem Kopf, die Schuhe blank poliert, um das Handgelenk eine Uhr. Yaqub trat vor, betrachtete die Fotografie aus der Nähe, um die Gesichtszüge des Bruders, den Blick des Bruders genauer zu erkennen, und zuckte zusammen, als er eine Stimme hörte: »Omar kommt am frühen Abend, er hat versprochen, mit uns zu essen.«

Es war Zanas Stimme; sie war Yaqub gefolgt und wollte ihm das Laken und die Kissenbezüge zeigen, auf die sie seinen Namen gestickt hatte. Seit sie wußte, daß er zurückkam, hatte sie täglich gesagt: »Mein Junge wird auf meinen Buchstaben, auf meiner Schrift schlafen.« Das sagte sie in Gegenwart von Omar, und dieser fragte eifersüchtig: »Wann kommt er? Warum ist er so lange im Libanon geblieben?« Zana antwortete nicht, vielleicht, weil auch ihr unbegreiflich war, daß Yaqub so viele Jahre fern von ihr verbracht hatte.

Sie hatte Yaqubs Zimmer mit einem Schaukelstuhl, einem Mahagonikleiderschrank und einem Bücherregal eingerichtet, darauf achtzehn Bände einer Enzyklopädie, die Halim einem pensionierten Verwaltungsrat abgekauft hatte. Ein Topf mit Kaladien zierte eine Zimmerecke neben dem zur Straße geöffneten Fenster.

Auf die Fensterbrüstung gestützt, betrachtete Yaqub die Passanten, die auf der Straße zur Praça dos Remédios hinaufgingen. Dort waren kleine Fuhrwerke unterwegs, hier und da ein Auto, Waffelverkäufer schlugen an ihre Eisentriangel; auf dem Gehsteig warteten Stühle im Halbkreis auf die Anwohner zum abendlichen Schwatz; Kerzen in den Fenstern würden abends Licht spenden, wenn die Stadt ohne Strom war. So war es während der Kriegsjahre gewesen: Manaus im Dunkeln, die Bevölkerung drängte sich vor den Schlachtern und Lebensmittelgeschäften, um ein Stück Fleisch, eine Packung Reis, Bohnen, Salz oder Kaffee zu ergattern. Der Strom war rationiert, und ein Ei war Gold wert. Zana und Domingas standen frühmorgens auf, das Hausmädchen wartete auf den Holzkohlemann, die Hausherrin ging zur Markthalle Adolpho Lisboa, anschließend bügelten die beiden, kneteten den Brotteig, kochten. Wenn er Glück hatte, konnte Halim Weizenmehl und Fleisch in Dosen erstehen, von den Amerikanern per Flugzeug nach Amazonien gebracht. Mitunter tauschte er Ladenhüter – fadenscheinigen Batist oder Musselin, angestaubte Spitze und dergleichen – gegen Lebensmittel ein.

Um den Tisch versammelt, unterhielten sie sich: über die Kriegsjahre, die Elendslager in den Randvierteln von Manaus, wo sich ehemalige Gummizapfer drängten. Yaqub hörte schweigend zu, trommelte mit den Fingern auf die Holzplatte, nickte zustimmend, froh, daß er die Wörter, die Sätze verstand, die Geschichten, die Vater und Mutter erzählten, und ab und zu eine Bemerkung von Rânia. Yaqub verstand. Die Wörter, die Syntax, die Melodie der Sprache, alles schien wiederzukommen. Er trank, aß und hörte aufmerksam zu; er gab sich der Versöhnung mit der Familie hin, doch fehlten ihm manche portugiesischen Wörter. Das merkte er, als die Nachbarn kamen, um ihn zu sehen. Yaqub wurde von Sultana, von Talib und seinen zwei Töchtern, von Estelita Reinoso geküßt. Jemand sagte, er sei reservierter als sein Bruder. Zana widersprach: »Ach was, sie sind sich gleich, das sind Zwillinge, mit dem gleichen Körper und der gleichen Seele.« Er lächelte, und in dieser Situation war sein Zögern, weil er die Sprache halb vergessen und Angst hatte, eine Dummheit zu sagen, reine Vorsicht. Er packte die Geschenke aus, betrachtete die schönen Kleidungsstücke, den Ledergürtel, das Portemonnaie mit seinen silbernen Initialen. Drehte das Portemonnaie hin und her und steckte es in die Tasche der Hose, die Halim ihm in Rio gekauft hatte.

»Der Ärmste! *Ya haram ash-shum!*« jammerte Zana. »Sie haben meinen Sohn da in dem Dorf verkommen lassen.«

Sie sah ihren Mann an:

»Ich kann mir vorstellen, wie er in Rio angekommen ist. Wißt ihr, was er als Gepäck dabei hatte? Einen alten, stinkenden Beutel! Ist das nicht schrecklich?«

»Laß uns das Thema wechseln«, bat Halim. »Beutel und alte Wäsche, so was vergißt man.«

Sie wechselten das Thema und auch den Gesichtsausdruck: Zanas Miene leuchtete auf, als sie einen langen Pfiff hörte – eine Losung, das Zeichen, daß der andere Sohn nach Hause kam. Es war fast Mitternacht, als Omar das Wohnzimmer betrat. Er trug eine weiße Leinenhose und ein blaues Hemd, auf der Brust und unter den Achseln schweißnaß. Omar ging auf die Mutter zu, breitete die Arme vor ihr aus, als wäre er der heimgekehrte Sohn, und sie begrüßte ihn so überschwenglich, als wäre es ein Abend zu seinen und nicht zu Yaqubs Ehren. So verharrten sie vor Halims und Yaqubs Augen, Zanas Arme um Omars Hals geschlungen, in einem komplizenhaften Einvernehmen.

»Danke für das Fest«, sagte Omar. »Ist noch Essen für mich da?«

»Mein Omar macht gern Spaß«, sagte Zana, um Ausgleich bemüht. »Yaqub, komm her, komm deinen Bruder umarmen.«

Die beiden sahen sich an. Yaqub ergriff die Initiative, erhob sich, lächelte widerstrebend, und die Narbe auf der linken Wange verzerrte seinen Gesichtsausdruck. Sie umarmten sich nicht. In Yaqubs lockigem Haar hob sich eine kleine graue Strähne ab, von Geburt an, doch was sie wirklich unterschied, war die blasse, halbmondförmige Narbe auf Yaqubs linker Wange. Die Brüder sahen sich an. Yaqub trat einen Schritt vor, Halim lenkte ab, sprach von der anstrengenden Reise, den Jahren der Trennung, aber von nun an würde das Leben besser. Nach einem Krieg wird alles besser.

Talib stimmte zu, Sultana und Estelita schlugen vor, auf das Ende des Krieges und Yaqubs Heimkehr anzustoßen. Keiner der beiden stieß mit an – das Klirren der Gläser und die verhaltene Euphorie wirkten auf die Zwillinge nicht ermunternd. Yaqub streckte die rechte Hand aus und begrüßte den Bruder. Sie sagten kaum ein Wort, und das war um so verwunderlicher, als sie nebeneinander wie ein und dieselbe Person aussahen.

Die Geschichte von der Narbe auf Yaqubs Wange hat Domingas mir erzählt. Sie glaubte, eine blöde Eifersüchtelei sei der Grund für die Attacke gewesen. Sie beobachtete immer, was die Zwillinge taten, belauschte Gespräche, belauerte alle in ihrem Privatleben. Domingas konnte sich diese Freiheit herausnehmen, denn von ihr hing ab, daß die Familie zu essen bekam und das Haus blitzte.

Auch meine Geschichte hängt von ihr, Domingas, ab.

Es war ein bewölkter Samstagnachmittag, kurz nach dem Karneval. Die Kinder aus der Straße machten sich fein, um den Nachmittag bei den Reinosos zu verbringen, zu denen ein Wanderkino kommen sollte. An jedem letzten Samstag des Monats sagte Estelita den Müttern in der Nachbarschaft Bescheid, in ihrem Haus werde es eine Kinovorführung geben. Das war immer ein großes Ereignis. Die Kinder aßen früh zu Mittag, zogen ihre besten Kleider an und gingen los, von den Bildern träumend, die sie auf Estelitas weißer Kellerwand zu sehen bekommen würden.

Yaqub und Omar trugen Leinenanzüge und Fliegen; sie sahen vollkommen gleich aus, die gleiche Frisur und die Kleidung mit dem gleichen Duft von Pará-Essenzen besprüht. Domingas, an jedem Arm einen, hatte sich auch hübsch gemacht, um die Zwillinge zu begleiten. Omar riß sich los, lief voran, küßte als erster Estelita auf die Wange und überreichte ihr einen Blumenstrauß. Im Wohnzimmer unterhielten sich Zahia und Nahda Talib mit Lívia, dem großen blonden Mädchen, einer Nichte der Reinosos; zwei Jungen aus einer Familie, die in dem Viertel Seringal Mirim wohnte, servierten den Gästen Guaraná und Paranußkekse. Alle sehnten den Filmvorführer herbei, aber die Minuten vergingen viel zu langsam, denn sie warteten ungeduldig darauf, Bilder auf der weißen Kellerwand zu sehen, Bilder einer Abenteuer- oder Liebesgeschichte, die den Samstagnachmittag zum schönsten aller Nachmittage machte. Da zog sich der Himmel mit schweren, tief hängenden Wolken zu, und Abelardo Reinoso beschloß, den Generator anzustellen. Dann wurde im hell erleuchteten Wohnzimmer ein Bataillon kleiner Soldaten auf dem Tisch aufgebaut, und Briefmarken aus anderen Ländern mit winzigen Vignetten von Landschaften, Gesichtern und fernen Fahnen gingen von Hand zu Hand. Das blonde junge Mädchen bewunderte eine seltene Briefmarke, und ihre Arme streiften die Arme der Zwillinge. Sie strich mit dem Zeigefinger über die Briefmarke, die anderen Jungen amüsierten sich mit dem grünen Bataillon, aber sie fühlte sich anscheinend von dem Duft angezogen, der von den Zwillingen ausging. Lívia lächelte den einen an, dann den anderen, und dieses Mal wurde Omar eifersüchtig, sagte Domingas. Omar machte ein böses Gesicht, nahm die Fliege ab, knöpfte den Kragen auf und schob die Hemdsärmel hoch. Er schnaufte, gab sich Mühe, höflich zu sein. Er stotterte: »Wollen wir einmal durch den Garten gehen?«, und sie, noch immer auf die Briefmarke schauend, sagte: »Aber es gibt Regen, Omar. Hör nur, wie es donnert.« Dann nahm sie eine Briefmarke aus dem Album und schenkte sie Yaqub. Das erboste Omar, sagte Domingas; und erbost sah er, wie die Finger des Bruders mit Lívias Fingern spielten. Sie verstellte sich nicht, sie war ein kesses Mädchen, das ungekünstelt lächelte und die Zwillinge und alle Jungen aus der Nachbarschaft anlockte, wenn sie in den Mangobaum kletterte; rund um den Stamm reckte eine Horde Bengel den Kopf und folgte mit den Blicken den Wellenbewegungen ihrer roten Shorts. Aber die Zwillinge mochte sie wirklich; sie warf beiden kokette Blicke zu, und gelegentlich sah sie gedankenverloren Yaqub an, als hätte er etwas, das der andere nicht hatte. Merkte der ein wenig schüchterne Yaqub das? Omar glaubte, nach dem Fest bei den Benemous würde Lívia bei ihm anbeißen und mit ihm in die Nachmittagsvorstellungen des Guarany und des Odeon gehen. Er hatte ihr schon versprochen, den Landrover der Eltern zu stibitzen und mit ihr eine Fahrt zu den Wasserfällen von Tarumã zu machen. Zana ahnte etwas, sie durchkreuzte Omars hochfliegende Pläne und versteckte die Autoschlüssel. Sie spielten mit den Fingern, und Omar hatte sich schon zurückgezogen, da traf der Filmvorführer ein. Mit Projektor und Filmrolle in seiner Ledertasche. Er war ein hochgewachsener, ruhiger Mann, das schmale Gesicht von einem mächtigen Schnurrbart unterteilt: »Kinder, jetzt kommt der große Spaß, ihr werdet einen Traum erleben!«

Briefmarken, Soldaten und Kanonen waren vergessen. Die *chorinho*-Musik vom Plattenspieler verstummte. Eine alte Uhr schlug viermal. Gerenne über die Holztreppe brachte das Haus zum Beben, und binnen kurzem war der Keller von Geschrei erfüllt, es gab Gerangel um die Stühle in der ersten Reihe. Yaqub hielt einen Platz für Lívia frei, Omar quittierte es mit mißbilligendem Blick. Aus der Dunkelheit tauchten Bilder in Schwarzweiß auf, das monotone Summen des Projektors unterstrich noch die nachmittägliche Stille. Domingas verabschiedete sich von den Reinosos. Der Zauber im dunklen Keller währte zwanzig Minuten. Dann fiel der Generator aus, die Bilder erloschen, jemand öffnete ein Fenster, und die Zuschauer sahen Lívias Lippen auf Yaqubs Wange gedrückt. Stühle wurden umgeworfen, eine Flasche zerschlagen, und Omar schlug wütend, blitzschnell, treffsicher zu. Sekundenlange Stille. Und dann Lívias panischer Schrei beim Anblick von Yaqubs zerschnittener Wange. Die Reinosos kamen die Treppe herunter, Abelardos Stimme übertönte die Aufregung. Omar lehnte keuchend an der weißen Wand, den dunklen Glasscherben in der Hand, den brennenden Blick auf die blutige Wange des Bruders gerichtet.

Estelita nahm den Verwundeten mit nach oben und rief einen der Servierjungen: »Lauf zu Zanas Haus und hol Domingas, sag aber nicht, was passiert ist.«

Die Wunde breitete sich schon in Yaqubs Körper aus. Die Wunde, der Schmerz und ein Gefühl, das er nicht zeigte und vielleicht auch selbst nicht verstand. Sie sprachen nicht wieder miteinander. Zana machte Halim Vorwürfe, er habe in der Erziehung der Zwillinge keine feste

Hand. Er entgegnete: »Ach was, du behandelst Omar, als wäre er unser einziger Sohn.«

Als sie Yaqubs Gesicht sah, weinte sie, sagte Domingas. Sie gab ihm Küsse auf die rechte Wange und weinte bestürzt beim Anblick der anderen, geschwollenen Wange mit einer halbkreisförmigen Naht. Dreizehn Stiche. Die schwarzen Fäden sahen wie das Bein einer Vogelspinne aus. Yaqub grübelte und schwieg. Vermied, mit seinem Bruder zu sprechen. Verachtete er ihn? Brütete er still über seiner Demütigung?

»Skorpionsfratze«, nannten sie ihn in der Schule. »Sichelbacke«. Viele Spottnamen, jeden Morgen. Er schluckte die Beleidigungen, wehrte sich nicht. Die Eltern mußten mit einem schweigenden Sohn zurechtkommen. Sie fürchteten Yaqubs Reaktion, sie fürchteten das Schlimmste: Gewalt im eigenen Haus. Da entschied Halim: Reise, Trennung. Abstand, durch den der Haß, die Eifersucht und die Tat, zu der sie geführt hatte, bestimmt vergessen würden.

Yaqub reiste mit den Freunden des Vaters in den Libanon und kehrte fünf Jahre später nach Manaus heim. Allein. »Ein Tölpel, ein Hirte, ein *ra'i*. Sieh nur, wie mein Sohn ißt!« beklagte sich Zana.

Sie versuchte, nicht an die Wunde des Sohnes zu denken, doch die Distanz brachte Yaqubs Gesicht noch näher. Die Briefe, die sie schrieb!

Dutzende? Hunderte vielleicht. Fünf Jahre Worte. Keine einzige Antwort. Die seltenen Nachrichten über Yaqub wurden von Freunden oder Bekannten überbracht, die aus dem Libanon zurückkehrten. Ein Cousin von Talib hatte Halims Familie besucht und Yaqub im Keller eines Hauses gesehen. Er war allein, saß auf dem Fußboden und las ein Buch, neben ihm ein Haufen getrockneter Feigen. Er versuchte, mit ihm zu sprechen, auf arabisch und portugiesisch, doch Yaqub beachtete ihn nicht. Zana machte Halim die ganze Nacht über Vorwürfe und drohte, sie werde noch während des Krieges in den Libanon reisen. Daraufhin schrieb er den Verwandten und schickte das Geld für Yaqubs Heimreise.

Das hat Domingas mir erzählt. Doch vieles habe ich selbst wahrgenommen, denn ich sah diese kleine Welt von außen. Ja, von außen und manchmal aus der Distanz. Aber ich war der Beobachter dieses Spiels und habe viele Spielzüge miterlebt, auch den allerletzten.

In den ersten Monaten nach Yaqubs Rückkehr gab Zana sich Mühe, ihren Söhnen gleich viel Aufmerksamkeit zu schenken. Rânia war viel wichtiger als ich, aber weniger wichtig als die Zwillinge. Zum Beispiel: Ich schlief in einem kleinen Raum im Garten, außerhalb des Hauses. Rânia schlief auch in einem kleinen Zimmer, aber im Haus, im oberen Stockwerk. Die Zimmer der Zwillinge sahen gleich aus, lagen nebeneinander und waren gleich möbliert; sie erhielten das gleiche Taschengeld, und beide besuchten die von Patres geleitete Schule. Das war ein Privileg, aber verursachte auch Ärger.

Frühmorgens machten sie sich auf den Schulweg; wer sie von weitem in der von Domingas gebügelten Schuluniform nebeneinander gehen sah, konnte den Eindruck haben, die Brüder hätten sich für immer versöhnt. Yaqub, der im Libanon mehrere Schuljahre versäumt hatte, ragte in seiner Klasse wie ein Riese zwischen Zwergen heraus. Zana befürchtete, er würde auf den Schulhof pinkeln, im Speisesaal mit den Fingern essen oder ein Zicklein abmurksen und es mit nach Hause bringen. Nichts dergleichen geschah. Er war schüchtern und galt vielleicht deshalb als Feigling. Er genierte sich zu sprechen – statt P sagte er B (Baba, ich brauche Babier!) – und wurde von seinen Klassenkameraden verspottet wie auch von manchen Lehrern, die ihn für einen Tölpel und Eigenbrötler hielten, einen groben Klotz. Aber ihm galten auch die Blicke der Mädchen. Und Blicke werfen, das konnte Yaqub. Ganz direkt, wie ein Draufgänger, die linke Augenbraue angehoben – ein Schüchterner, der als Eroberer durchgehen konnte. Er lächelte und lachte charmant im richtigen Moment – und die Mädchen auf den Plätzen, den Tanz- und Volksfesten verdrehten die Augen. Zu Hause fiel als erster Zana dieses Talent ihres Sohnes zum Charmeur auf. Auch Domingas ließ sich von seinem Blick bezaubern. Sie sagte: »Dieser Zwilling hat einen Blick wie die Sirenen; wenn man nicht aufpaßt, reißt er jeden mit in den tiefen Fluß.« Nein, er entführte niemanden in die verzauberte Stadt. Der Zauber seines Blicks ließ Erwartungen und Verheißungen in der Schwebe. Und die Mutter mußte sich mit den Mädchen herumschlagen, die ihrem Sohn nachstellten. Sie schickten über die Maniküre Briefchen und Botschaften. Die Mutter las die Zeilen der Schamlosen, las sie mit nahezu grausamem Vergnügen, denn sie wußte, daß ihr Yaqub den Liebesgedichten, abgeschrieben von den Romantikern, nicht erliegen würde. Er saß in seinem Zimmer und lernte die Nächte hindurch die portugiesische Grammatik; immer und immer wieder übte er die Wörter, die er falsch aussprach. Die Betonungsakzente... das reinste Drama für Yaqub. Aber mit der Zeit lernte er es, er buchstabierte, er sang die Wörter, bis ihm die Namen unserer Fische, Pflanzen und Früchte, all das vergessene Tupi, glatt von der Zunge gingen. Trotzdem wurde er nie redselig. Er war der Stillste im Haus und auf der Straße, so schweigsam wie nur was. Dieser wortkarge, sprachlose Zwilling entwickelte sich zum Mathematiker. Was ihm an Sprachgewandtheit fehlte, machten sein abstraktes Denkvermögen, seine mathematische Begabung, das Talent, mit Zahlen umzugehen, doppelt wett.

»Und dafür«, sagte der Vater stolz, »braucht man keine Sprache, nur Köpfchen. Yaqub hat im Übermaß, was dem anderen fehlt.«

Omar hörte diese Worte, und er hörte sie noch einmal Jahre später, als Yaqub, inzwischen in São Paulo, der Familie mitteilte, daß er die Aufnahmeprüfung für die

Polytechnische Hochschule bestanden habe (als »Pester, Baba«, schrieb er im Scherz). Zana strahlte triumphierend, während Halim wiederholte: »Habe ich es nicht gesagt? Nur Köpfchen, nur Intelligenz, und davon hat unser Yaqub mehr als genug.«

Der Mathematiker, und auch der reservierte, bedächtige junge Mann, der sich um niemanden scherte; der Schachspieler, der mit dem sechsten Zug die Partie entschied und unwillkürlich wie ein heiserer Vogel pfiff, weil er den König schon in Bedrängnis sah. Er besiegte seine Gegner mit diesem ziemlich irritierenden Pfeifen, eine Ankündigung des unvermeidlichen Schachmatt. Tag und Nacht im Zimmer, nie ein Bad in einem der Flußarme, nicht einmal sonntags, wenn die Bewohner von Manaus nach draußen in die Sonne gehen und die Stadt mit dem Rio Negro in Einklang ist. Zana sorgte sich um den Zimmerhocker. Warum ging er zu keinem Tanzfest? »Sieh dir das an, Halim, dein Sohn verkriecht sich ständig in seiner Höhle. Wie ein Bleichgesicht, der sein Leben vertrödelt.« Der Vater verstand auch nicht, warum er auf seine Jugend verzichtete, auf den Lärm der Feste und Serenaden, die durch die Nächte von Manaus hallten.

Nächte, ach was! Stolz in seiner Einsamkeit, verschmähte er die Karnevalsbälle, in den Nachkriegsjahren noch turbulenter mit ihren Kolombinen und den Umzügen, die mit irrsinnigem Trubel von der Praça da Saudade über die Avenida zum Mercado Municipal hinunterzogen; er verschmähte die Johannifeste, den Tipiti-Tanz, die Ruderwettbewerbe, die Bälle an Bord der italienischen Schiffe und die Fußballspiele im Parque Amazonense. Er schloß sich in seinem Zimmer ein und lebte in seiner ganz eigenen Welt. Der Hirte, der Dörfler, den die Stadt schreckte? Kann sein, oder vielleicht noch etwas mehr: der Bergbauer, der an einer brillanten Zukunft schmiedete.

Dieser Yaqub, der so bleich wurde wie ein Gecko auf einer feuchten Wand, kompensierte den Mangel an Sonne

und leiblichen Freuden durch Schärfen seiner rechnerischen Fähigkeiten. In der Schule bei den Patres fand er immer als erster heraus, welchen Wert ein X, Y oder Z besaß. Er brachte die Lehrer zum Staunen: Die Lösung der kompliziertesten Gleichung entwickelte sich in Yaqubs Kopf, Tafel und Kreide waren für ihn nutzlos.
Der andere, Omar, übertrieb es mit seinen jugendlichen Eskapaden: Er schwänzte den Lateinunterricht, bestach strenge Pedelle der Schule und zog abends los, in der Schuluniform, von Kopf bis Fuß gegen die Vorschriften, trieb sich in den Tanzsalons der Maloca dos Barés, des Acapulco, des Cheik Clube, des Shangri-Lá herum. Frühmorgens, wenn der letzte Nachtdunst aufstieg, kam er nach Hause. Und da lag Zana ungerührt in der roten Hängematte, die Miene gespielt gelassen, innerlich gepeinigt, zerquält, weil sie wieder eine Nacht ohne ihren Sohn verbracht hatte. Omar nahm die gebogene Gestalt unter dem Vordach kaum wahr. Er ging direkt ins Badezimmer, gab im Schwall von sich, was er in der Nacht getrunken hatte, torkelte, wenn er die Treppe hinauf wollte; manchmal fiel er der Länge nach hin, der massige Körper schweißbedeckt, vergessen die Alchimie der Nacht. Dann stieg Zana aus der Hängematte, schleifte den Sohn auf die Veranda und weckte Domingas; gemeinsam entkleideten sie ihn, rieben ihm den ganzen Körper mit Alkohol ab und legten ihn in die Hängematte. Omar schlief bis mittags. Mit verquollenem, vom Rausch verknittertem Gesicht verlangte er gereizt nach eiskaltem Wasser, und schon kam Domingas mit dem Krug. Sie goß ihm das Wasser in den offenen Mund, erst gurgelte er, dann schlürfte er es wie ein durstiger Jaguar. Halim war darüber verärgert, er verabscheute den Geruch seines Sohnes, der den geheiligten Ort, wo sie ihre Mahlzeiten einnahmen, verpestete. Er schritt durch das Wohnzimmer, von einer Ecke zur anderen, mit einem Seitenblick auf die rote Hängematte unter dem Verandadach.

Als Omar eines Tages nur mit Unterhose bekleidet den ganzen Nachmittag in der Hängematte verbrachte, stieß der Vater ihn an und sagte in gedämpftem Ton: »Schämst du dich nicht, so zu leben? Willst du dein Leben lang mit so einem Gesicht in dieser dreckigen Hängematte liegen?« Halim dachte über eine Reaktion, eine exemplarische Strafe nach, doch Omar wurde dem Vater gegenüber immer dreister. Er fühlte sich nie beleidigt, als besäße er kein Schuldgefühl, als gälte für ihn nicht das Kreuz. Aber das Schwert bekam er zu spüren. Zwei Jahre nacheinander blieb er in der Schule sitzen. Der Vater machte ihm Vorwürfe, hielt ihm den Bruder als Beispiel vor, und Omar schwieg, mit einem Gesicht, als wollte er sagen: Geh zum Teufel! Ihr könnt alle zum Teufel gehen, ich lebe so, wie es mir paßt.

Und genau das schrie er, als man ihn von der Schule warf. Mehrmals schrie er es dem Vater herausfordernd entgegen, zerriß seine blaue Schuluniform, brüstete sich frech: »Ich habe ihn voll getroffen, den Mathelehrer deines geliebten Sohnes, der nur Köpfchen hat.«

Zana und Halim wurden zum Direktor bestellt. Nur sie ging hin, begleitet von Domingas, ihrem treuen Schatten. Sie spuckte Gift und Galle. Wußten Sie nicht, daß mein Omar in seinen ersten Lebensmonaten schwerkrank war? Um ein Haar wäre er gestorben, Pater. Nur der liebe Gott weiß... Nur seine Mutter und der liebe Gott... Sie schwitzte, berauscht von ihrer Rolle als große beschützende Mutter. Sie hörten sechs Glockenschläge, das Stimmengewirr und den Lärm der Internatsschüler auf dem Weg zum Speisesaal, und gleich darauf Stille, dann ihre Stimme, ruhiger, weniger beleidigt: Sagen Sie, Pater, wie viele Waisen in diesem Internat werden von uns ernährt? Und was ist mit den Weihnachtsessen, den Wohltätigkeitsbasaren, den Kleidern, die wir den Missionsstationen für die Indiofrauen schicken?

Domingas befächelte die Herrin. Der Bruder Direktor ließ den Ausbruch über sich ergehen, blickte hinaus in die laue Abenddämmerung, die sich allmählich über das riesige Gebäude der Salesianer legte. Im Garten der Schule weideten Ziegen. Die Waisenjungen, in Schuluniform, vergnügten sich auf einer Wippe, ihre Gestalten versanken langsam in der Dunkelheit. Der Direktor zog eine Schublade auf und überreichte Zana Omars Zeugnis und eine Kopie der Akte über seinen Schulverweis. Zeigte ihr den ärztlichen Bericht über den Gesundheitszustand des Mathematiklehrers Pater Bolislau. Er könne die Empörung einer verletzten Mutter verstehen, er habe Verständnis für das Ungestüm und die Unbedachtsamkeit mancher jungen Leute, doch dieses Mal sei es unvermeidlich gewesen. Der einzige Schulverweis in den letzten zehn Jahren. Dann fragte der Bruder Direktor nach dem anderen, nach Yaqub. Blieb er auf der Schule?

Sie stotterte verwirrt; ihr Blick fiel auf die nun leere Wippe. Im Fenster dunkelte es, der Abend drang in den Raum. Sie dachte an die mathematische Begabung des Sohnes. Der Hirtenjunge, der Dörfler, der Magier der Zahlen, der das große Talent der Familie zu werden versprach. Sie zögerte die Antwort heraus, erhob sich unvermittelt, halb verbittert, halb hoffnungsvoll, und sagte zu Domingas einen Satz, den sie künftig wie ein Gebet wiederholen sollte: Hoffnung und Bitterkeit... das ist das Gleiche.

Im Alter, das weniger schwermütig hätte sein können, sagte sie das noch mehrfach zu Domingas, ihrer treuen Sklavin, und auch zu mir, ohne mich anzusehen, ganz egal, ob ich anwesend war oder nicht. Im Grunde existierte ich für Zana nur als Anhängsel ihrer Söhne.

Von den Patres hinausgeworfen, fand Omar nur in einer Schule Aufnahme, die auch ich später besuchen sollte. Die Schule hatte einen pompösen Namen – Liceu Rui

Barbosa, benannt nach dem Adler von Den Haag –, ihr Spitzname hingegen war weit weniger erbaulich: Hühnerstall der Vandalen.

Heute denke ich, daß der Spitzname unangemessen war und ein ziemlich großes Vorurteil verriet. Die Schule war nicht gänzlich zu verachten, dort herrschte die Freiheit, auch einmal über die Stränge zu schlagen, jene Freiheit, die Konventionen und Normen ins Wanken bringt. Der Abschaum von Manaus besuchte diese Schule, und ich ließ mich vom Strudel der Unvernünftigen mitreißen. Niemand dort war *très raisonnable*, wie der Französischlehrer sagte, er selbst ein Exzentriker, ein die Symbolisten rezitierender Dandy, den es in die Provinz verschlagen hatte, eine Parodie seiner eigenen Exzentrizität. Er lehrte keine Grammatik, sprach nur mit Baritonstimme von den Inspirationen und dem grünen Schnee seines geliebten französischen Symbolisten. Wer verstand solch schillernde Bilder? Alle waren vom Klang der Stimme verzaubert, und der eine oder andere begriff jählings etwas, wie vom Blitz getroffen, und war verwirrt. Nach dem »Unterricht« sang er draußen vor dem Café Mocambo das Loblied der Diana, bronzene Göttin, schlanke Schönheit auf der Praça das Acácias. Von der Göttin wandte sich seine Bewunderung einem Mädchen in Schuluniform zu, ganz und gar Indianerin, kupferfarben, berstend vor Verlangen; und gemeinsam zogen sie vom Mocambo davon und verschwanden in der dunklen, lichterlosen Stadt.

Dieser Lehrer, Antenor Laval, begrüßte als erster den von den Patres hinausgeworfenen Neuankömmling. Amüsiert erkundigte er sich nach dem Grund für den kategorischen Rausschmiß. Omar verheimlichte niemandem die wahre Version – die unverschämteste, rebellischste Tat in der Geschichte der Missionstätigkeit der Salesianer in Amazonien, sagte er. Er erzählte es aller Welt. Er erzählte seine Geschichte vor den Schülern des Hühnerhofs der Vandalen, in lautem Ton, und lachte, als er sagte, der polnische Pater, der ihn gedemütigt habe, könne nur noch Suppe zu sich nehmen, festes Essen würde er nie wieder kauen können. Passiert war es im Unterricht dieses Mathematiklehrers, Bruder Bolislau, ein rotgesichtiger Riese, athletische Gestalt, immer in schwarzer verschwitzter, speckiger Soutane. Sein Blick, der Blick eines Zuchtmeisters, der ein Opfer sucht, richtete sich auf Omar. Bolislau stellte eine sehr schwierige Frage, und da er keine Antwort bekam, verspottete er ihn. Omar stand auf, ging zur Tafel, blieb mit gesenktem Kopf vor dem Riesen Bolislau stehen, versetzte ihm einen Kinnhaken und einen Tritt in die Hoden – so brutal, daß der arme Bolislau sich krümmte, ganz bucklig wurde und sich wie ein schlaffer Kreisel drehte. Er schrie nicht – er grunzte. Und in dem aschfahlen Gesicht quollen die hellen Augen tränennaß hervor. Im Klassenzimmer brach Tumult aus, nervöses Kichern und belustigtes Lachen, bis es still wurde, bis der Bruder Direktor hereinkam, die Meute der Pedelle im Gefolge.

Omar hatte die Demütigung einer früheren Strafe nicht vergessen: Er mußte unter einem Paranußbaum knien, von der Mittagsstunde an, bis der erste Stern am Himmel stand. Die anderen Schüler hatten im Kreis um den Baum gestanden und ihn verhöhnt: »He, du Großmaul, wenn es regnet, was machst du dann? Oder wenn dir eine stachlige Nuß auf die Birne fällt?« Beleidigungen von allen Seiten, während der Bestrafte den verhaßten Bolislau entstellt vor sich sah. Es regnete nicht, doch es dauerte lange, bis der erste Stern am halb bedeckten Himmel funkelte. Deshalb hatte Omar, von der Rache noch ganz in Rage, zur Mutter gesagt: »Der bullige Bolislau hat sämtliche Sterne am Himmel gesehen, Mama. Dabei war gar kein Himmel da. Ist das nicht ein Wunder? Sterne ohne Himmel zu sehen?«

Oh, dieses Mal war Omar zu weit gegangen. Der Vorfall hatte den Stolz der Mutter erschüttert; ihren Stolz, nicht ihren Glauben. Sie betrachtete den Schulverweis ihres Sohnes als ungerecht, doch Gott hatte es so gewollt; auch ein Diener Gottes ist schließlich fehlbar. »Dieser Bolislau hat sich geirrt«, murmelte sie. »Mein Sohn wollte doch nur beweisen, daß er ein Mann ist... was ist denn daran verkehrt?«

Sie wollte in ihrem Sohn nicht den Aggressor sehen. Im Hühnerstall der Vandalen wurden keinerlei Ansprüche an die Schüler gestellt; die Lehrer kontrollierten nicht die Anwesenheit; sitzenbleiben war ein Kunststück, das nur wenigen gelang. Eine grüne Hose (ganz gleich, welches Grün) und ein weißes Hemd bildeten die Schuluniform. Der Abschaum vom Hühnerstall wollte ein Abschlußzeugnis ergattern, ein Stück Papier mit Prägestempel und Unterschrift und einem gelbgrünen Streifen am oberen Rand.

Das wollte auch ich: das Abschlußzeugnis vom Hühnerstall der Vandalen, meinen Freibrief. Ohne mein Wissen hatte Halim die Lehrbücher, die Omar verschmähte, in mein Zimmer gestellt und dazu die vielen Bücher, die Yaqub zurückließ, als er im Januar 1950 nach São Paulo ging.

Yaqubs Weggang war für mich ein Geschenk des Himmels. Außer den Büchern ließ er gebrauchte Kleidungsstücke zurück, die mir Jahre später zugute kamen: drei Hosen, mehrere T-Shirts, zwei Hemden mit durchgescheuertem Kragen, zwei Paar ausgetretene Schuhe. Als er nach São Paulo ging, war ich vier Jahre alt, aber seine Sachen warteten auf mich, bis ich heranwuchs, und paßten sich allmählich meinem Körper an; die Hosen schlotterten wie ein Sack; und als die Schuhe mir später etwas eng wurden, bekam ich die Füße nur mit einiger Gewalt hinein – teils aus Hartnäckigkeit, aber vor allem, weil es sein mußte. Der Körper läßt sich verbiegen. Unbeugsam hingegen war Yaqub, als er dem Protest der Mutter standhielt, nachdem er Weihnachten 1949 mitgeteilt hatte, er werde Manaus verlassen. Er platzte damit heraus, wie jemand, der eine immer und immer wieder durchgespielte Idee endlich in die Tat umsetzt. Niemand ahnte etwas von seinen Plänen; er war in seinen Antworten ausweichend, spröde selbst in den Kleinigkeiten des Alltags, gleichgültig gegenüber den Streichen seines Bruders, der sich im Hühnerstall der Vandalen austobte.

Yaqub erzählte fast nichts über sein Leben im Südlibanon. Rânia, über das Schweigen des Bruders, das Stück begrabener Vergangenheit irritiert, traktierte ihn mit Fragen. Er redete drum herum. Oder sagte lakonisch: »Ich habe die Herde gehütet. Ich war verantwortlich für die Herde. Mehr nicht.« Wenn Rânia nicht locker ließ, wurde er abweisend, nahezu unausstehlich, im Gegensatz zu seiner sonst sanften Art und seinem Stolz, vielleicht ein Rückfall in den derben Ton, den er im Dorf kultiviert hatte. Dennoch, irgend etwas war in der Zeit seines Hirtendaseins geschehen. Vielleicht wußte Halim es, aber niemand, nicht einmal Zana entlockte ihm dieses Geheimnis. Nein, von Yaqub erfuhr man nichts. Er zog sich zurück, kapselte sich im richtigen Moment ein. Hin und wieder kam er aus seiner Kapsel heraus und sorgte für eine Überraschung.

An einem Augustmorgen im Jahre 1949, dem Geburtstag der Zwillinge, wünschte Omar sich Geld und ein neues Fahrrad. Halim schenkte ihm das Fahrrad, wohl wissend, daß seine Frau dem Sohn ständig heimlich Geld zusteckte.

Yaqub lehnte Geld und Fahrrad ab. Er wünschte sich eine Galauniform für die Parade am Unabhängigkeitstag. Es war sein letztes Jahr in der Schule bei den Patres, nun wollte er als Degenträger defilieren. Schon in Zivil bot er einen schmucken Anblick, wie erst in einer weißen Uniform mit Goldknöpfen und sternenverzierten Schulterklappen, breitem Ledergürtel mit silberner Schließe, Gamaschen, weißen Handschuhen und dem blitzenden Degen, den er vor dem Spiegel im Wohnzimmer in der Hand hielt. Die Mutter, mit entzücktem Blick, wußte nicht, ob sie ihren Sohn ansehen sollte oder sein Spiegelbild. Vielleicht reichte ihr Blick auch für beide oder für alle drei, denn von der Veranda unter dem Vordach beobachtete, auf dem Fahrrad sitzend, Omar die Szene, das Gesicht zu einem eigenartigen Grinsen verzogen, weiß der Himmel, ob verächtlich oder amüsiert. Er scherte sich nicht um die Parade und den Unabhängigkeitstag. Der Vater zog es vor, die Ruhe des Feiertags zu Hause zu genießen. Er drängte Zana, sie solle den Sohn auf der Parade marschieren lassen, so viel er wolle, und bei ihm bleiben, doch sie wollte lieber erleben, wie Yaqub in Uniform mitten auf der Avenida Eduardo Ribeiro defilierte.

Die Frauen des Hauses machten sich aufgeregt auf den Weg, den Degenträger zu bewundern. Frühmorgens zogen sie zur Avenida, um einen Platz zu ergattern, von dem sie die Musikkapellen und Abteilungen von ganz nahem sehen konnten. Sie nahmen Strohhüte, Ananassaft und einen Beutel voller *tucumã*-Nüsse mit. Drei Stunden warteten sie in der heißen Septembersonne. Sie sahen das Heeresjägerbataillon mit seinen Panzern, Bazookas und Bajonetten und seinen Jaguaren an der Leine, die in der glühenden Sonne schmorten. Gleich darauf kündigte der Lautsprecher die Parade der Schule der Patres an. Sie hörten die Trommelwirbel und das eindrucksvolle Crescendo der Blechbläser; die Kapelle, obwohl noch nicht sichtbar, wurde immer lauter, rhythmisches Donnern hallte durch das Zentrum von Manaus. Die Menge wandte den Blick zum Ende der Avenida. Zana machte als erste eine weiße Gestalt aus, die eine funkelnde Klinge schwang. Die Gestalt kam langsam näher; die Schritte im Takt, genau in der Mitte der Avenida. Der Degenträger, der allein an der Spitze der Kapelle und der acht Abteilungen marschierte, wurde mit Applaus und Pfiffen begrüßt. Die Zuschauer warfen ihm weiße Lilien und Wildblumen zu, er trat achtlos drauf, ganz auf den Marschrhythmus konzentriert, beachtete nicht die Handküsse und Witzeleien der Frauen, zwinkerte nicht einmal Rânia zu. Er sah niemanden an – er defilierte mit einer Miene, als wäre er einziger Sohn, was er nicht war. Yaqub, der kaum sprach, ließ sein Äußeres für sich sprechen. Sein Äußeres und die Presse. Am nächsten Tag veröffentlichte eine Zeitung ein Foto von ihm, dazu ein paar lobende Zeilen.

Monatelang zeigte Zana den Nachbarn den Zeitungsausschnitt über den prächtigen Degenträger, den sie geboren hatte. Der Degen funkelte auf dem Foto, doch die Zeit sorgte dafür, daß der metallene Glanz verging; das Bild der Waffe mit ihrer Spitze blieb. Die Lobesworte für den Sohn hätten ruhig verblassen können, die Mutter hatte sie längst auswendig gelernt.

Yaqub hatte sich lange mit dem Gedanken getragen, nach São Paulo zu gehen. Dazu geraten hatte ihm der Pater Bolislau. »Geh aus Manaus weg«, hatte der Mathematiklehrer gesagt. »Wenn du hierbleibst, gehst du in der Provinz unter und an deinem Bruder zugrunde.«

Ein guter Lehrer, ein hervorragender Prediger, dieser Bolislau. Die Mutter war fassungslos über Yaqubs Pläne. Der Vater hingegen redete ihm zu, nach São Paulo zu gehen, und stellte ihm auch noch einen bescheidenen Monatswechsel in Aussicht. Halims Geschäfte hatten sich in den Nachkriegsjahren gebessert. Er verkaufte alles mögliche an die Einwohner von Educandos, eins der bevölkerungsreichsten Viertel von Manaus, das durch den Zustrom der Soldaten, die im Kriegsboom im Urwald Gummi gezapft hatten, stark angewachsen war. Bei Kriegsende kamen sie von den entlegensten Flüssen Amazoniens nach Manaus und errichteten an den Ufern der *igarapés*, an den Straßenrändern und auf den Freiflächen der Stadt ihre Pfahlhütten. Manaus vergrößerte sich wild und chaotisch – wer zuerst kommt, baut zuerst. Davon profitierte Halim, er verkaufte seine Waren, bevor ein anderer da war. Reich wurde er nicht, aber er achtete immer darauf, daß kein Niedergang drohte, denn das, sagte er einmal zu mir, wäre der Abgrund. In diesen Abgrund stürzte er nicht, aber er hatte auch keine großen Ambitionen. Der schlimmste Abgrund befand sich im Haus, und dem konnte Halim nicht aus dem Weg gehen.

Die Parade in Galauniform war Yaqubs Abschied – ein kleines Schauspiel für die Familie und die Stadt. In der Schule wurde er geehrt. Er erhielt zwei Medaillen und zehn Minuten Belobigung, und dann wurde er noch von den Latinisten und Mathematikern gewürdigt. Die Patres wußten, daß ihr Ex-Schüler eine große Zukunft vor sich hatte; damals glaubte man, auch ganz Brasilien hätte eine glänzende Zukunft vor sich. Wer nicht glänzte, war der andere, Omar, für Patres und Laien ein taubes Gestein, ein Wirrkopf, desinteressiert, berauscht vom freizügigen Klima im Hühnerstall der Vandalen und in der Stadt.
Omar fehlte beim Abschiedsabendessen für den Bruder. Er kam am frühen Morgen nach Hause, als das Fest schon zu Ende war und nur die Familie sich, inzwischen erschöpft, vom letzten Abend mit Yaqub verabschiedete. Halim war sehr stolz – sein Sohn würde ganz allein am anderen Ende des Landes wohnen, aber er würde Geld brauchen, so konnte er nicht abreisen... Einen kurzen Moment scholl Yaqubs Stimme durch das Haus, nun schon eine Männerstimme, die sehr entschieden sagte: »Nein, *Baba*, ich brauche nichts... Dieses Mal will ich ja selbst weggehen.« Halim umarmte den Sohn, weinte, wie er an dem Morgen geweint hatte, als Yaqub in den Libanon abreiste. Zana beharrte noch: Sie würden ihm einen Monatswechsel schicken, er würde doch keine Zeit zum Arbeiten haben. »Dein Studium...«, sagte sie noch. »Nicht einen Centavo«, entgegnete er und sah die Mutter

an. Da hörten sie ein Geräusch: Omar hatte das Fahrrad im Garten abgestellt und spannte die rote Hängematte auf. Er war nicht betrunken, fand lange keinen Schlaf und wachte mehrmals auf, weil ihm die Sonne auf den Kopf schien, was ihn so ärgerte, daß er mit der Faust auf den Boden und gegen die Wand schlug. Niemand beachtete ihn, dieses eine Mal schlief er ohne den Beistand der beiden Frauen ein. Er stand erst nach dem Mittagessen auf und lehnte das kalte Essen ab. Er beobachtete, was die Mutter tat, die nur Augen für den Abreisenden hatte. Halim ruhte noch im Schlafzimmer, Domingas packte Maniokmehl und getrockneten Fisch in den Koffer. Omar krümmte keinen Finger – er saß stumm am Tisch vor dem unberührten Teller, sein Blick glitt manchmal verstohlen über das Gesicht des Bruders. Yaqubs Entschluß machte ihm zu schaffen. Er, Omar, würde bleiben, im Haus, auf der Straße, in der Stadt das große Wort führen, doch der andere hatte die Courage fortzugehen. Der Draufgänger, als Kind nicht zu bändigen, saß kraftlos, verletzt da. »Er wollte den Raum verlassen, schaffte es aber nicht«, erzählte Domingas mir. Er wollte nicht sehen, wie stolz und gelassen der Bruder war, wollte nicht hören, wie die Mutter Yaqub bat, ihr jede Woche einen Brief zu schicken, er solle ja nicht auf die Idee kommen, nichts von sich hören zu lassen, so daß sie sich hier am Ende der Welt Sorgen machen müsse. Rânia schlich um den Abreisenden herum, kniete nieder und flüsterte Worte, die nur er hörte. Domingas wandte den Blick nicht von ihm, und Jahre später erzählte sie mir, Yaqubs Abreise habe sie nervös gemacht. Nicht einmal Zana konnte ihn zurückhalten.

Domingas' flinke Hände nahmen Wäsche aus dem Koffer, suchten nach Platz für den getrockneten *pirarucu* und das Maniokmehl. Zana überwachte das komplizierte Packen, wollte eingreifen, da klingelte es Sturm, und Omar sprang auf, lief zur Haustür, und alle hörten ein Durcheinander von Worten.

»Wer ist da, Omar?« fragte die Mutter, gleich darauf ein heftiger Wortwechsel, die Tür knallte zu, wieder klingelte es.

»Wo ist Omar geblieben?« fragte Zana. »Domingas, sieh nach, was da los ist.«

Domingas schloß den Koffer und ging schnell zur Tür. Dann hörte man ihre Stimme, laut und in anmaßendem Ton:

»Er reist gleich ab.«

Hohe Absätze klapperten durch den Flur. Zana warf einen verblüfften und dann verächtlichen Blick auf die Frau, die ins Wohnzimmer trat und sich nach Yaqub umsah. Keiner hatte mehr seit jenem Nachmittag von ihr gehört, als Omar im Keller bei den Reinosos dem Bruder das Gesicht zerschnitten hatte. Zana schrieb die Narbe auf Yaqubs Wange den teuflischen Verführungskünsten des blonden Mädchens zu. Selbst als ihr Sohn im Libanon war, sagte sie noch zu Domingas: »Ich verstehe nicht, wie diese Bohnenstange meinen Sohn bezirzen konnte.« Manchmal änderte sie den Satz um: »Ich verstehe nicht, wie mein Yaqub sich von dieser Bleichsüchtigen bezirzen lassen konnte.«

»Lívia sah noch genauso aus wie das lange dünne Mädchen damals, nur ließ sie bei diesem Besuch etwas vom Busen und Oberschenkel sehen«, erzählte Domingas.

Lívias übriger Körper wurde von Zana mit großen Augen gemustert, dann fragte sie in maliziösem Ton: »Wolltest du dich von meinem Galan verabschieden, meine Liebe?«

Lívia wich zurück und verließ den Raum, Yaqub folgte ihr in den Garten. Sie tuschelten und lachten und verschwanden hinten im wilden Gestrüpp. Dort blieben sie so lange, wie die anderen für den Nachtisch, den starken Kaffee und die Siesta brauchten. Unruhig geworden, gab Zana Domingas ein Zeichen. Domingas fand sie beim Zaun. Sie lagen im Dickicht, Yaqub liebkoste Lívias

Bauch und Brüste und zögerte den Abschied hinaus. Domingas blieb atemlos stumm; sie duckte sich, schüttelte das Laub und knickte wütend die Äste des Brotfruchtbaums. Perplex beobachtete sie die Szene, dann zog sie sich, nach jenem Wasser dürstend, mit trockenem Mund zurück.

Lívia ließ sich nicht wieder blicken, wahrscheinlich war sie durch die kleine Straße hinten weggegangen. Yaqub kam allein ins Wohnzimmer, den Hals voller Kratzer und Bißspuren, noch glühend im Gesicht.

Genau so reiste er ab: in zerknitterter Kleidung, feucht im Gesicht, auf dem Kopf Halme, kleine Blätter und einzelne gelbliche Haare. Er reiste schweigend ab aus dem Haus, in dem er anspruchslos und unauffällig gelebt hatte. Nicht viel präsenter als ein Schatten. Er hinterließ die Erinnerung an zwei kühne Auftritte: die Parade in Galauniform und die Begegnung mit der Frau, die er liebte.

Omar, krank vor Eifersucht, sprach den Namen des Bruders nicht mehr aus. Und die Mutter, angstgepeinigt, sagte, ein Sohn, der zum zweiten Mal geht, kehrt nicht nach Hause zurück. Der Vater stimmte ihr zu, doch ohne Angst. Er träumte von einer glorreichen Zukunft für Yaqub, und das war ihm wichtiger als die Rückkehr des Sohnes, stärker als die Trennung von ihm. Halims graue Augen leuchteten, wenn er davon sprach.

Ich habe diese Augen oft gesehen, nicht so leuchtend, aber auch nicht trüb. Nur der Gegenwart müde, ohne Aussicht auf eine Zukunft, gleich welcher Art.

2

Um 1914 eröffnete Galib im Erdgeschoß seines Hauses das Restaurant Biblos. Das Mittagessen wurde um elf serviert, einfache Küche, aber sehr schmackhaft. Er, der Witwer Galib, kochte selbst, half beim Servieren und kümmerte sich um den Garten, den er mit einem Tüllschleier gegen die glühende Sonne abdeckte. Im Mercado Municipal suchte er Fisch aus, einen *tucunaré* oder einen *matrinxã*, füllte ihn mit Oliven und Maniokmehl, garte ihn in der Bratröhre des Holzofens und servierte ihn mit Sesamsauce. Die Platte auf der flachen linken Hand balancierend, betrat er den Speiseraum; die andere Hand umschlang die Taille seiner Tochter Zana. Sie gingen von Tisch zu Tisch, und Zana bot Guaraná, Mineralwasser, Wein an. Der Vater unterhielt sich auf portugiesisch mit den Gästen: Hausierer, Bootsführer, Kleinhändler, Arbeiter vom Manaus Harbour. Seit der Eröffnung war das Biblos ein Treffpunkt für libanesische, syrische und marokkanisch-jüdische Einwanderer, die an der Praça Nossa Senhora dos Remédios und in den Straßen rings um den Platz wohnten. Sie sprachen Portugiesisch vermischt mit Arabisch, Französisch und Spanisch, und aus diesem Kauderwelsch entstanden Geschichten, Lebenswege, die sich kreuzten, ein Hin und Her von Stimmen, die alles mögliche erzählten: von einem Schiffbruch, Gelbfieber in einer Siedlung am Rio Purus, einer Betrügerei, einem Inzest, von fernen Erinnerungen und jüngsten Ereignissen – einem noch frischen Kummer, einer noch nicht erloschenen Liebe, einem tief betrauerten Verlust oder der Hoffnung, daß die Saumseligen ihre Schulden begleichen würden. Sie aßen, tranken, rauchten, zogen das Ritual in die Länge, verschoben die Siesta auf später.

Auf das Restaurant aufmerksam gemacht hatte den jungen Halim ein Freund, der sich als Dichter bezeichnete, ein gewisser Abbas, er hatte im Bundesstaat Acre gelebt und befuhr nun den Amazonas zwischen Manaus, Santarém und Belém. Anfangs ging Halim nur samstags ins Biblos, dann jeden Vormittag, verzehrte eine Portion Fisch, eine gefüllte Aubergine, gebratene Maniokscheiben; zog die kleine Arrakflasche aus der Jackentasche, trank und konnte sich nicht satt sehen an Zana. Monate verbrachte er so: allein in einer Ecke des Speiseraums, aufgeregt, wenn er Galibs Tochter sah, folgte er mit dem Blick den Bewegungen der Gazelle. Sehnsüchtig schaute er zu ihr, in der Hoffnung auf ein Wunder, das aber nicht geschah. Er ging an den Seen fischen und brachte Galib *tucunaré* und *surubim* in Scheiben. Der Besitzer des Biblos bedankte sich und berechnete ihm nichts für das Mittagessen, und Halim freute sich über die Vertrautheit, auch wenn sie ihn Zana noch nicht näher brachte.

Eines Tages sah Abbas seinen Freund im Geschäft Rouaix, nicht weit vom Restaurant Avenida im Zentrum von Manaus. Halim wollte einen französischen Damenhut kaufen, Marie Rouaix war bereit, ihm den Hut auf Abzahlung zu überlassen. Abbas kam dem Handel zuvor, stieß seinen Freund in die Seite, sie verließen das Geschäft ohne Hut und gingen ins Café Polar beim Teatro Amazonas. Sie unterhielten sich. Halim schüttete sein Herz aus, und Abbas schlug vor, er solle Zana keinen Hut, sondern ein Ghasel schenken.

»Das wird billiger«, sagte der Dichter, »und bestimmte Worte kommen nie aus der Mode.«

Abbas schrieb ein Ghasel mit fünfzehn Verspaaren und übersetzte es selbst ins Portugiesische. Halim las die Verse immer wieder – Sonne reimte sich auf Wonne, bloß auf Schoß, verrückt auf beglückt. Er steckte die Blätter in einen Umschlag und ließ das Kuvert am nächsten Tag wie versehentlich auf dem Tisch im Restaurant liegen. Eine Woche lang zeigte er sich nicht im Biblos, doch als er wieder dort erschien, gab Galib ihm den Umschlag zurück.

»Das hier haben Sie auf dem Tisch vergessen, um ein Haar hätten wir es weggeworfen. Waren Sie zum Fischen?«

Halim antwortete nicht, nahm die Blätter heraus und las leise Abbas' Verse vor. Galib hörte aufmerksam zu, doch der Lärm der Gäste übertönte Halims Stimme. Zana zeigte sich nirgendwo, und enttäuscht hörte er mittendrin auf.

»Wunderschön, das Gedicht«, sagte Galib. »Einer Frau würden diese Worte unter die Haut gehen.«

Unter die Haut, wiederholte Halim, als er das Biblos verließ. In den Arbeitspausen las er Abbas' Verse noch einmal. Um sechs Uhr morgens verkaufte er schon seinen Krimskrams auf den Straßen und Plätzen von Manaus, an den Haltestellen der Straßenbahn oder sogar in der Straßenbahn. Erst gegen acht Uhr abends hörte er auf; dann ging er auf einen Sprung ins Café Polar, bevor er in sein Zimmer in der Pensão do Oriente zurückkehrte.

Spätabends an einem Freitag traf er Cid Tannus, Verehrer der letzten Polinnen und Französinnen, die noch in der verblühenden Stadt lebten. Sie tranken den Wein, den Cid Tannus französischen und italienischen Matrosen abgekauft hatte. Später kam Abbas dazu, noch nüchtern, aber dank neuer Ghasel-Bestellungen in Stimmung. Er schlug Halim auf den Rücken: »Wie steht's, Alter? Was machst du für ein Gesicht?« Auf die bedrückte Antwort seines Freundes hin flüsterte Abbas ihm ins Ohr: »Die Verse sind überzeugend, Geduld ist eine starke Waffe, aber mit Schüchternheit erobert man kein Herz.« Dann bestellte er zwei Flaschen Wein, reichte sie Halim und sagte: »Morgen, am Samstag, zwei Liter Wein und... viel Glück, Alter!«

Endlich, durch den Wein noch zusätzlich ermutigt, beschloß Halim zu handeln. Wenn er mir in unseren Gesprächen die näheren Umstände seiner Eroberung erzählte, geriet er immer in Erregung. »Oh... was hab ich für Angst und Qualen gelitten an dem Vormittag«, sagte er.

Abbas' Reim: verrückt auf beglückt. Was wollte Zana mehr? An jenem Samstagvormittag trat also Halim schwankend ins Biblos. Sein Blick heftete sich auf das junge Mädchen mitten im Raum. Der Witwer Galib sah das Feuer im Blick seines Gastes. Erstarrt blieb er stehen, auf der Platte, die er mit der linken Hand balancierte, ein Fisch mit offenem Maul und hervorgequollenen Augen. Besteckgeklapper verstummte, Gesichter wandten sich Halim zu. Das Summen des Ventilators das einzige Geräusch in dem drückend warmen Raum. Halim trat drei Schritte auf Zana zu, stellte sich in Positur und begann mit fester, tiefer, melodischer Stimme, begleitet von ekstatischen Gebärden, ein Ghasel nach dem anderen zu deklamieren. Er hörte nicht auf, er konnte nicht aufhören, nachdem die überströmende Leidenschaft, die plötzlich ausgebrochene Glut die Schüchternheit besiegt hatte. Zana, das fünfzehnjährige Mädchen, war wie betäubt, suchte Zuflucht beim Vater. Stimmengewirr übertönte das Summen des Ventilators; jemand lachte auf, andere lachten mit, doch die Witzeleien änderten nichts an Halims Gesichtsausdruck. Sein Blick ruhte fest auf Zana, und sämtliche Poren seiner Haut verströmten den Wein des Glücks. Schüchtern, doch jählings couragiert, wußte er selbst nicht, wie er den Raum durchquerte und Zana am Arm faßte, ihr etwas zuflüsterte und dann wieder zurücktrat, das Gesicht ihr zugewandt, sie mit Blicken verschlingend. So blieb er stehen, bis das Gelächter verstummte und feierliche Stille Halims Blick noch mehr Kraft und Bedeutung verlieh. Niemand behelligte ihn, keine Stimme erhob sich in diesem Moment. Dann verließ er das Biblos. Und kehrte zwei Monate später als Zanas Ehemann zurück.

Abbas' Ghasele aus Halims Mund! Wie ein Sufi in Ekstase wirkte er, wenn er mir die gereimten Verspaare vortrug. Er schaute auf das feuchte grüne Laub und sprach kraftvoll, die Stimme kam tief aus ihm, während er mit jeder Silbe des Gedichts einen Augenblick der Vergangenheit zelebrierte. Wenn er die Verse auf arabisch sprach, verstand ich nichts, war aber trotzdem tief berührt – es waren kräftige Laute, und die Wörter vibrierten im Tonfall der Stimme. Ich hörte gern seine Geschichten. Noch heute habe ich seine Stimme im Ohr. Manchmal war er zerstreut und sprach auf arabisch. Dann lächelte ich und gab ihm ein Zeichen. »Es klingt sehr hübsch, aber ich verstehe nichts.« Er schlug sich an die Stirn und murmelte: »Das ist das Alter, wenn man alt ist, entscheidet man nicht, welche Sprache man spricht. Aber du könntest ruhig ein paar Wörter lernen, mein Lieber.«

Eine enge Beziehung zu seinen Söhnen, so etwas hat Halim nie gehabt. Einen Teil seiner Geschichte, seine Lebensleistung, nichts davon hat er den Zwillingen erzählt. Mir vertraute er hin und wieder einiges an, stückchenweise, »wie Fetzen eines Stoffs«. Ich hörte diese »Fetzen« an, aber der Stoff, ein farbiger, kräftiger Stoff, zerfaserte nach und nach, bis er riß.

Er hatte gelitten. Wie so viele Einwanderer, die mit nichts als dem Hemd auf dem Leib gekommen waren. Er glaubte an die große, ekstatische Liebe mit ihren Mondmetaphern. Ein später Romantiker, ein wenig fehl am Platz oder nicht ganz zeitgemäß, ohne Sinn für die Macht der Äußerlichkeiten, zu denen Gold und Betrug verhelfen. Vielleicht hätte er Dichter werden können, ein Flaneur der Provinz; er wurde nur ein einfacher Händler, besessen von Liebe. So hat er gelebt, so habe ich ihn unzählige Male erlebt, am Mundstück der Wasserpfeife ziehend, bereit, mir Episoden aus seinem Leben anzuvertrauen, die er seinen Söhnen niemals erzählt hätte.

Schon bald wußte die ganze Stadt: Halim hatte sich in Zana verguckt. Die Frauen der christlichen Maronitengemeinde von Manaus, alte wie junge, wollten nicht akzeptieren, daß Zana einen Moslem ehelichte. Sie hielten Mahnwachen vor dem Biblos, bestellten Novenen, damit sie Halim nicht heiratete. Sie zogen vor Gott und der Welt über ihn her: er sei ein Straßenhändler, ein dahergelaufener Hausierer, ein ungehobelter Kerl, ein Mohammedaner aus den Bergen im Südlibanon, der wie ein Habenichts gekleidet herumlaufe und die Straßen und Plätze von Manaus abklappere. Galib ging in die Offensive und verscheuchte die Betschwestern: Sie sollten seine Tochter in Ruhe lassen, ihr Gerede schade dem Betrieb im Biblos. Zana hatte sich in ihr Zimmer zurückgezogen. Die Gäste wollten sie sehen, und beim Essen gab es nur das eine Thema: der Rückzug des Mädchens, die heiße Liebe des »Mohammedaners«. Das Gerücht kam auf, Halim habe dem Witwer ein Brautgeld geboten, und andere, bösartigere Lügen, von allen Seiten kam und ging Gerede. Eine Seuche: Jemand denkt sich etwas aus, und alle glauben es.

»Oh, diese Liebesgeschichten in der Provinz«, sagte Halim lachend zu mir. »Als ob man auf einer Theaterbühne steht und hört, wie das Publikum zwei Schauspieler, das Liebespaar, auspfeift. Aber je mehr sie pfiffen, um so mehr parfümierte ich das Bettuch der ersten Nacht.«

Zana hörte nicht auf Pfiffe und nicht auf Ratschläge; sie hörte ihre eigene Stimme Abbas' Ghasele deklamieren. Zwei Wochen ging es so, unentschieden: weder ja noch nein. Sie war der Augapfel ihres Vaters, er brachte ihr die Mahlzeiten, erzählte ihr die Neuigkeiten des Tages, die Geschichten der Gäste, von einem Mordfall, der kürzlich die Stadt erschüttert hatte. Das Thema Halim rührte er nicht an, und sie bat mit dem Blick, allein entscheiden zu dürfen.

Später habe ich begriffen, warum Zana Halim immer über jedes Thema reden ließ. Sie wartete, den Kopf leicht geneigt, mit gelassener Miene ab, und dann sprach sie selbstsicher ein einziges Mal, wie ein Sturzbach und so bestimmt wie eine Kartenlegerin. So war sie seit ihrem fünfzehnten Lebensjahr. Von stummer, sinnierender Hartnäckigkeit, einer Beharrlichkeit auf Sparflamme; dann aber, mit einer festen Meinung gerüstet, schlug sie wie ein Raubtier zu und entschied, zur Verblüffung ihres Gegenübers. Und so war es auch dieses Mal. In der Einsamkeit ihres Zimmers von Abbas' Ghaselen betört, ging Zana mit dem Vater sprechen. Sie habe beschlossen, Halim zu heiraten, doch müßten sie zu Hause wohnen, in diesem Haus, und in ihrem Zimmer schlafen. Das verlangte sie anschließend von Halim in Gegenwart des Vaters. Und noch etwas: Sie müßten vor dem Altar der Lieben Frau vom Libanon getraut werden, in Anwesenheit der Maronitinnen und Katholikinnen von Manaus.

Galib lud ein paar Freunde aus dem Hafen Catraia und von den Treppen an der Praça dos Remédios ein, Fischer und Fischverkäufer, die das Biblos belieferten, dazu noch ein paar Bekannte von den Seen auf der Insel Careiro und vom *igarapé* Cambixe. Eine bunte Mischung von Menschen, Sprachen, Herkunft, Kleidung und Aussehen. Sie versammelten sich in der Kirche Nossa Senhora dos Remédios und hörten gemeinsam die Predigt des Pater Zoraier. Der Abend brach schon an, als Abbas und Cid Tannus erschienen, begleitet von zwei Sängerinnen aus einem Nachtklub an der Praça Pedro II. Sie kamen nicht in die Kirche, ließen sich aber mit dem Brautpaar fotografieren und nahmen am Abendessen im Biblos teil, das dank der heiseren Stimme einer der Sängerinnen und den von Tannus spendierten Kisten französischen Weins zum rauschenden Fest wurde.

Halim zeigte mir das Hochzeitsalbum und nahm ein Foto heraus, das ihm besonders gefiel: er, elegant gekleidet, küßte das brünette Mädchen, rundherum weiße Orchideen; der so lang ersehnte Kuß, ganz ohne Scheu, ohne jede Rücksichtnahme auf die fanatischen Betschwestern und Pater Zoraier – Halims Lippen auf Zanas Mund gepreßt, die erschrocken die Augen aufriß, vor dem Altar hatte sie einen so begierigen Kuß nicht erwartet. »Es war ein genußvoller Rachekuß«, sagte Halim zu mir. »Ich hab die Klatschbasen zum Schweigen gebracht und Abbas' sämtliche Ghasele in meinen Kuß gelegt.«

Dann wurde es so: Sie, Zana, führte das Zepter über Haus, Hausmädchen und Kinder. Er, die Geduld in Person, ein verliebter, feuriger Hiob, nahm es hin, ließ sich um den Finger wickeln, tat immer, was sie wollte, und selbst im Alter umhätschelte er sie noch, »spielte die Laute nur für sie«, wie er immer sagte.

Aber im Bett und in der Hängematte war er ein Teufel. Mit größter Selbstverständlichkeit schilderte er mir Liebesszenen, sprach mit belegter Stimme, machte Pausen, sein zerfurchtes Gesicht schweißfeucht von der Erinnerung an die Nächte, Nachmittage und Morgenstunden, in denen sie sich in der Hängematte gewälzt hatten, ihrem bevorzugten Liebeslager, wo Zanas Macht zu einer Melodie aus Lechzen und Lachen zerrann.

»Ein Kauderwelsch der Begierde«, sagte Halim, Abbas' Worte zitierend. Er befächelte den Tabak in der Wasserpfeife, der Rauch hüllte sein Gesicht und seinen Kopf ein, und das momentane Verschwinden seiner Züge war begleitet von Schweigen, der notwendigen Pause, um sich auf einen nicht mehr gegenwärtigen Tonfall oder ein Bild, die von der Zeit verschlungenen Erlebnisse zu besinnen. Nach einer Weile sprach er weiter – Schleier der Vergangenheit durch jäh auftauchende Bilder zerrissen.

Sie verreisten nicht. Drei Nächte verbrachten sie im Hotel América, weltabgeschieden, ganz ihrer Leidenschaft hingegeben. Anschließend wollte Halim eine Nacht im Freien verbringen, bei den Wasserfällen von Tarumã in der Nähe von Manaus. Als sie ins Biblos zurückkehrten, schlug Zana ihrem Vater vor, er solle in den Libanon reisen, die Verwandten wiedersehen, die Heimat, alles. Genau das hatte Galib hören wollen. Und er reiste ab, auf der *Hildebrand*, einem Koloß von Schiff, das so viele Einwanderer nach Amazonien gebracht hatte. Galib, der Witwer. Übrig blieb von ihm nur eine sehr alte Fotografie, das gutmütig dreinblickende Gesicht auf bläulichem Hintergrund, wie ein Gemälde; der Schnurrbart zu feinen Spitzen gezwirbelt, das Haar, eine graumelierte Mähne, stieß fast an den goldenen Bilderrahmen. Die großen Augen waren bei der Tochter noch größer geraten. Galibs Foto hing im Wohnzimmer, damit alle es betrachten konnten.

Er bereitete und servierte das letzte Mittagessen – das Abschiedsfest eines Mannes, der in seine Heimat zurückkehrt. Er träumte schon vom Mittelmeer, von dem Land mit den Bergen und dem Meer. Von den Zedern, von seinem Zuhause. Dorthin fuhr er zurück, sah Teile des Familienclans wieder, jene, die geblieben waren, die sich nicht auf die Suche nach einer neuen Heimat eingelassen hatten. Zana erhielt zwei Briefe vom Vater: Er wohnte in Biblos im selben Haus, in dem sie, Zana, geboren war. Er feierte seine Rückkehr, indem er Spezialitäten aus Amazonien kochte, getrockneten *pirarucu* mit geröstetem Maniokmehl, Paranußtorte, Dinge, die er vom Amazonas mitgebracht hatte. Zwei Briefe, dann nichts mehr. Er starb im Schlaf, in dem Haus in Biblos, nicht weit vom Meer. Aber es dauerte, bis die Nachricht eintraf, und als Zana es erfuhr, schloß sie sich im Zimmer des Vaters ein, als wäre er noch dort. Dann sagte sie stammelnd zu ihrem Mann: »Jetzt habe ich keine Mutter und keinen Vater mehr. Ich möchte Kinder, mindestens drei.«

»Sie weinte wie eine Witwe«, erzählte Halim mir. »Sie rieb sich an den Kleidern des Vaters, roch an allem, was Galib gehört hatte. Sie klammerte sich an die Gegenstände, und ich versuchte ihr zu sagen, daß die Gegenstände weder Leib noch Seele besitzen. Daß sie leer sind ... aber sie hörte mir nicht zu.«

Halim machte einen Zug, stieß den Rauch durch die Nase aus, hustete geräuschvoll. Dann verstummte er wieder, und dieses Mal wußte ich nicht, ob er sich nicht erinnern konnte oder ob er die Pause machte, um seinen Gedanken nachzuhängen. So war er: Er hatte es mit nichts eilig, auch nicht mit dem Sprechen. Vermutlich zeigte er auch in der Liebe keine Ungeduld, ging behutsam vor, wie einer, der eine Delikatesse zu genießen weiß.

Wie hätte er reich werden sollen? Er hatte nie auch nur einen Heller gespart, war großzügig mit dem Essen, mit Geschenken für Zana, mit den Wünschen der Kinder. Er lud Freunde zum Backgammon ein, dem *taule*, und es war immer ein Fest, lange Nächte mit großer Tafelei.

»In die Heimat zurückkehren und sterben«, seufzte Halim. »Dann lieber bleiben, wo man ist, wo man zu leben entschieden hat.«

Zwei Wochen schloß sie sich im Zimmer ein, zwei Wochen, ohne mit Halim zu schlafen. Sie schrie den Namen des Vaters, war außer sich, wie betäubt, unerreichbar. Die Nachbarn hörten es, versuchten sie zu trösten, alles vergeblich.

»Der Ozean, die Überfahrt... Wie weit weg das alles war!« sagte Halim. »Wenn da drüben jemand starb, war es so, als wäre er in einem Krieg, bei einem Schiffsunglück umgekommen. Wir konnten den Toten nicht mit eigenen Augen sehen, es gab keinerlei Feier. Nichts. Nur einen Brief, ein Telegramm... Mein größter Fehler war, Yaqub allein in das Dorf meiner Verwandten zu schicken«, sagte er fast flüsternd. »Aber Zana wollte es so... Sie hat es entschieden.«

3

Pünktlich an jedem Monatsende kam ein Brief von Yaqub aus São Paulo. Zana machte die Lektüre zu einem Ritual, sie las ihn wie einen Psalm oder eine Sure; sie las mit bewegter Stimme, machte zwischendurch Pausen, als wollte sie der Stimme des fernen Sohnes lauschen. Domingas erinnerte sich an diese Lesungen. Sie waren nicht wirklich traurig, denn Halim lud die Nachbarn dazu ein, und das Brieflesen war ein Vorwand für ein festliches Abendessen. Domingas durchschaute Halims Trick. Ohne Fest wäre Zana deprimiert geworden, hätte an die Kälte gedacht, unter der ihr Sohn litt, an das billige Zeug, das er vermutlich aß, der Ärmste, an die einsamen Abende in einem feuchten Zimmer der Pensão Veneza im Zentrum von São Paulo. In wenigen Worten schilderte Yaqub seinen Großstadtalltag. Die Einsamkeit und die Kälte störten ihn nicht; er schrieb über sein Studium, die Hektik dort, wie ernsthaft und fleißig die Menschen arbeiteten. Wenn er über die Praça da República ging, blieb er gelegentlich stehen und betrachtete den riesigen Kautschukbaum. Er hatte sich gefreut, mitten in São Paulo einen Baum vom Amazonas zu sehen, erwähnte ihn aber nie wieder.

Die Briefe verrieten Begeisterung für den neuen Lebensstil, den Rhythmus derer, die sich von der Familie gelöst haben und allein leben. Nun wohnte er nicht mehr in einem Dorf, sondern in einer Großstadt.

»Mein Paulistaner Sohn«, nannte ihn Zana im Scherz, stolz und besorgt zugleich. Sie fürchtete, Yaqub käme nie wieder zurück. Mit der Zeit perfektionierte der Ausgerissene sein Abstraktionsvermögen. Nach sechs Monaten in São Paulo begann er Mathematik zu unterrichten. Die Briefe wurden knapper, zwei oder drei Absätze oder auch nur einer – ein bloßes Lebenszeichen und eine Nachricht, die den Brief rechtfertigte. So teilte der junge Lehrer Yaqub ohne viel Aufhebens, nahezu beiläufig mit, daß er an der Universität von São Paulo angenommen worden war. Er wolle nicht Mathematiker werden, sondern Ingenieur. Ein Polytechniker, der Gebäude berechnet. Zana verstand nicht genau, was der künftige Beruf ihres Sohnes bedeutete, aber Ingenieur war schon gut, sehr viel sogar. Ein Doktor. Die Eltern schickten ihm Geld und ein Telegramm; er bedankte sich für die schönen Worte und schickte das Geld zurück. Da begriffen sie, daß der Sohn nie mehr auch nur einen Heller benötigen würde. Und falls doch, würde er sie nie darum bitten.

Die Briefe wurden seltener, die Mitteilungen aus São Paulo wirkten wie Nachrichten aus einer anderen Welt. Das wenige, was er preisgab, rechtfertigte nicht den Wirbel, der im Haus veranstaltet wurde. Eine Karte mit vagen Worten konnte Anlaß zu einem großen Fest sein. Zana beteiligte sich auch an den Festen, die anfangs noch monatlich stattfanden, dann in größeren Abständen, so daß die wenigen Zeilen, die Yaqub schickte, wie ein bleicher Komet Manaus streiften. Hin und wieder Signale aus der Großstadt: der Alltag in der Pension Veneza, die Kinos auf der Avenida São João, Fahrten mit der Straßenbahn, der Lärm auf dem Viaduto do Chá und die ernsthaften Professoren mit Schlips und Kragen, die Yaqub verehrte. Auf dem ersten Foto, das er schickte, trug er Jackett und Krawatte und blickte so starr wie der Degenträger bei der Parade zum Unabhängigkeitstag.

»Was für ein Unterschied zu dem Hinterwäldler, den ich in Rio erlebt habe«, bemerkte Halim beim Betrachten des Porträts seines Sohnes.

»Der Hinterwäldler ist dein Sohn«, sagte Zana. »Mein Sohn ist ein anderer, mein Sohn ist dieser künftige Doktor vor dem Teatro Municipal.«

Ein anderer Yaqub, der sich mit dem Modernsten maskierte, das es am anderen Ende Brasiliens gab. Er kultivierte sich, bereitete sich zum Angriff vor – ein Regenwurm, der Schlange spielen will, oder ungefähr so. Das gelang ihm. Lautlos glitt er unter dem Laub voran.

Nach außen hin war er wirklich ein anderer. Innerlich ein großes Rätsel – ein Schweigsamer, der niemals laut dachte.

Ich bin damit aufgewachsen, daß Fotos von Yaqub betrachtet wurden und seine Mutter die Briefe vorlas. Auf dem einen Foto posierte er in Militäruniform; wieder mit einem Degen, doch ließ die zweischneidige Waffe den Offizier der Reserve noch imposanter wirken. Dieses Bild des jungen Mannes in schneidiger Uniform hat mich jahrelang beeindruckt. Ein Offizier des Heeres und künftiger Ingenieur der Polytechnischen Hochschule...

Omar hingegen war allzu präsent – sein Körper befand sich hier, lag schlafend unter dem Vordach. Er wechselte zwischen der Starre im Nachrausch und der Euphorie der nächtlichen Sumpfereien. Den Vormittag über lag er, ein regloses Geschöpf, weltvergessen in der Hängematte. Am frühen Nachmittag brüllte er hungrig, ein notleidender Bonvivant. Nach außen hin war ihm der Erfolg des Bruders gleichgültig. Er nahm nicht an der Lektüre der Briefe teil, ignorierte den Offizier der Reserve und künftigen Polytechniker. Doch über die Fotos im Wohnzimmer mokierte er sich. »Ein Schwächling, der sich wichtig tut«, sagte er, und dies mit so ähnlicher Stimme wie sein Bruder, daß Domingas sich erschrocken im Wohnzimmer nach dem leibhaftigen Yaqub umsah. Die gleiche Stimme, der gleiche Tonfall. Das Bild, das ich von Yaqub hatte, wurde durch Omars Körper und Stimme geprägt. In ihm lebten beide Zwillinge, denn Omar war immer anwesend, nahm immer mehr Raum im Haus ein, um Yaqubs Existenz auszulöschen. Wenn Rânia die Fotos des abwesenden Bruders küßte, machte Omar Faxen, spielte sich auf, suchte durch Verrenkungen die Aufmerksamkeit der

Schwester auf sich zu ziehen. Doch die Erinnerung an Yaqub siegte. Die Fotografien strahlten starke, kraftvolle Präsenz aus. Wußte Yaqub das? Immer mit hochmütigem Gesichtsausdruck, das Haar ordentlich gekämmt, makelloses Jackett, buschige, gebogene Augenbrauen und ein verhaltenes Lächeln, das schwer zu ergründen war. Das Duell zwischen den Zwillingen war wie ein explosives Gemisch kurz vor der Zündung.

»Duell? Rivalität wäre wohl richtiger, irgend etwas, das zwischen den Zwillingen schiefgelaufen ist oder zwischen ihnen und uns«, sagte Halim zu mir, den Blick auf den alten Kautschukbaum im Garten gerichtet.

Die Zwillinge kamen nicht gleich nach Galibs Tod zur Welt. Halim wollte mit Zana das Leben genießen, wollte alles mit ihr erleben, nur sie beide im Banne des Egoismus der Leidenschaft. Er pries ihre Schönheit in übertriebenen Tönen und lachte, wenn er sagte, sie sei so, in Trauer, als Witwe des Vaters, noch schöner.

In der Hängematte liegend, sprachen sie über Galib, über Zanas Kindheit in Biblos, den Bruch darin, als sie sechs war und der Vater mit ihr nach Brasilien ging. Der Vater fuhr mit ihr zum Baden ans Mittelmeer, anschließend gingen sie gemeinsam durch die Dörfer, zusammen mit einem Arzt, der in Athen studiert hatte, der einzige Arzt in Biblos; sie besuchten Freunde und Bekannte, von den Osmanen eingeschüchterte und sogar verfolgte Christen. In jedem Haus, das sie besuchten, versorgte der Arzt seine Patienten, und Galib kochte eine köstliche Mahlzeit. Der Mann, der den Gästen des Restaurants in Manaus das Wasser im Mund zusammenlaufen ließ, war schon in seiner Geburtsstadt Biblos ein hervorragender Koch. Er kochte mit dem, was gerade vorhanden war in den Steinhäusern von Jabal al Qaraqif, Jabal Haous und Jabal Laqlouq, den Bergen, auf denen der Schnee unter dem strahlend blauen Himmel funkelte. Die geheimnisvolle, biblische Schönheit der uralten Zedern in der weißen, manchmal von der Wintersonne golden gefärbten Schneewehenlandschaft – Tränen traten ihr in die Augen, sie hielt inne, ihr Blick streifte Halims Gesicht. Und wenn Galib ein Haus am Meer besuchte, brachte er seinen Lieblingsfisch mit, den *sultan ibrahim*, und würzte ihn mit einer Kräutermischung, deren Geheimnis er niemals verraten hatte. Im Restaurant in Manaus stellte er kräftige Würzmischungen aus Cayennepfeffer und dem kleinen gelben Murupipfeffer her, vermengte alles mit Maniokwurzelsaft und Parakresse und beträufelte den Fisch damit. Er verwendete auch noch andere Kräuter, Minze und *zatar* etwa.

»Da drüben pflanzte er die orientalischen Kräuter an«, sagte Halim und wies auf ein grasbewachsenes Viereck neben dem Kautschukbaum.

Die trauernde Zana entzog sich den Liebkosungen ihres Mannes und kam immer wieder auf ihr Thema zurück, sprach von der Erscheinung des Vaters, dem Gesicht des Vaters, von dem Mann, der sie seit dem Tod ihrer Mutter großgezogen hatte. Es dauerte geraume Zeit, bis sie Galibs Namen nicht mehr ständig im Mund führte. Die Träume, die sie ihm erzählte: Vater und Tochter am Strand, Hand in Hand in das Wasser gehend, das ihre Mutter fortgerissen hatte. Vater und Tochter im Traum beieinander, immer am Meer, in Betrachtung des dunklen Felsens, wie ein aufgelaufenes, verrostetes Schiff. Sie dachte an den Tag zurück, als sie dem Vater die Ghasele vorgelesen und unvermittelt, ohne mit der Wimper zu zucken, gesagt hatte: »Diesen Halim heirate ich.«

»Monatelang ging das so, Junge«, sagte er kopfschüttelnd. »Vier, fünf Monate, ich weiß es gar nicht mehr genau. Ich dachte, sie liebt mich nicht mehr, ich wollte schon mit ihr nach Biblos fahren, Galib ausgraben und zu ihr sagen: Bleib hier bei den Knochen deines Vaters, oder aber wir nehmen die Gebeine mit nach Brasilien, dann kannst du da mit ihnen bis an dein Lebensende reden.«

Nein, er sagte nichts dergleichen. Er wartete ab – geduldig, mit hartnäckiger Geduld. Dann schlug sie vor, in der Rua dos Barés, zwischen Hafen und Kirche, ein kleines Geschäft zu eröffnen. Da herrschte jede Menge Betrieb, ein Kommen und Gehen Tag und Nacht. Das Restaurant würden sie schließen, denn all die Gäste mit ihren derben Witzen, Geschichten von Schiffbrüchen und Fabelwesen erinnerten sie an ihren Vater. Halim war einverstanden. Er war mit allem einverstanden, solange sein Einverständnis in die Hängematte, ins Bett oder auch auf den Teppich im Wohnzimmer führte.

Zu dem Zeitpunkt, als sie das Geschäft eröffneten, bot ihnen eine Nonne, Irmãzinha de Jesus, ein Waisenmädchen an, schon getauft und alphabetisiert. Domingas, eine bildhübsche Kleine, wuchs hinter dem Haus auf, wo es, von Palmen und anderen Bäumen abgetrennt, zwei Kammern gab.

»Ein schmächtiges Mädchen, als sie kam, hatte sie den Kopf voller Läuse und christlicher Gebete«, erinnerte sich Halim. »Sie lief barfuß und bat immer um unseren Segen. Offenbar ein Mädchen mit guten Manieren und angenehmem Wesen, weder trübsinnig noch keck. Eine Weile machte sie uns verdammt viel Arbeit, aber Zana mochte sie. Die beiden beteten zusammen die Gebete, die die eine in Biblos gelernt hatte und die andere im Waisenhaus der Nonnen hier in Manaus.« Halim schmunzelte, während er darüber sprach, wie seine Frau sich mit dem Indiomädchen anfreundete. »Was die Religion nicht alles zustande bringt«, sagte er. »Sie kann Gegenpole vereinen, den Himmel und die Erde, die Herrin und das Hausmädchen.«

Ein kleines Wunder, eines, das der Familie und künftigen Generationen dienlich sein mag, dachte ich. Domingas diente; und sie hörte mit dem Dienen erst auf, als sie starb, fast so schmächtig wie damals, als sie ins Haus kam und vielleicht auch auf die Welt. Sie war erschrocken über den Radau, den die Herrschaften beim Liebesspiel machten, und schockiert darüber, daß Zana, eine so fromme Frau, sich derart furios Halim hingab.

»Als käme dabei ihre ganze Fleischeslust zum Vorschein«, sagte Domingas eines Nachmittags zu mir, während sie die Laken der Herrschaften im Waschtrog spülte.

Mit der Zeit gewöhnte sie sich an die schamlose Vereinigung der beiden Körper, für die es weder eine feste Stunde noch einen festen Platz gab. Sonntags morgens widerstand Zana Halims Liebeswerben und lief in die Kirche Nossa Senhora dos Remédios. Doch wenn sie nach Hause kam, mit reiner Seele und dem Geschmack der Hostie am Gaumen, hob Halim sie an der Türschwelle hoch und trug sie die Treppe hinauf. Und unterwegs ließ er die Hanfschuhe und den Morgenrock auf die Stufen fallen und dann ihre Schuhe, ihre Strümpfe, ihren Unterrock und ihr Kleid, so daß sie fast nackt waren, wenn sie das nach weißen Orchideen duftende Schlafzimmer betraten.

»Mein Geschäft habe ich bei Gott nie richtig ernst nehmen können«, sagte er in gespielt bedauerndem Ton. »Dafür hatte ich weder Zeit noch den Kopf frei. Ich weiß, daß ich als Kaufmann träge war, aber ich habe ja auch zuviel in die Liebe investiert.«

Er wollte keine drei Kinder; anders gesagt, wenn es nach ihm gegangen wäre, dann hätten sie überhaupt keine gehabt. Das sagte er immer wieder und kaute dabei gereizt auf dem Mundstück der Wasserpfeife. Sie hätten ein Leben ohne Ärger und Sorgen gehabt, denn ein verliebtes, kinderloses Paar überstehe jede Not und alle Widrigkeiten des Lebens. Doch er mußte sich dem Schweigen seiner Frau und dem gebieterischen Ton des darauf folgenden Satzes fügen. Sie konnte hartnäckig sein, ohne laut zu werden:

»Wir sollen also unser ganzes Leben allein in diesem großen Haus wohnen? Nur wir beide und das Indiomädchen hinten im Garten? Wie egoistisch, Halim!«

»Ein Kind ist ein Spielverderber«, sagte er ernst.

»Drei, mein Schatz. Drei Kinder, nicht mehr und nicht weniger«, beharrte sie und spannte listig die Hängematte im Schlafzimmer auf, verteilte die Kissen auf dem Fußboden, wie er es liebte.

»Die werden unser Leben verändern, uns unsere Hängematte nehmen...«, jammerte Halim.

»Wäre mein Vater noch am Leben, er würde seinen Ohren nicht trauen, daß du so etwas sagst.«

Wenn sie ihren Vater erwähnte, schreckte Halim zurück, und Zana merkte das. Sie ließ nicht locker – abwechselnd schweigend und hartnäckig; sie gab sich Halim mit der Leidenschaft einer verliebten Frau hin. Nahm er die Zweideutigkeit in Zanas Verhalten nicht wahr? Er ließ sich von den Liebesnächten verleiten, in denen es an zärtlichen Worten nicht fehlte, und immer endeten diese Nächte mit der Verheißung des Glücks, das große Haus mit Kindern zu bevölkern.

Zwei Jahre, nachdem Domingas ins Haus gekommen war, wurden Yaqub und Omar geboren. Halim erschrak, als die Hebamme mit zwei Fingern Zwillinge ankündigte. Sie wurden zu Hause geboren, Omar ein paar Minuten später als Yaqub. Omar war in den ersten Lebensmonaten häufig krank. Und er war etwas dunkler und hatte mehr Haar auf dem Kopf als der andere. Er wuchs übertrieben behütet auf, unter fast krankhafter Fürsorge der Mutter, die in der zarten Konstitution des Kindes den drohenden Tod sah.

Zana war ständig um ihn, und der andere war der Obhut von Domingas überlassen, dem schmächtigen Indiomädchen, halb Sklavin, halb Amme, »verrückt nach Freiheit«, wie sie mir einmal erschöpft, resigniert sagte, dem Bann der Familie ausgeliefert, nicht viel anders als die übrigen Hausmädchen in der Nachbarschaft, alle von den Nonnen der Missionen alphabetisiert und erzogen, aber alle wohnten sie hinten, ganz nah am Zaun oder der

Mauer, und schliefen dort mit ihren Träumen von der Freiheit.

»Verrückt nach Freiheit.« Leere Worte. Niemand befreit sich nur mit Worten. Sie blieb hier im Haus, träumte von einer ständig auf die Zukunft verschobenen Freiheit. Eines Tages sagte ich zu ihr: Zum Teufel mit den Träumen; wenn man nichts tut, ist plötzlich der Tod da, und im Tod gibt es keine Träume. Alle Träume sind hier, sagte ich, und sie sah mich an, erfüllt von unausgesprochenen Worten und dem Verlangen, sie auszusprechen.

Aber sie hatte nicht den Mut, das heißt, einerseits hatte sie ihn und andererseits nicht; wenn es darauf ankam, kapitulierte sie lieber, handelte nicht, ließ sich von Tatenlosigkeit übermannen. Von Tatenlosigkeit und auch von ihrer Bindung an die Zwillinge, vor allem an den kleinen Yaqub und vier Jahre später an Rânia. Die Beziehung zu Yaqub war stärker – die Liebe einer Ziehmutter, unvollkommen, vielleicht sogar unmöglich. Zana schwelgte in Vergnügungen mit dem anderen, nahm ihn überall hin mit, fuhr mit ihm in der Straßenbahn zur Praça da Matriz, den Boulevards, dem Stadtteil Seringal Mirim, den Wochenendhäusern der Reichen draußen in Vila Municipal; ging mit ihm zu den Jongleuren im Gran Circo Mexicano, zu Kindertanzfesten im Rio Negro Clube, wo er als Zweijähriger, kostümiert als zahmes Äffchen, fotografiert wurde; das Kostüm bewahrte Zana als Reliquie auf.

Yaqub blieb bei Domingas, sie spielte mit ihm, machte sich klein, kehrte in die Kindheit zurück, die sie fern von Manaus an einem Flußufer verbracht hatte. Sie nahm ihn an andere Orte mit: zu Stränden, die in der Trockenzeit entstanden, dort stiegen sie in die Boote, die an der Böschung verlassen im Sand lagen. Sie gingen auch in der Stadt spazieren, liefen von einem Platz zum anderen, bis hin zur Insel São Vicente, wo Yaqub die Festung bestaunte, auf die Kanonen kletterte, wie ein Wachposten posierte. Wenn es regnete, suchten sie Schutz bei den

Bronzebooten auf der Praça São Sebastião, erzählte Domingas, anschließend besuchten sie die Schildkröten und Fische im Teich auf der Praça das Acácias. Zana vertraute ihr, doch hin und wieder versetzten die Worte der Nachbarinnen sie in Panik. Diese Indiomädchen stellten mit den Kindern schreckliche Sachen an – gab es nicht Fälle von Erwürgen, Blutsaugen, Vergiften und noch schlimmeren Greueln? Aber dann dachte Zana schnell daran, daß sie gemeinsam beteten, zu demselben Gott, denselben Heiligen, und darin waren sie wie Schwestern. Beim Gebet knieten sie nebeneinander vor dem Altar im Wohnzimmer und huldigten der Gipsfigur der Heiligen, die Domingas jeden Morgen abstaubte.

Als die Zwillinge zur Welt kamen, durfte Halim zwei Monate lang Zana nicht anrühren. Er hat mir erzählt, wie er gelitten hat – er empfand die Schonzeit als absurd, und noch absurder, mit welch wahnwitziger Hingabe seine Frau Omar liebte. Den Tag verbrachte er im Laden, beschäftigt mit den Kunden und den Müßiggängern, die sich in der Hafengegend herumtrieben, brachte ihnen Backgammon bei und trank Arrak aus der Flasche, wie zu Zeiten seiner Liebeswerbung, als er Abbas' Ghasele deklamierte. Manchmal kam er angeheitert und mit Anisatem nach Hause, auf der Zunge ein oder zwei Liebesverse, vielleicht gab Zana ja dann ihre Schonzeit auf. Zana eroberte er zurück, doch von den Zeiten, als sie, gleich wo im Haus oder Garten, vor Lust bebten, mußte er sich verabschieden.

»Da drüben, unter dem Kautschukbaum«, er wies mit dem Zeigefinger der faltigen, aber festen Hand auf die Stelle. »Das war unser Laublager. Es juckte fürchterlich, das Gebüsch da war voller Brennesseln. Bis zur Geburt der Zwillinge ging das so.«

Als die Kinder laufen lernten, war es mit Halims Ruhe vorbei. Sie spielten mit dem Tabak der Wasserpfeife, brachten tote Eidechsen ins Haus, legten Brennesseln und Heuschrecken in die Hängematten. Omar war besonders mutig: Er drang während der Siesta ins elterliche Schlafzimmer ein und turnte so lange auf dem Bett herum, bis er Halim vertrieben hatte. Ruhe gab er erst, wenn Zana das Zimmer verließ, um mit ihm im Garten zu spielen. Sie setzten sich unter den Kautschukbaum, während der verärgerte Halim ihn am liebsten in den seit Galibs Abreise leerstehenden Hühnerstall gesperrt hätte. »Was hat der arme Halim unter Omar gelitten«, sagte Domingas in Erinnerung an die Zeit, als er den Sohn zu bändigen versuchte. Wenn ihn die Wut packte, lief er durch das ganze Haus hinter Omar her, bis dieser auf den Brotfruchtbaum kletterte und drohte, dem Vater eine Brotfrucht auf den Kopf zu werfen. Zana lachte: »Du bist ein noch größerer Kindskopf als Omar.«

Eines Nachts wachte Halim hustend und nach Luft ringend auf. Er zündete die Petroleumlampe an, sah im Schlafzimmerspiegel eine gelbe Spinnwebe, glaubte, Rauch zu riechen, und dachte, das Moskitonetz brenne langsam neben ihm ab. Er sprang aus dem Bett und entdeckte, an Zana gekuschelt, Omar. Laut schreiend, so daß alle wach wurden, beschimpfte er ihn, gezündelt zu haben, und jagte ihn aus dem Zimmer, während Zana immer wieder sagte: »Das war ein Alptraum, so was würde unser Sohn nie tun.« Sie stritten sich mitten in der Nacht, bis er mit wütendem Türenknallen das Haus verließ. Zana und Domingas liefen hinter ihm her und holten ihn an einem Kiosk am Mercado Municipal ein. Er stand da, rauchte und beobachtete die erleuchteten Fischerboote, die gerade im Hafen Escadaria festgemacht hatten. Er sagte zu den beiden Frauen, er komme später nach Hause, und dachte die restliche Nacht, auf die Boote und den Rio Negro schauend, über den Alptraum nach, bis die Stimmen und das Gelächter des anbrechenden Tages ihn in die Wirklichkeit zurückholten. Er war barfuß und im Pyjama, die ersten Morgenfischer glaubten, er habe den

Verstand verloren. Wie einen Schlafwandler führte ihn einer am Arm nach Hause. Zwei Nächte schlief er im Lagerraum des Ladens, er konnte den Sohn, den Störenfried im Ehebett nicht ertragen. Dann, als er sich etwas beruhigt hatte, schlug er tatsächlich vor, sie könnten sich in Omars Gegenwart lieben. Zana antwortete ungerührt: »Fabelhaft, vor den Kindern, Domingas und der ganzen Nachbarschaft. Dazu sage ich, daß wir noch ein Kind bekommen.«

Als Rânia geboren wurde, hatte Halim sich inzwischen mit dem begrenzten Raum des Ehebetts abgefunden. Wenn Zana in den Laden kam, was selten geschah, schickte er die Kunden und Backgammonspieler weg, schloß die Türen ab und ging mit ihr nach oben in den kleinen Lagerraum, der ein Fensterchen mit Blick auf den Rio Negro besaß. Dort verbrachten sie Stunden, fern der drei Kinder und des Waisenmädchens, das sie hütete, fern aller Tücken und Störungen. Sie beide allein, wie er es liebte. Vom Fluß wehte eine Brise und trug den Fischgeruch, den Duft von Früchten und Pfeffer herüber. Er liebte diesen Geruch, der sich mit anderen Gerüchen mischte: dem Schweiß ihrer Körper, dem Muff unverkäuflicher Stoffe, dem Geruch der Ledersandalen, der baumwollenen Hängematten, der Rolltabakschnüre. Wenn er den Laden wieder aufmachte, feierte er die Begegnung mit Rabattpreisen für den ganzen in dem Kabuff herumliegenden Kram. Das war ein Fest, aber es fand immer seltener statt.

Die Kinder hatten sich in Halims Leben gedrängt, und damit hat er sich nie abgefunden. Dennoch waren es seine Kinder, und er lebte mit ihnen zusammen, erzählte ihnen Geschichten und beschäftigte sich gelegentlich mit ihnen. Er nahm sie zum Fischen an den Puraquecoara-See mit, oder sie ruderten auf dem Flußarm von Cambixe, wo Halim Viehzüchter kannte, Besitzer kleiner Fazendas. Er war das, was man einen Vater nennen konnte, allerdings ein Vater mit dem Bewußtsein, daß die Kinder ihm ein gutes Stück Privatheit und Freuden geraubt hatten. Jahre später sollten sie ihm seine Seelenruhe und gute Laune rauben. Er warnte seine Frau, sie verwöhne Omar zu sehr, das zarte Kind, das um ein Haar an einer Lungenentzündung gestorben war.

»Mein Schwarzkopfäffchen, mein Wuschelchen«, nannte Zana Omar, und Halim war verzweifelt. Das Wuschelchen wuchs heran, und mit zwölf Jahren war er schon stark und mutig wie ein erwachsener Mann.

»Die schrecklichsten Sachen hat er angestellt, der Omar... aber darüber will ich nicht sprechen«, sagte er und ballte die Fäuste. »So manches macht mich wütend, wenn ich darüber rede. Ein alter Mann wie ich sollte lieber an anderes zurückdenken, an alles, was mir Freude gemacht hat. Das ist besser: an das denken, was mich noch etwas am Leben hält.«

Über die Sache mit der Narbe schwieg er. Auch über Domingas' Leben. Doch nach langem Drängen konnte ich ihr selbst ein paar Worte entlocken.

4

Ich wußte nichts über mich, wie ich auf die Welt gekommen, von wo ich gekommen war. Meine Herkunft, meine Wurzeln. Meine Vergangenheit, in gewisser Weise ja in meinen Vorfahren lebendig, nichts wußte ich darüber. In meiner Kindheit keinerlei Hinweis auf meinen Ursprung. Wie ein Kind, das in einem Boot auf einem einsamen Fluß treibt, bis ein Ufer es aufnimmt. Jahre später kam mir ein Verdacht: Einer der Zwillinge war mein Vater. Wenn ich das Thema ansprach, lenkte Domingas ab; sie ließ mich völlig im ungewissen, vielleicht dachte sie, irgendwann würde ich die Wahrheit herausfinden. Ich litt unter ihrem Schweigen; auf unseren Ausflügen zum Vogelgehege bei der Kathedrale oder ans Flußufer begann sie mit einem Satz, brach aber gleich wieder ab und sah mich gequält an, von einer Schwäche besiegt, die ihr nicht gestattete, aufrichtig zu sein. So manches Mal setzte sie an, kam ins Schwanken, zögerte und sagte dann doch nichts. Wenn ich danach fragte, brachte ihr Blick mich gleich zum Schweigen, und es war ein trauriger Blick.

Einmal, vom tagtäglichen Einerlei zermürbt und entnervt, wollte sie am Sonntag aus dem Haus, aus der Stadt hinaus. Die Herrin wunderte sich, willigte aber ein, sofern Domingas nicht zu spät zurückkehrte. Es war das einzige Mal, daß ich mit meiner Mutter aus Manaus herauskam. Es war noch dunkel, als sie an meiner Hängematte rüttelte; sie hatte schon das Frühstück vorbereitet und sang leise vor sich hin. Sie wollte die anderen nicht aufwecken und drängte zum Aufbruch. Wir gingen zu Fuß zum Hafen Catraia und stiegen in ein Motorboot, das Musiker zu einer Hochzeit am Ufer des Acajatuba, eines Nebenflusses des Rio Negro, bringen sollte. Fast mit kindlicher Freude, Herrin über ihre Stimme und ihren Körper, genoß sie die Bootsfahrt. Im Bug sitzend, das Gesicht zur Sonne hin, wirkte sie wie befreit. »Sieh mal, die Regenpfeifer und Jassanas«, sagte sie zu mir und wies auf die Vögel, die über das dunkle Wasser strichen oder auf den Seegrasmatten planschten; sie zeigte mir die Zigeunerhühner, die auf den knorrigen Ästen der *aturiás* hockten, und die Trompetervögel, die mit merkwürdigen Schreien im Schwarm über den grandiosen, wolkenschweren Himmel zogen. Meine Mutter hatte diese Vögel nicht vergessen, sie erkannte ihre Stimmen, wußte noch ihre Namen, und sie blickte sehnsüchtig auf den weiten Horizont flußaufwärts und dachte an den Ort, wo sie geboren war, in der Nähe der Siedlung São João, am Ufer des Jurubaxi, eines Arms des Rio Negro, weit, weit weg. »Mein Heimatort«, sagte Domingas. Sie wollte damals nicht aus São João fort, wollte beim Vater und Bruder bleiben; sie half den Frauen aus dem Dorf beim Maniokreiben und der Herstellung von Maniokmehl, kümmerte sich um den kleineren Bruder, während der Vater im Urwald arbeitete. Ihre Mutter... Domingas hatte keine Erinnerungen, aber ihr Vater sagte: Deine Mutter kam aus Santa Isabel, sie war hübsch, konnte fröhlich lachen, bei den Dorffesten und Tanzabenden war sie die Hübscheste von allen. Eines Tages ging der Vater in aller Frühe weg, Piassavapalmwedel schneiden und Paranüsse sammeln. Es war Juni, einen Tag vor Johanni, das Kanu mit der Statue des Heiligen wurde zum Fluß gebracht, die *gambeiros* trommelten, sangen und sammelten Spenden für das Johannifest. In der Siedlung am Jurubaxi stieg schon die Stimmung mit Gebeten und Tänzen, aus den Nachbardörfern und sogar aus Santa Isabel am Rio Negro trafen Landarbeiter und Indios zum Fest ein. Da übertönte Grunzen den Klang der Trommeln, und Domingas sah ein Wildschwein mit geifertriefendem Rüssel, es zitterte und zappelte, würgte am giftigen Saft der wilden Maniokwurzel. »Ein Mann goß kochendes Wasser drüber und schlug dem Schwein mit einem Knüppel auf den Kopf, dann riß er die Borsten aus, um es am Spieß zu braten«, erzählte Domingas. »Ich lief in die Hütte, wo mein Bruder spielte. Da blieb ich, bibbernd vor Angst, und weinte... Ich wartete auf meinen Vater... er kam und kam nicht... Keiner wußte etwas.«

Für sie gab es kein Fest. Man hatte den Vater bei den Palmen tot aufgefunden. Sie konnte sich noch an die Beerdigung erinnern, auf dem kleinen Friedhof auf der anderen Seite vom Jurubaxi. Unvergessen war ihr der Morgen, an dem sie die Reise ins Waisenhaus von Manaus antrat, begleitet von einer Nonne der Missionsstation Santa Isabel am Rio Negro. Die Nächte, die sie im Waisenhaus schlief, die Gebete, die sie auswendig lernen mußte, und wehe ihr, sie vergaß ein Gebet, den Namen einer Heiligen. Etwa zwei Jahre blieb sie dort, lernte lesen und schreiben, betete frühmorgens und abends, putzte die Waschräume und den Speisesaal, nähte und stickte für die Basare der Mission. Die Abende waren besonders trist, die Internen durften nicht ans Fenster gehen, sie mußten stumm in der Dunkelheit liegen; um acht öffnete Schwester Damasceno die Tür, ging durch den Schlafsaal, um alle Betten herum, blieb bei jedem Mädchen stehen. Die Gestalt der Nonne baute sich vor ihnen auf, eine Handklatsche wippte in ihrer Hand. Schwester Damasceno war hochgewachsen, ganz in Schwarz, eine grimmige Person, sie machte allen angst. Domingas schloß die Augen, tat, als schliefe sie, und dachte an ihren Vater und ihren Bruder. Sie weinte bei der Erinnerung an den Vater, an die Holztiere, die er für sie schnitzte, die Lieder, die er seinen Kindern vorsang. Und sie weinte vor Zorn. Ihren Bruder sollte sie nie wiedersehen, sie durfte nie mehr nach Jurubaxi. Die Nonnen erlaubten es nicht, niemand durfte das Waisenhaus verlassen. Die Schwestern paßten die ganze Zeit auf. Sie beobachtete heimlich die jungen Mädchen von der Escola Normal, angehende Lehrerinnen, die ungezwungen in Gruppen über den Platz schlenderten...

und flirteten. Dann wollte sie am liebsten ausreißen. Zwei Internen, den beiden ältesten, gelang nachts die Flucht; sie kletterten hinten über die Mauer, ließen sich in die Gasse Simón Bolívar fallen und verschwanden im Gebüsch. Mutige Mädchen. Domingas dachte auch an Flucht, aber die Schwestern merkten es, Gott wird dich strafen, sagten sie. Der Gestank der Toiletten, der scharfe Geruch des Putzmittels, die verschwitzten, klebrigen Kleider der Nonnen. Domingas hielt es nicht mehr aus. Eines Tages befahl Schwester Damasceno, sie solle sich ordentlich duschen, den Kopf mit Kokosseife waschen, die Nägel an Füßen und Händen schneiden. Damit sie ganz sauber war und gut roch! Domingas zog einen braunen Rock und eine weiße Bluse an, die sie selbst gestärkt und gebügelt hatte. Die Schwester setzte ihr eine Haube auf, dann verließen sie das Waisenhaus, gingen zu Fuß bis zur Avenida Joaquim Nabuco und bogen in eine baumgesäumte Straße ein, die zur Praça Nossa Senhora dos Remédios führte. Vor einem alten, dunkelgrün gestrichenen, zweistöckigen Haus blieben sie stehen. Hoch oben, genau in Fassadenmitte, ein Viereck aus blauweißen portugiesischen Kacheln mit dem Bildnis der Lieben Frau der Empfängnis. Eine hübsche junge Frau mit lockigem Haar empfing sie. »Ich bringe Ihnen ein Indiomädchen«, sagte die Nonne. »Sie kann alles, auch ordentlich schreiben und lesen, aber wenn sie Schwierigkeiten macht, muß sie ins Waisenhaus zurück und bleibt ein für allemal da.« Sie gingen ins Wohnzimmer, in einer Ecke stapelten sich kleine Tische und Holzstühle. »Das hat alles zum Restaurant meines Vaters gehört«, sagte die Frau, »aber jetzt können Sie es für das Waisenhaus mitnehmen.« Schwester Damasceno bedankte sich. Offenbar wartete sie auf noch etwas. Sie sah Domingas an und sagte: »Dona Zana, deine Herrin, ist sehr großzügig, sieh zu, daß du keine Dummheiten machst, Kind.« Zana nahm einen Umschlag von dem kleinen Altar und reichte ihn der Nonne. Dann gingen die beiden zur Tür, und Domingas blieb allein zurück, froh, daß sie die grimmige Person los war. Wäre sie im Waisenhaus geblieben, hätte sie ihr Leben lang Toiletten geputzt, Unterröcke gewaschen, genäht. Sie haßte das Waisenhaus und ging die Jesus-Schwestern nie besuchen. Sie warfen ihr Undankbarkeit vor, aber sie wollte Abstand zu den Nonnen, mied sogar die Straße, in der das Waisenhaus lag. Der Anblick des Gebäudes bedrückte sie. Wie oft Damasceno sie geschlagen hatte! Jeder Ort, jeder Augenblick war ihr recht, zur Handklatsche zu greifen. Sie erzog die Indiomädchen, sagte sie. Die Arbeit in Zanas Haus war ähnlich, aber sie hatte mehr Freiheit... Sie betete, wann sie wollte, durfte sprechen, anderer Meinung sein, und sie hatte ihr eigenes Eckchen. Sie erlebte die Geburt der Zwillinge, kümmerte sich um Yaqub, spielte mit ihm... Als er in den Libanon gereist war, vermißte sie ihn. Er war noch fast ein Kind, er wollte nicht weg. Seu Halim ließ seiner Frau ihren Willen, er schickte den Sohn allein auf die Reise. »Omar blieb am Rockzipfel der Mutter«, erzählte Domingas. »Zum Meckern kam er immer in mein Zimmer, beschimpfte Halim als Egoisten... Die beiden haben sich nie vertragen.«

Als wir in dem kleinen Dorf am Ufer des Acajatuba an Land gingen, veränderte sich das Gesicht meiner Mutter. Keine Ahnung, was sie so düster stimmte. Vielleicht die Atmosphäre im Dorf, irgend etwas, das zu sehen oder zu fühlen ihr unangenehm war. Sie wollte nicht bei der Trauung zuschauen und erst recht nicht das Fest, das Feuerwerk, den Fischschmaus im Freien am Flußufer abwarten. Meine Mutter hatte Angst, zu spät nach Manaus zu kommen. Oder womöglich Angst, von ihren Erinnerungen und ihrem Heimweh gebannt, für immer dort zu bleiben.

Wir fuhren im selben Motorboot zurück, zusammen mit einem Dutzend Leuten aus Acajatuba, die in Manaus Schweine, Fisch, Hühner und Maniok verkaufen wollten.

Mir fiel auf, daß meine Mutter immer schweigsamer wurde, je näher wir der Stadt kamen. Stumm blickte sie auf das Flußufer. Die Händler bewachten ihre Tiere, die Hühner flatterten aufgeregt in den improvisierten Käfigen, die aneinander gebundenen Schweine zappelten. Das Ende der Fahrt war schrecklich. Als das Boot an Tarumã vorbeifuhr, fing es an zu regnen. Ein Unwetter, mit schweren Regenböen. Alles wurde dunkel, zwischen Fluß und Himmel war kein Unterschied mehr, das Boot schaukelte heftig und schlug auf das Wasser, wenn es eine Welle durchschnitt. Der Regen überflutete das Deck und den Gang, der Kapitän forderte uns auf, uns hinzulegen. Alle fingen an zu schreien, es gab keine Rettungsringe, wir konnten uns nur an der Reling festhalten. Meine Mutter mußte sich als erste übergeben. Dann wurde mir schlecht; wir gaben alles von uns, das Frühstück und die Sagokuchen, die wir auf der Hinfahrt gegessen hatten. Ich sah, daß alle Leute den Mund aufrissen und sich über den Hühnern und Schweinen erbrachen. Keiner konnte mehr ein Wort verstehen, das Geschrei vermischte sich mit Grunzen und Gackern, und ich versuchte, meine Mutter vor den Schweinen zu schützen, die neben uns zitterten und strampelten. Sie stießen schreckliche Grunzer aus, versuchten zu laufen, rutschten aber nur, und stiegen so verzweifelt übereinander, als müßten sie krepieren. Über eine halbe Stunde Gewitter, Regenböen und Sturm, ich dachte, wir würden untergehen, dann konnte ich gar nichts mehr denken, so schlecht war mir. Nur meine Seele und die Augen gab ich nicht von mir, und ich fühlte mich, als hätte ich auch nichts anderes mehr. Meine arme Mutter schnappte nach Luft, sie konnte nicht mehr. Sie schluchzte mit hängendem Kopf, der Speichel lief ihr aus dem Mund, sie klammerte sich an meine Hände. Mir schwanden die Kräfte vom Schlingern des Bootes, die Sturzbäche aus dem Fluß und vom Himmel peitschten meinen Körper, aber ich ließ meine Mutter nicht los. Die

Tiere schrien pausenlos, am liebsten hätte ich sie in den Fluß geworfen, aber ihre Besitzer hielten die Käfige und Schweine fest, damit sie ihnen nicht verloren gingen, sie waren ja ihr Broterwerb.

Als wir am frühen Abend ankamen, goß es noch immer. Der Anleger in dem kleinen Hafen Escadaria war ein einziges Schlammbad, wir mußten am Strandufer aussteigen und uns zwischen den umgestürzten Hütten und Ständen aus Zeltplanen einen Weg suchen. Wir waren in einem erbärmlichen Zustand, verdreckt, bis auf die Haut naß, und rochen nach Erbrochenem. Durch die kleine Pforte hinten im Zaun kamen wir nach Hause. Domingas ging direkt in ihr Zimmer, legte sich in die Hängematte und bat mich, bei ihr zu bleiben. Noch immer seekrank, mit säuerlichem Geschmack im Mund, schlummerte ich auf dem Fußboden ein. Mitten in der Nacht wachte ich von Domingas' Stimme auf: ob ich Yaqub gern habe, ob ich mich an ihn, an sein Gesicht erinnern könne. Dann hörte ich nichts mehr. Um fünf Uhr war sie schon auf den Beinen und ging zum Mercado Municipal.

Nie wieder unternahmen wir eine Bootsfahrt – der Ausflug nach Acajatuba war der einzige, den ich je mit meiner Mutter gemacht habe. Ich dachte: Um ein Haar hätte sie die Kraft oder die Courage gehabt und etwas über meinen Vater gesagt. Sie wich dem Thema aus und wußte nicht mehr, was sie mich in jener Nacht zum Montag gefragt hatte. Behauptete steif und fest, sie habe Yaqubs Namen nicht ausgesprochen. Doch im Grunde wußte sie, daß ich sie immer und immer wieder nach den Zwillingen befragen würde. Vielleicht war sie durch irgendein Abkommen, einen Pakt mit Zana oder auch Halim verpflichtet, mir zu verschweigen, wer von den beiden mein Vater war.

Nach unserer Bootsfahrt schlug Halim vor, ich solle in das andere kleine Zimmer hinten ziehen. Ich sei inzwischen zu groß, um mit der Mutter in einem Raum zu schlafen, sagte er zu Domingas, sie müsse sich etwas von mir lösen. Ich half selbst mit, das Zimmer zu säubern und zu streichen. Seitdem war es mein Refugium, der Ort auf dem Grundstück, der mir gehörte. Nun drangen die Lieder, die meine Mutter sang, wenn sie nachts nicht schlafen konnte, nur noch gedämpft zu mir. Manchmal, wenn ich über einen kleinen Tisch gebeugt beim Lernen saß, sah ich Domingas' Gesicht am Fenster, das glatte kupferbraune Haar über den braunen Schultern, den Blick auf mich gerichtet, als wollte sie mich bitten, mit ihr Arm in Arm in derselben Hängematte zu schlafen. Wenn ich abends durch die Zaunpforte hinten wegging, wartete sie auf mich, wie ein Wachposten auf der Hut vor einer nächtlichen Gefahr. Sie hatte Angst, mein Weg könne denselben Lauf nehmen wie Omars, gleich zwei wilden, reißenden Flüssen, die niemand bändigen kann.

Wenn Zana mich sonntags beauftragte, im Hafen Catraia Innereien vom Rind zu kaufen, ließ ich mir etwas Zeit, lief ziellos durch die Stadt, ging über die Eisenbrücken, durchstreifte die Gegenden an den *igarapés*, die Viertel rings um das Zentrum von Manaus, die sich damals immer weiter ausdehnten. Dort erlebte ich eine andere Welt, die Stadt, die wir nicht sehen oder nicht sehen wollen. Eine verborgene, verhehlte Welt, mit Menschen, die zum Überleben alles improvisierten, manche nur vegetierend, wie die ausgemergelten Hunde, die um die Stützpfeiler der Pfahlhütten lungerten. Ich sah Frauen, deren Gesichter und Gestik mich an meine Mutter erinnerten, Kinder, die man eines Tages in das Waisenhaus bringen würde, das Domingas so haßte. Dann lief ich über die Plätze im Zentrum, streifte im Viertel Aparecida durch die Gassen und engen Straßen und sah den Kanus auf ihrer Fahrt durch den Hafen Catraia zu. So früh morgens herrschte schon reger Betrieb im Hafen. Am Ufer des *igarapé* von São Raimundo gab es alles mögliche zu kaufen: Obst, Fisch, *Maxixe*-Früchte, Okraschoten, Blechspielzeug. Das alte Gebäude der Cervejaria Alemã schimmerte drüben in Colina, auf der anderen Seite des Flußarms. Riesengroß und strahlend weiß, zog es meinen Blick auf sich, man konnte meinen, es wolle die Hütten in seinem Umkreis erdrücken. Doch der Anblick der sich zu Dutzenden reihenden Einbäume faszinierte mich noch mehr. Schon auf halber Strecke der Überfahrt roch es nach Innereien und Eingeweiden vom Rind. Nach Gedärm. Die Bootsführer paddelten langsam, die miteinander verbundenen Boote bewegten sich wie ein Riesenreptil zum Ufer hin. Wenn sie anlegten, luden die Händler Kisten und Platten voller Eingeweide aus. Ich kaufte die Innereien für Zana, aber der strenge Geruch, die Tausende von Fliegen, all das ekelte mich, ich ging weg vom Ufer und schlenderte bis zur Insel São Vicente. Schaute auf den Fluß. Die endlose, dunkle, leicht gewellte Wasserfläche gab mir ein Gefühl von Erholung, hob für einen Moment die Grenzen meiner Freiheit auf. Allein auf den Fluß zu schauen war wie aufatmen. Und das war viel, es war fast alles an meinen freien Nachmittagen. Manchmal gab mir Halim etwas Geld, das war für mich wie ein Fest. Ich ging ins Kino, hörte das Geschrei des Publikums, wurde ganz benommen von so vielen bewegten Bildern, so viel Licht in der Dunkelheit. Dann nickte ich ein und schlief, eine Vorstellung, zwei Vorstellungen, bis der Platzanweiser mich an der Schulter wachrüttelte. Das war das Ende. Das Ende aller Vorstellungen, das Ende meines Sonntags.

Ich durfte mich im Haus bewegen, mich auf das graue Sofa und die Stühle mit Flechtsitz im Wohnzimmer setzen. Daß ich mit der Familie am Tisch saß, kam selten vor, aber ich durfte dasselbe essen wie sie, durfte alles trinken, sie hatten nichts dagegen. Wenn ich nicht in der Schule war, arbeitete ich im Haus, half beim Putzen, hielt den Garten sauber, stopfte das trockene Laub in Säcke und reparierte den Zaun. Alle Augenblicke ging ich etwas besorgen, um meine Mutter zu entlasten, die keine Minute Ruhe hatte. Es war eine ewige Hetzerei. Zana dachte sich jeden Tag tausend Beschäftigungen aus, auf den Möbeln, dem Fußboden, den Wänden durfte kein Insekt, kein Staubfussel sein. Die Statue der Heiligen auf dem kleinen Altar mußte täglich poliert werden, und einmal pro Woche stieg ich zum Dachgesims hoch, um die Kacheln an der Fassade zu putzen. Außerdem gab es noch die Nachbarn. Ziemlich faule Leute, sie fragten immer Zana, ob ich ihnen einen kleinen Gefallen tun könne, und dann zog ich los, kaufte in einer Gärtnerei in Vila Municipal Blumen, in der Casa Colombo ein Stück Organdy oder brachte eine Nachricht ans andere Ende der Stadt. Nie gaben sie mir Geld für den Bus, manchmal bedankten sie sich noch nicht einmal. Estelita Reinoso, die einzige wirklich Reiche, war am geizigsten. Ihre Villa war der reinste Luxus, die Salons voller persischer Teppiche und französischer Stühle und Spiegel; im Vitrinenschrank funkelten die Gläser, alles mußte hundertmal am Tag geputzt werden. Das goldgelbe Pendel blitzte, aber die Uhr war schon vor langer Zeit verstummt. Wenn ich die Küche der Reinosos betreten wollte, mußte ich die Sandalen ausziehen, das war Vorschrift. Im Haus gab es Dienstmädchen, über die Estelita zu Zana schreckliche Sachen sagte. Lauter tolpatschige Schlampen seien sie, zu nichts zu gebrauchen! Es habe keinen Sinn, diesen Halbwilden etwas beibringen zu wollen, alles hoffnungslose Fälle, nichts taugten sie! Calisto, ein ziemlich stämmiger Junge aus der Armensiedlung hinter uns, kümmerte sich um Reinosos Tiere, vor allem die Affen, die in den großen Drahtgehegen auf dem Grundstück herumturnten und kreischten. Sie waren lustig und zahm, trieben mit Besuchern ihre Scherze und machten nicht viel Arbeit. Die dressierten Affen waren Estelitas lebendiger Schatz. Trotz der ganzen Dienstbotenschar, die ihr zur Verfügung stand, quälte mich von allen Nachbarinnen diese Schmarotzerin am meisten. Als sei es Absicht. »Zana«, sagte sie mit honigsüßer, gekünstelter Stimme, »kann dein Junge für mich einen Krug Milch holen?« Ich ging die Milch holen, und am liebsten hätte ich in den Krug gespuckt und gepinkelt. Manchmal, wenn ich mich nach dem Mittagessen an den Tisch setzte, um Schulaufgaben zu machen, hörte ich das Klappern von Estelitas hohen Absätzen auf den Holzdielen im Flur. Ihre hämmernden Schritte weckten das ganze Haus. Zana machte die Tür zu ihrem Schlafzimmer zu, damit die Nachbarin nicht Halims Fluchen hörte. Ich wußte schon, was mich erwartete. Ich sah das schläfrige, kräftig geschminkte, aber vom Schweiß verschmierte Gesicht, das mit Spray wie zu einer harten Schale aufgetürmte Haar und hörte sie schnattern, der graue Sofabezug habe Flecken, der Kronleuchter sei aus der Mode, der Teppich verschlissen. Zana ließ sich von Estelitas Vergangenheit beeindrucken. Ihr Großvater, ein Amazonas-Magnat, war einmal auf der Titelseite einer amerikanischen Illustrierten abgebildet worden, und die Enkelin zeigte es überall herum. Sie zeigte auch Fotos von den Schiffen seiner Firma, die auf den Flüssen von Amazonien gefahren waren und den Gummibaronen und an den Ufern lebenden Menschen alles mögliche verkauften. Lernte sie neue Leute kennen, eröffnete sie die Unterhaltung mit den Worten: »Der König von Belgien war im Haus meines Großvaters zu Gast und ist auf seiner Jacht gefahren.« Nun lebten die Reinosos von den Mieteinnahmen ihrer Häuser in Manaus und Rio de Janeiro. Einmal im Monat, an einem Samstagabend, verwandelte sich Estelitas Haus in ein Kasino, es erstrahlte in funkelndem Licht, als einzige in der Straße besaßen sie einen Generator. Die Nachbarn wurden nicht in das illuminierte Palais eingeladen, sie lehnten, in Dunkelheit gehüllt, in den Fenstern, bestaunten die Lichterpracht und versuchten zu erraten, wer die Gäste waren. An solchen Abenden besaß Estelita die Dreistigkeit, sich von Zana eimerweise Eis geben zu lassen. Einmal fragte sie nach einer Mullbinde. Ich brachte das Eis und die Mullbinde hin und war neugierig, wer im Reinoso-Palast sich wohl verletzt haben mochte. Bevor ich zurückging, äugte ich in den Salon, wo sie vor dem Spielen zu Abend aßen. Die Mullbinde hatte sich in kleine Beutel verwandelt, mit denen die Gäste die Zitronen über dem Fisch ausdrückten. Ich erzählte Halim, was ich gesehen hatte. »Das sind ganz feine Leute, die gehören zu unserer Aristokratie«, sagte er, »deshalb halten sie sich die Affen da im Käfig.« Eines Tages wurde ich stur: Ich weigerte mich, für die Reinosos den Laufburschen zu spielen. Meine Mutter hatte nicht die Courage, Zana zu sagen, ich sei nicht der Dienstbote anderer Leute. Also sagte ich es selbst, übertrieb ein bißchen, beschwerte mich, Estelita mache mir das Leben schwer, mir bleibe keine Zeit für die Arbeit im Haus. Halim pflichtete mir bei. Und als Zana viele Jahre später Estelita wütend aus dem Haus jagte, lachte ich dieser Megäre laut ins Gesicht.

Mit Talib war es besser, ich verstand mich mit dem Witwer gut. Er fragte nach Minze und Schnittlauch zum Würzen des Essens, das die Töchter kochten. Gelegentlich bat er auch um etwas Tabak und eine kleine Flasche Arrak. Immer lud er mich zu einem Imbiß ein. »Komm herein, setz dich etwas, mein Junge, und probier von unserem rohen *quibe*.« Zahia war größer als der Vater und viel koketter als ihre Schwester. Wenn Zahia tänzelte oder sang, ahmte Nahda sie nach. Die schüchterne, sehr zurückhaltende Kleine konnte wunderbar lachen und zeigte dabei Zähne so weiß, daß sie leuchteten. Diese beiden Schwestern waren, wenn man sie so zusammen sah, von atemberaubender Schönheit. Ich hatte den Eindruck, sie würden nie müde; sie konnten nicht eine Minute stillsitzen, machten alles im Haus und halfen noch dem Vater in der Taverne. Mittags um zwölf erschienen sie oben an der Straße in Schuluniform, und wenn sie an Estelitas

Haus vorbeigingen, wiegten sie sich in den Hüften. Ich verschlang den rohe *quibe*, ohne den Blick von Zahias übergeschlagenen Beinen mit ihrem goldenen Flaum zu wenden. Innerlich betete ich, sie würde die Schuluniform ausziehen und nur in Shorts und T-Shirt ins Wohnzimmer zurückkommen, und wenn das geschah, konnte ich mich an ihr gar nicht satt sehen. Talib verpaßte mir eine Kopfnuß: »Willst du meine Tochter vernaschen, du Schlingel?« Ich wurde verlegen, Zahia lachte. Ich ließ mir keinen Abend entgehen, wenn sie, in Konkurrenz mit Rânia, bei uns im Haus tanzten und sich wie nur was in den Hüften wiegten. Am Tag vor Zanas Geburtstag rief Talib mich gleich am Morgen zu sich. »Hier, nimm dieses Lamm mit zu euch.« Halim schlachtete es, und meine Mutter konnte nicht mit ansehen, wie dem Tier das Blut aus dem Hals spritzte, sie hielt sich die Ohren zu, sein Blöken klang verzweifelt, als flehte das arme Tier um Hilfe oder Erbarmen. Domingas ging weg, versteckte sich, es tat ihr in der Seele leid, das arme Lämmchen Gottes, sagte sie. Der Anblick des blutigen Lamms, das am Ast des Kautschukbaums hing, stimmte sie traurig. Ich war von klein auf daran gewöhnt, Lämmern den Balg abzuziehen und sie auszunehmen. Halim zerlegte das Fleisch, und Zana bereitete es mit den Gewürzen des seligen Galib zu. Der Kopf wurde für Talib reserviert, er aß ihn geschmort, mit reichlich Knoblauch. Ich wartete das ganze Jahr auf die Lammkeule – ich verspeiste meine Scheiben und noch dazu die meiner Mutter, sie schabte für mich die Knochen des Lamms Gottes ab.

Etwas Freizeit und ein gewisses Vergnügen bescherte mir eine Aufgabe, die eigentlich keine richtige Arbeit war. Wenn aus den Häusern in der Straße Geschrei scholl, schickte Zana mich schnüffeln, ich kundschaftete alles aus, wühlte in der schmutzigen Wäsche der Nachbarn. Darin war ich wie eine Schlange. Ich prägte mir die Szenen genau ein, dann erzählte ich alles Zana; sie ergötzte sich daran, vor Neugier quollen ihr die Augen aus dem Kopf. »Nun erzähl, Kind, aber langsam... ganz in Ruhe.« Ich glänzte mit den Einzelheiten, erfand einiges dazu, machte versonnene Pausen, als suchte ich mich mühsam zu erinnern, schließlich platzte ich heraus: Die Mädchen vom Witwer Talib, nicht die Töchter, die anderen, die er sich an den Lagerhäusern angelte. Einmal ertappten die Töchter ihn in flagranti mit einem Mädchen hinter dem Tresen der Taverne Flores do Minho. Damit hatte er nicht gerechnet, er konnte sich nicht vorstellen, daß irgendwann alle Lehrer seiner Töchter gleichzeitig fehlen würden. Sie verprügelten den Vater, wir hörten das Brüllen des Witwers im ganzen Straßenblock, und als ich zu ihnen ging, sah ich ihn im Wohnzimmer liegen, wie er sich unter den runden, strammen Armen der Töchter wand und immer wieder flehentlich sagte: »Ich habe mich doch nur ein bißchen amüsiert, Kinder...« Wie ein Verurteilter wurde er von den beiden verprügelt, sie waren fürchterlich eifersüchtig, duldeten keine Frau in seiner Nähe, sie fürchteten die spätabendlichen Besuche des alten Junggesellen Cid Tannus, schirmten den Vater ab, paßten auf ihn auf, ließen ihn nur in Balmas Laden Billard spielen, wenn Halim mitging. Aber wenn sie tanzten, liefen Talib vor Entzücken die Tränen, sein Bauch bebte vor Freude. Er nannte sie »meine braunen Kriegerinnen, meine schönen Amazonen.« Sie waren seine Blumen vom Minho, denn ihre Mutter war in Portugal geboren.

Bei den Reinosos war es am schlimmsten, Zana forderte mich atemlos auf, alles genau zu erzählen. Wenn das Theater losging, schalteten die Hausmädchen den Generator ein, um das Kreischen der Affen und Abelardo Reinosos Schreie zu übertönen. Der Lärm ließ die Straße erzittern, die Neugierigen beeilten sich, um zuzusehen, wie Estelita am hellichten Vormittag auf ihren Mann einschlug. Ich sah, wie er geduckt in einer Ecke des Drahtgeheges der Affen hockte und von Estelita beschimpft und bedroht wurde, alles wegen ihrer Schwester, dieser aufdringlichen Person, der Mutter von Lívia. Estelita wies die Hausmädchen an, dem Dreckskerl nichts zu geben: keine Bananen und auch kein Wasser. »Hier kannst du warten, bis du schwarz wirst«, schrie sie. »Meine Affen sind viel zu gut für dich als Gesellschaft.« Wenn ich am nächsten Morgen zur Schule ging, kletterte ich auf den Mangobaum in Talibs Garten, um nebenan den armen, gepeinigten Abelardo zwischen den Tieren zu sehen. In der Nacht hatte der Witwer oft Kekse in den Käfig geworfen und sah die Affen wie Riesenspinnen um Abelardo herumschleichen. Estelita scherte sich nicht um Klatsch. Sie war hochmütig, hielt sich für etwas Besseres als ihre eingewanderten Nachbarn, zehrte von den Geschichten aus der Vergangenheit ihrer Familie, und der Besuch des Königs von Belgien ging ihr nicht aus dem Kopf. Stolz führte sie die Ketten und Armreife aus Elfenbein vor, die der König ihrer Großmutter geschenkt hatte.

Wenn in der Nachbarschaft Ruhe herrschte, schickte Zana mich zu Talibs Taverne und zehn anderen Orten, um irgendwelche Kleinigkeiten zu besorgen. Sie ließ anschreiben und bezahlte erst am Monatsende, sie mißtraute mir und allen anderen. Dann schimpfte sie: »Das ist nicht das, was ich wollte, lauf zurück und hol, worum ich dich gebeten habe.« Ich versuchte zu argumentieren, aber es half nichts, sie war dickköpfig, sie fühlte sich besser, wenn sie Befehle gab. Ich zählte die Sekunden, bis ich zur Schule gehen konnte, das war immer eine Erleichterung. Aber zwei- oder dreimal pro Woche fehlte ich. Oft, wenn ich fertig angezogen, zum Gehen bereit war, vermasselte mir Zanas Auftrag den Vormittag in der Schule: »Du mußt die Kleider von der Schneiderin abholen und danach zum Au Bon Marché gehen und die Rechnungen bezahlen.« Das konnte ich genauso gut am Nachmittag machen, aber sie blieb stur, beharrte darauf. Ich machte meine Schulaufgaben nicht rechtzeitig, bekam Rügen von den Lehrerinnen, sie beschimpften mich als Faulpelz, als unverbesserlich und weiß der Teufel was. Ich mußte mich bei allem beeilen, und noch heute sehe ich mich von morgens bis abends hetzen, mit dem sehnlichsten Wunsch, ich könnte mich ausruhen, mich in mein Zimmer setzen, weit weg von den Stimmen, den Drohungen, den Befehlen. Und dann war da noch Omar. Der brachte alles durcheinander, es war die Hölle, bis zum Schluß. Ich durfte nicht mit ihm am Tisch essen. Er beanspruchte den Tisch ganz für sich und aß, mittags wie abends, wann es ihm paßte. Allein. Eines Tages, als ich gerade zu Mittag aß, kam er dazu und verlangte, ich solle aufstehen und in der Küche essen. Halim war in der Nähe, er sagte: »Nein, iß weiter, der Tisch ist für uns alle da.« Omar schnaubte, hinterher rächte er sich an mir. Er konnte es nicht ertragen, mit anzusehen, wie ich bis in den späten Abend konzentriert in meinem stickigen kleinen Zimmer für die Schule lernte. Die Abende waren meine ferne Hoffnung. Wenn Omar auf seine Sauftouren ging, war es eine Qual. Manchmal kam er so voll nach Hause, daß er das Gleichgewicht verlor und hilflos zu Boden sackte. War er aber noch halb bei Sinnen und hatte noch Kraft für weiteren Wirbel, weckte er die Frauen, und dann mußte ich Zana und meiner Mutter helfen. »Hol eine Schüssel mit kaltem Wasser ... Er blutet am Arm ... Beeil dich, hol das Mercurochrom! ... Paß auf, daß du Halim nicht weckst ... Koch etwas Wasser, er braucht einen Tee ...« Ununterbrochen verlangten sie etwas, während Omar Verrenkungen machte, rülpste, alle unflätig beschimpfte, sich aufspielte, er war ein Stier, packte meine Mutter, knutschte an ihr herum, tätschelte ihr das Gesäß, und ich stürzte mich auf ihn, wollte ihn erwürgen, er verpaßte mir eine Ohrfeige, trat nach mir, und dann gab es großes Geschrei, alle mischten sich ein, Zana schickte mich in mein Zimmer, Domingas stand mir weinend bei, nahm mich in die

Arme, Rânia umschlang den Bruder, »Um Gottes willen, hör auf damit!«, aber er machte weiter, wollte allen die Nachtruhe rauben, wetterte gegen Gott und die Welt, wollte die ganze Straße, die Armensiedlung hinter dem Haus, das ganze Viertel aufwecken. Vor allem wollte er den Vater sehen. Halim kam selten herunter. Er räusperte sich, machte das Licht an, wir sahen seinen übergroßen, langen Schatten auf der Wand. Der Schatten bewegte sich, dann blieb er stehen, verschwand. Er schlug die Tür zu, daß es knallte. Am nächsten Tag sprach keiner ein Wort, alle waren auf alle wütend. Nur schlechte Laune, grimmige Gesichter. Und Haß. Ich haßte diese Nächte, die vielen Nächte, die ich wegen Omar nicht schlafen konnte. Zanas Vorwürfe, weil ich kein Verständnis für ihren Sohn hatte, der arme, so durcheinander, daß er überhaupt nicht lernen konnte! Wenn Halim nicht da war, nutzte sie die Gelegenheit und dachte sich mühselige Aufträge aus, ließ mich doppelt arbeiten, mir blieb kaum Zeit, meiner Mutter zu helfen. Wie oft habe ich daran gedacht, wegzulaufen! Einmal habe ich mich an Bord eines italienischen Schiffes versteckt, ich war fest entschlossen, ich wollte weg, zwei Wochen später würde ich in Genua an Land gehen, dabei wußte ich nur, daß dies ein Hafen in Italien war. Immer wieder überkam es mich, Reißaus zu nehmen, per Schiff nach Santarém oder vielleicht nach Belém, das war einfacher. Ich betrachtete all die Boote und Schiffe, die in Manaus Harbour lagen, und verschob den Plan. Ich sah meine Mutter vor mir, ich konnte sie nicht da hinter dem Haus allein lassen, das brachte ich nicht fertig... Sie selbst wollte es nie wagen. »Bist du verrückt? Schon allein beim Gedanken daran kriege ich das Zittern, du mußt mit Zana, mit Omar Geduld haben, Halim hat dich gern.« Domingas kam mir mit dem Märchen von der Geduld, sie, die immer weinte, wenn sie sah, wie ich hetzte und stöhnte, in der Schule fehlte, Beleidigungen schluckte. Also blieb ich bei ihr, ertrug unser Los. Und steckte seitdem überall meine Nase hinein. Ich habe Halim und Zana mit hochgereckten Beinen gesehen, wildem Lecken und Küssen hingegeben, solche Szenen habe ich mit zehn, elf Jahren gesehen, sie belustigten mich und machten mir angst, denn Halim stieß Gebrüll und Gewieher aus, und sie, Zana, beim Frühstück immer mit einem Gesicht wie eine Heilige, war im Bett ein Teufel, ein Vulkan, bis in den kleinen Finger erotisiert. Manchmal hatten sie keine Zeit mehr gehabt oder vergessen, die Tür zu schließen, und dann beobachtete mein linkes Auge durch den Spalt, wie ihre Körper auf und ab gingen, wie Zanas Brüste in Halims Mund verschwanden.

Einige merkwürdige Szenen hat er übergangen, vielleicht aus Vergeßlichkeit, aber das Gedächtnis ist erfinderisch, auch wenn es der Vergangenheit getreu sein will. Einmal versuchte ich ihm eine Erinnerung zu entlocken: Deklamierte er nicht Abbas' Verse vor dem Liebesspiel? Er sah mich an, sah mir tief in die Augen, und sein Kopf wandte sich dem Garten zu, den Blick auf den Kautschukbaum gerichtet, den alten, halbtoten Baum. Nur Schweigen. Eingetaucht in die Vergangenheit, streifte seine Erinnerung jenen fernen Abend, als ich ihn Abbas' Verse hatte sprechen hören. Es war ein Vorspiel, und Zana wurde ganz erregt von der tiefen, melodischen Stimme, sie rührte wohl an ihre Seele, noch vor der Leidenschaft der Körper. Auslassungen, Lücken, Vergessen. Vergessen wollen. Aber ich erinnere mich, ich war immer begierig nach Erinnerungen, nach einer unbekannten Vergangenheit, an irgendeinen Flußstrand geworfen.

Yaqub lebte schon seit etwa sechs Jahren in São Paulo, immer stolzer auf sich selbst, immer tüchtiger. Doch er brüstete sich nicht; er deutete gewisse Leitlinien an, und diese verliefen immer schnurgerade. Am Ende jeder Linie wies ein Pfeil auf ein brillantes Ziel, und zu diesem Ziel gehörte eine Heirat. Nicht im Visier hatte der Rechenkünstler, daß Omar nach São Paulo kommen würde. Damals, im Jahr 1956, hatte Omar längst den Hühnerstall der Vandalen verlassen, sprach aber mit keinem Wort von Studium, Diplom oder dergleichen. Antenor Laval brachte ihm Bücher und lud ihn zum Lesen von Gedichten in die Pension ein, in der er wohnte. Er bewunderte Omars Intonation, und dieser sagte, wenn er ein Gedicht des Freundes vorgetragen hatte: »Das ist die Stimme deines einzigen Lesers.« Sie blieben nicht im Haus, Omar leerte die Börse der Mutter und schleppte Laval auf die Terrasse des Café Molambo, wo ehemalige und neue Schülerinnen des Liceu Rui Barbosa vorbeikamen.

Er trieb es so wild wie nie, und eines Nachts brachte er eine Neue mit nach Hause, ein Mädchen aus der Armensiedlung in der Straße hinter ihnen, Calistos Schwester. Sie veranstalteten eine Party zu zweit: tanzten um den Altar, rauchten Wasserpfeife und tranken hemmungslos. Frühmorgens merkte Halim oben an der Treppe, daß es nach gekochten Pfirsichpalmfrüchten und Brotfrucht roch; er sah auf dem Fußboden Arrakflaschen und verstreute Kleider, Obstkerne und Schalen auf der aufgeschlagenen Bibel auf dem Teppich vor dem Altar, und auf dem grauen Sofa schliefen nackt sein Sohn und das Mädchen. Der Vater ging langsam hinunter, das Mädchen wurde wach, erschrak, schämte sich, und Halim wartete auf halber Höhe der Treppe, bis sie sich angezogen und das Haus verlassen hatte. Dann ging er zum Sohn, der sich schlafend stellte, zog ihn an den Haaren hoch, zerrte ihn zum Tisch, und dann erlebte ich, wie Omar, schon ein erwachsener Mann, eine Ohrfeige bekam, eine einzige nur, die Riesenhand des Vaters holte aus und landete hart wie ein Ruderschlag auf der Wange des Sohnes. Alles, worum Halim ihn vergeblich gebeten hatte, alle groben Worte waren in diesem Schlag versammelt. Es knallte wie ein Hammer auf hohlem Holz. Was für eine Hand! Und welch eine Treffsicherheit!

Der tolle Draufgänger, der Nachtschwärmer, der Hurenheld auf dem Teppich zu Boden gestreckt. Omar stand nicht auf. Der Vater kettete ihn an den Griff des Stahltresors, setzte sich ein paar Minuten auf das graue Sofa, atmete durch und verließ das Haus. Zwei Tage blieb er verschwunden. Zana konnte nicht eingreifen, ihrem Sohn nicht rechtzeitig zu Hilfe kommen. Sie tobte, schrie, bekam einen Anfall, als sie den angeketteten Sohn am rostigen Tresor lehnen sah, die geohrfeigte Wange dick geschwollen. In meinem Innern klang diese Ohrfeige wie ein Teil auch meiner Rache.

Rânia behandelte die geschwollene Wange mit Arnika, die Mutter schob ihrem Sproß das Essen ins Mäulchen, und Domingas rückte den Nachttopf zurecht, damit er pinkeln konnte. Drei Sklavinnen eines Gefangenen. Zana ging Halim suchen und fand den Laden verschlossen vor. Ich wurde beauftragt, das Stadtzentrum zu durchforsten; ich ging in die Hütten im Hafen an der Praça dos Remédios, in die kleinen, oben auf der Böschung versteckten Restaurants, in die Kneipen im Labyrinth der Cidade Flutuante, wo er oft mit Bekannten schwatzte. Niemand hatte ihn gesehen, und auch wenn ich ihn gefunden hätte, hätte ich nichts gesagt. Am äußersten Ende des Hafens Escadaria kläffte, an einem Boot angebunden, ein Hund, vor lauter Elend lief dem Köter der Geifer aus dem Maul; da mußte ich richtig lachen, denn beim Anblick des angebundenen Hundes mußte ich an den Gefesselten mit der dicken Backe denken. Jeder Draufgänger hat seinen schwachen Punkt. Wußte das der so ruhige Halim? Er schlug dem Sohn kräftig ins Gesicht und ging weg. Erst nach zwei Tagen kam er zurück. In den beiden Nächten seiner Gefangenschaft hörten wir Omars Brüllen, seine nutzlosen Tritte gegen den massiven Tresor, das dumpfe Scheppern der Eisenringe. Es hätte nur eines Schneidbrenners bedurft, um ihn zu befreien, doch daran dachte niemand, ich schon gar nicht, ich wußte ja nicht einmal, daß es Schneidbrenner gab, und dachte nur vage an Rache. Aber Rache an wem?

Doch erst nach der Geschichte mit der Silbernen Frau beschloß Halim, Omar nach São Paulo zu schicken. Yaqub hatte inzwischen geheiratet und wieder einmal keinen Heller von den Eltern annehmen wollen; vielleicht hätte er sogar ein Geschenk aus der Hand Gottes abgelehnt. Wie seine Frau hieß, verriet er nicht, nur ein Telegramm informierte über die Hochzeit. Zana biß sich auf die Lippen. Ein verheirateter Sohn war für sie ein verlorener oder entführter Sohn. Sie tat, als interessierte sie der Name der Schwiegertochter nicht, und tanzte noch mehr um Omar herum, bannte ihn an sich wie ein starker Magnet Eisenspäne.

Wenn Zana Geburtstag hatte, waren morgens die Vasen im Wohnzimmer mit Blumen und Liebesbriefchen von Omar geschmückt, Blumen und Worte, die in Rânia eine nie erlebte Leidenschaft weckten. An diesem einen Morgen im Jahr vergaß Rânia für kurze Zeit den Hallodri mit all seiner Häme und sah in der Geste des Bruders den Geist eines Mannes, wie sie ihn sich erträumte. Sie umarmte und küßte ihn, doch das Liebkosen von Geistern hält nicht lange vor, und der Omar aus Fleisch und Blut kam wieder zum Vorschein und grinste seine Schwester an. Er grinste, kitzelte sie an den Hüften, dem Gesäß, eine Hand betätschelte sie zwischen den Oberschenkeln. Rânia schwitzte, sträubte sich, wich vom Bruder zurück und schoß in ihr Zimmer. Vor dem Abendessen, wenn die Nachbarn sich schon im Wohnzimmer unterhielten und tranken, tauchte sie wieder auf. Keine an dem Abend hatte sich so herausgeputzt, sie war fast schöner als die Mutter, und die Nachbarn sahen sie an und fragten sich, warum diese Frau noch immer allein in einem schmalen Bett schlief. Rânia hätte zu den Kirmesfesten, den Johannifesten, den Karnevalsbällen, den Parties an den Swimmingpools des Atlético Rio Negro Clube gehen können, aber die mied sie alle. Bei den wenigen Festen der Benemous, an denen sie teilnahm, stand sie abseits, schön und bewundert, von bartlosen Burschen wie auch von ergrauten Männern mit Konfetti und Luftschlangen überhäuft. Schon als ganz junges Mädchen zog Rânia sich zurück und schmollte. Domingas, die sie seit ihrer Geburt kannte, erinnerte sich an den Nachmittag, als Mutter und Tochter sich entzweiten. Die Blumensträuße mit Billets für Rânia verwelkten im Wohnzimmer, bis sie nach Friedhof rochen. Meine Mutter bekam nicht heraus, was geschehen war, und ich sollte erst Jahre später, bei einer unerwarteten, denkwürdigen Begegnung etwas erfahren. Sie war ein fröhliches, lebhaftes Mädchen, erzählte Domingas, aber seit dem Tag faßte Rânia nur noch zwei Männer an: die Zwillinge. Sie ging nicht mehr in die Tanzsalons in der Stadt; schlenderte nicht mehr über die Plätze, wo sie sonst ehemalige Schüler des Ginásio Amazonense getroffen und mit ihnen die Nachmittagsvorstellungen in den Kinos Odeon, Guarany oder Polytheama besucht hatte; sie entschied sich für die Abgeschiedenheit, die nächtliche Einsamkeit im verschlossenen Zimmer. Niemand wußte, was sie in ihren vier Wänden tat. Rânia war zur Einsiedlerin geworden, und wehe dem, der sie nach acht Uhr störte, wenn sie sich von der Welt zurückzog. Am Geburtstag ihrer Mutter und zum Weihnachtsessen kam sie abends aus ihrem Zimmer. Die Universität gab sie im ersten Semester auf und bat den Vater, im Laden arbeiten zu dürfen. Halim war einverstanden. Was er von Omar erwartet hatte, erhielt er von Rânia, und heraus kam ein grandioses Geschäftstalent. Binnen kurzer Zeit widmete Rânia sich dem Verkauf, Einkauf und Tausch von Waren. Sie lernte die größten Flußhändler kennen und erfuhr, ohne Manaus, ja nicht einmal die Rua dos Barés zu verlassen, wer in den entlegensten Siedlungen Kleidung verkaufte. Sie traf ein Abkommen mit diesen Flußhändlern, die sie anfangs nicht für voll nahmen; später glaubten sie oder taten so, als glaubten sie, daß sich Halim hinter der schlauen Händlerin verstecke. Nicht selten setzte sie der Kundschaft gegenüber nahezu sekundenschnell ein Lächeln falscher Freundlichkeit auf. Sie wußte die Kunden zu locken, indem sie ihnen einen langen, gewinnenden, schmachtenden Blick zuwarf, der im Gegensatz stand zu den flinken, beflissenen Handgriffen der glänzenden Verkäuferin.

Ein Foto von Yaqub mit sechs Wörtern auf der Rückseite schürte in ihr den Drang, einen Brief zu schreiben. Die galanten Briefe von Ärzten und Anwälten hingegen, die Zana in gerührtem Tonfall und mit einiger Hoffnung vorlas, beantwortete sie nicht. Sie zerriß sie allesamt und warf die Schnipsel ins Herdfeuer.

»Wie behandelst du deine Verehrer!« sagte die Mutter.

»Nur Rauch! Die werden alle zu Asche und Rauch«, erwiderte sie lächelnd und biß sich auf die Lippen.

Heimlich lud die Mutter an ihrem Geburtstag den einen oder anderen Verehrer zum Abendessen ein, und das ging so Jahr für Jahr, denn ich habe viele unverheiratete Männer mit zwei Blumensträußen ins Haus kommen sehen, den einen für die Mutter, den anderen für die Tochter. Am nächsten Morgen war das Laub im Garten mit Blütenblättern bestreut. Rânia zerschnipselte die Briefe und zupfte die Blütenblätter wie selbstverständlich ab, und wenn Zana anwesend war, machte sie es sogar mit Genuß. Vergeblich warnte die Mutter: »Aus dir wird noch eine alte Jungfer, mein Kind. Es ist traurig mit anzusehen, wenn ein Mädchen auf diese Weise alt wird.«

Das Alter war noch weit weg, und ihre Verbitterung, falls es sie überhaupt gab, wußte Rânia zu verbergen. Sie verbarg viel: ihre Gedanken, ihre Vorstellungen, ihre Stimmung und sogar einen großen Teil ihres Körpers, den ich immer bewundert habe. In eher prosaischen Dingen war sie jedoch eine Meisterin und für mich eine Hilfe. Es tut in der Seele weh, wenn man bedenkt, daß sie ihre braunen Hände mit den langen, ebenmäßigen Fingern nur dazu benutzte, eine Glühbirne auszuwechseln, einen Wasserhahn zu reparieren oder einen verstopften Abfluß freizubekommen. Oder Abrechnungen zu machen und Geld zu zählen; vielleicht hat sich der Laden deshalb so lange halten können, selbst in Zeiten mit geringem Umsatz, wenn sie mit einem Kasten voller Kleinkram losging, um den Unterhalt von Haus und Familie zu sichern. Das alles tat sie tagsüber. Nach dem Abendessen verzog sie sich in ihr Zimmer, wo die Nacht sie erwartete.

Weiß der Himmel, was bei diesem geheimnisvollen Rendezvous geschah. Wahrscheinlich nahm auch die Nacht nicht wahr, was sie tat oder dachte. Aber Zanas Geburtstagsfeier war für Rânia eine Unterbrechung ihrer abendlichen Klausur. Das war der Abend, an dem sie in einem ihrer Verehrer Hoffnungen weckte, doch zum Geburtstag im nächsten Jahr kam er nicht wieder ins Haus. Sie täuschte alle, einen nach dem anderen, bei jedem Fest, wenn die Mutter wieder ein Jahr älter wurde. Ich nahm schon Rânias Duft wahr, bevor ich ihre Schritte auf dem Flur im ersten Stock hörte. Sie ließ sich oben an der Treppe bewundern; dann kam sie mit sorgfältigen Bewegungen die Stufen herunter, und nach und nach erschienen ihre wohlgeformten Beine, ihre runden, nackten Arme, das gewellte Haar über den Schultern, der Ausschnitt ihres Kleides, den ihr Atmen betonte. Wir erblickten ihre braune Gestalt, fast so groß wie die Zwillinge, Gesicht und Lippen nur an diesem einzigen Abend des Jahres geschminkt, und ihre Augen schienen verständnislos oder verblüfft zu fragen, warum zum Teufel sie diesen Raum voller Leute betrat. Rânias Anblick jagte mir, dem fast Halbwüchsigen, Schauer über den Körper. Ich verspürte das brennende Verlangen, diese Arme zu küssen, in sie zu beißen. Ungeduldig wartete ich auf die feste Umarmung, die einzige im ganzen Jahr. Das Warten war eine Qual. Äußerlich blieb ich ruhig, doch innerlich verzehrte mich ein Feuer. Dann kam sie listig auf mich zu, und ich spürte, wie sich ihre Brüste an meine Nase preßten. Ich roch ihren Jasminduft und war den Rest des Abends davon benommen. Wenn sie mich losließ, streichelte sie mir das Kinn, als hätte ich ein Bärtchen, küßte mich mit speichelfeuchten Lippen auf die Augen, und ich rannte in mein Zimmer.

Der Witwer Talib war ganz verrückt nach ihr. Er drängte sich vor, begrüßte sie als erster mit hemmungslosen Küssen auf die Hände, die Arme, die Wangen. Zahia und Nahda kamen eifersüchtig angelaufen und trennten ihn von Rânia, während er Halim zurief: »Bei Gott, ich gäbe meine beiden Töchter für deine her.«

Wenn Rânia dem Verehrer des Abends die Hände entgegenstreckte, um das Bukett in Empfang zu nehmen, beneidete ich ihn. Anschließend entfernte sie sich mit einem ätherischen, rätselhaften Blick, der den Galan in Verlegenheit stürzte. Doch die Aufforderung zum Tanz nahm sie an, gab sich aber bei den ersten Schritten schüchtern und distanziert; nach einiger Zeit jedoch schlang sie ihm die braunen Arme um die Schultern, legte ihm die Hände auf die Hüften und lehnte mit geschlossenen Augen das Kinn an die rechte Schulter des Tänzers. Dann löschte Zana die Lichter im Raum und hoffte inständig, daß der Tanz einen Flirt zur Folge hatte oder gar die Aussicht auf eine Verlobung. Zur Folge hatte er einen gekränkten Mann, der erleben mußte, wie Rânia brüsk den Tanz abbrach und sich Omar in die Arme warf, wenn dieser den Raum betrat. Fassungslos über die Intimität zwischen Bruder und Schwester, verließ der Verehrer gereizt den Raum, manche verabschiedeten sich nicht einmal von der Gastgeberin. Omar bezeichnete sie als beleidigte Simpel, hochnäsige Pinsel, Sklaven des äußeren Scheins und seelisch verödet. Denn keiner hatte einen Blick wie Omar: einen verschlingenden, wollüstigen Blick.

Vielleicht hätte Rânia einen dieser Simpel an der Hand nehmen und zu ihm sagen wollen: Sieh dir meinen Bruder Omar an; und jetzt sieh dir genau das Foto meines geliebten Yaqub an. Nimm alle beide zusammen, und dann hast du meinen Bräutigam.

Sie hat diese Mischung nie gefunden. Sie hat sich damit begnügt, die Zwillinge zu vergöttern, wohl wissend, daß die Blutsbande die Unversöhnlichkeit zwischen ihnen nicht aufhoben. Trotzdem hat Rânia sie beide über lange Zeit zutiefst und fast in gleichem Maß bewundert. Sie sprach mit Yaqubs Foto, küßte sein Gesicht auf dem matten Papier, hauchte ihm langes Gemurmel zu, Worte, die sie in einem Brief schrieb.

Jahr für Jahr hörte ich Zana am Tag nach dem Geburtstagsfest zu ihrer Tochter sagen: »Du hast dir einen prächtigen jungen Mann entgehen lassen, meine Liebe. Du wirfst das Glück aus dem Fenster.« Rânia reagierte wütend: »Du weißt genau, Mutter... Das war nicht der, den ich wollte. Mich hat noch keiner dieser Idioten gereizt, die hier erscheinen.«

Was für die Mutter ein Glücksfall war, bedeutete für sie nicht mehr als ein Vergnügen, das drei Tänze oder eine Viertelstunde währte. Im Gegensatz zu Zana konnte sie ihre Eifersucht auf Omar kaschieren, und wenn Omar zu dem Fest eine neue Freundin ins Haus brachte, gaben sich Zana und Rânia die größte Mühe, die Königin des Abends zu sein. Doch an dem Abend mit der Silbernen Frau herrschten sie nicht allein.

Es ging das Gerücht, daß Omar eine Frau hofierte, die älter war als er. Verkündet wurde die Neuigkeit von Zahia Talib am Abend von Zanas Geburtstag. Die beiden Schwestern und der Vater waren früh gekommen. Talib hatte eine Trommel mitgebracht, einen *darbuk*, und sagte, er werde im Lauf des Abends darauf spielen und seine Töchter dazu tanzen. Zana bedankte sich, doch ihr Lächeln erstarrte, als sie Zahia sagen hörte:

»Omar hat ja offenbar ein Mordsweib gefunden. Angeblich tanzen sie im Acapulco die Nächte durch...«
»Ein Mordsweib? Im Acapulco? Sag mal, Zahia, wie verächtlich sprichst du über meinen Omar? Ausgerechnet Omar, der dir immer Bewunderung entgegengebracht hat.«
Zahias Mitteilung machte Zana nervös. Jedem neu eingetroffenen Gast zeigte sie die noch frischen Blumen und den Liebesbrief ihres Sohnes. Sie wußte, früher oder später würde Omar in Begleitung einer Frau erscheinen. Um zehn, noch vor dem Tanz der Talib-Schwestern, kam er. Er breitete die Arme aus und sagte auf arabisch: »Herzlichen Glückwunsch zum Geburtstag, meine Königin!« Eine Phrase, aber vollendet vorgebracht. Dann küßte er sie feurig und stellte seine Freundin Zana vor, der Tränen in die Augen getreten waren.
Dieses Mal wollte sie gar nichts verbergen – sanft lächelnd, Verachtung im Blick, sah sie die Frau an, die niemals die Frau ihres Sohnes werden würde, die von vornherein besiegte Rivalin. Im Grunde hatte Zana nie viel auf die Frauen gegeben, die Omar mit nach Hause brachte. Er war nicht wählerisch, sprach nie begeistert über die Farbe ihrer Augen oder ihres Haares. Seine Freundinnen waren Namenlose, von denen niemand in der Familie oder Nachbarschaft sagen konnte: Sie ist die Tochter, Nichte oder Enkelin von dem und dem. Er machte den Unbekannten den Hof, die nicht in die prominenten Schönheitssalons gingen und erst recht nicht im Salão Verde des Ideal Clube verkehrten; er flirtete mit Mädchen, die noch nie aus Manaus herausgekommen, niemals nach Rio de Janeiro gereist waren. Dennoch sorgten Omars Frauen für Überraschungen, und er kultivierte diese Überraschungen, genoß die Reaktion der anderen. Halim wünschte sich, eine dieser Frauen nähme den Sohn mit, weit weg von zu Hause, oder eine von Talibs Töchtern angele ihn sich, möglichst Zahia, die Schönere, Sinnli-

chere und Gescheitere der beiden. Aber er ahnte, daß Zana stärker, kämpferischer, mächtiger war.

Wieviel Eifersucht, Angst, Neid und Mitleid Omars Frauen auslösten! Wie die Peruanerin aus Iquitos, eine zierliche, graziöse Person, die den ganzen Abend auf spanisch sang und Halim Kußmäulchen zuwarf, bis Zana so laut fragte, daß alle es hören konnten: »Sag mal, mein Sohn, sucht deine Kleine vielleicht eine Stelle?«

Alle wurden sie Zanas Opfer. Alle, mit zwei Ausnahmen. Diejenige, die ich gekannt und miterlebt habe, sehe ich jetzt vor mir, als würde jener ferne Abend an dem heutigen wieder lebendig.

Die anderen, die sich aufreizend anboten, nahm Zana nicht als Nebenbuhlerinnen ernst, die stellten für die Liebe der Mutter nicht im entferntesten eine Gefahr dar. Da kam es gar nicht erst zum Kampf, das war nicht nötig. Außerdem hatten sie keinen Namen, das heißt, Omar nannte sie nur Schätzchen oder Prinzessin, zum Entzücken der nie entthronten Mutter-Königin. Aber die Frau an jenem Abend hatte einen Namen: Dália. Und so wurde sie allen vorgestellt, jedem einzeln. Ein Name allein war für sie zu wenig. Omar verriet auch den Familiennamen, aber den habe ich vergessen. Alles andere, das heißt, alles, was diese Dália reizvoll machte, ging von ihr selbst aus. Welch wunderbares Duell zwischen Zana und der potentiellen Schwiegertochter! Ein lautloses Duell, nur von wenigen wahrgenommen, so kunstvoll geheuchelt tauschten sie Lächeln und Liebenswürdigkeiten.

Doch Dálias Macht fing bei ihrem Körper an und setzte sich fort in ihrem leuchtend roten Kleid, ein rebellischeres, sinnlicheres, blutigeres Rot als die Samen der Guaranápflanze. Sie zog mehr Blicke auf sich als Rânia. Zog sie auf sich, reagierte aber nicht, blieb geheimnisvoll, ganz unserer Phantasie überlassen. Nach einer Weile wandten sich die Blicke vom Kleid dem Gesicht zu, das ungezwungen lächelte. Omar und Dália ließen sich in einer Ecke des Wohnzimmers nieder, und in diesem Augenblick ging Zana zu ihnen, um mit ihr zu sprechen. Omar stand auf und ließ die beiden allein. Worüber sie sprachen, weiß niemand, doch jede sondierte das Terrain der anderen, beide gebärdenreich heuchelnd, und sehr nervös, wie Schauspielerinnen vor der Premiere. Dálias Stimme setzte sich in Lautstärke und Timbre durch, und es war ein angenehmer Klang, leicht singend, ohne jeden falschen Ton. Zana fühlte sich bedroht und strebte in eine andere Ecke. Es war ihre erste, wenn auch noch nicht vollständige Niederlage vor Mitternacht.

Nach dem Dessert zog Rânia sich zurück, denn selbst ihr Verehrer war von Dália in den Bann gezogen. Es war nicht Rânias Abend. Sie ging ohne Gute-Nacht-Gruß, und als sie langsam das Wohnzimmer durchquerte, versuchte sie noch, irgendein Kompliment zu erhaschen, doch an diesem Abend fand ihre Schönheit keine Beachtung.

Danach begann das Fest. Die Lichter im Wohnzimmer erloschen. Der von der Veranda her flimmernde Mondschein ließ sitzende Gestalten erkennen. Lautenklänge und Trommelschläge durchfluteten das Wohnzimmer, das Haus und, für meine Ohren, die ganze Welt. Dann traten die beiden Talib-Mädchen aus dem Dämmerlicht hervor. Ihre Arme, dann ihre Hüften und der Bauch bewegten sich wellenförmig im Rhythmus der Musik, die die Bewegungen der Tänzerinnen gleichsam vervielfältigte. Sie machten die gleichen, einstudierten, vielleicht vorhersehbaren Bewegungen, eine geplante Sinnlichkeit, Kunstfertigkeit der tanzenden Schwestern. Sie wiederholten die Schritte und Drehungen, ganz der Musik gehorchend, und bei einer unerwarteten Pause der Trommelschläge strafften sie schon ihre Körper, da tauchte aus der Dunkelheit eine große, helle Gestalt auf, begab sich mit genau bemessenen Schritten, Drehungen und schwingenden Hüften zur Mitte des Raums hin, und gleich darauf erblickten wir den schlanken Körper einer Frau, die mit bloßen Füßen wie eine Göttin tanzte, Kopf und Schultern nach hinten geworfen, sich dehnte wie ein Bogen, und nun schlugen Absätze auf den Fußboden und klatschten Hände im Takt der Musik. Es war schon drükkend warm, fast zum Ersticken heiß im Raum, da erhellte der Lichtstrahl einer Taschenlampe das Gesicht der Tänzerin. Und wir sahen das Lächeln, die vollen, ungeschminkten Lippen, den auf die Ecke gerichteten Blick, wo hingerissen Omar stand, in der Hand die Taschenlampe. Und welch eine Magie lag in dem Licht, das diese Dália liebkoste, dem Licht aus Omars zitternder Hand. Nur sie zog die Blicke auf sich, und so tanzte sie eine ganze Weile, der silberne Körper berauscht vom Rhythmus der Trommeln, des Klatschens und der Laute, und wir – ganz benommen von dem sinnlich kreisenden Körper, der uns aus dieser Nacht entführte –, wir beneideten Omar, den umworbenen Zwilling.

Doch Omar beging den Fehler, die Frau zu verraten, die ihn niemals verraten hatte. Zana rutschte unruhig auf ihrem Stuhl, als ihr Sohn auf Dália zuging, der Lichtkegel auf dem Gesicht der Tänzerin immer größer wurde, bis Omar, in seiner Verliebtheit auf Wirkung bedacht, mitten im Raum die Geliebte theatralisch küßte und anschließend um Applaus für sie bat. Alle klatschten zu einem Trommelwirbel des Witwers Talib in die Hände. Nur Zana beteiligte sich nicht an der großen Huldigung. Sie wollte nicht, daß man für sie das Geburtstagslied sang; verschmähte den Kuchen, den Domingas und sie gebakken hatten, und pustete nicht die kleinen Kerzen aus, aus denen Halim den Namen seiner Frau geformt hatte. Zanas Name brannte auf dem zuckergußüberzogenen Kuchen weiter, und in der Erinnerung sehe ich noch immer die Flammen der roten Kerzen vor mir. Halim begriff und ging nach oben ins Schlafzimmer. Meine Mutter gab mir ein Zeichen mitzukommen, doch ich tat, als hätte ich es nicht gesehen, und blieb. Da verschwand sie nach hinten im Haus. Die Nachbarn verabschiedeten sich, als letzter ging Talib mit seiner Trommel. Es gab keine Musik mehr – Omar und Dália tanzten eng umschlungen durch den Raum, während Zana, im Schaukelstuhl sitzend, den Fächer reglos in der Hand, den lautlosen Tanz der beiden beobachtete.

Noch nie hatte er an einem Festabend so lange Wange an Wange, Körper an Körper, mit einer Frau getanzt. Es war ein Affront gegen die Mutter, Omars großer Verrat. Zana wartete ab, bis sie vor Erschöpfung taumelten, sie wartete den geeigneten Moment für das Ende ab, und schon bald war es soweit. Sie legte den Fächer weg, stand auf, schaltete alle Lampen ein und bat in schmeichelndem Tonfall, die Tänzerin möge ihr etwas zur Hand gehen und helfen, den Tisch abzuräumen. Omar gefiel diese Vertraulichkeit. Er legte sich in die rote Hängematte, nicht weit von mir entfernt. Ich glaube nicht, daß er mich gesehen hat, er hatte nur Augen für die Silberne Frau. Die beiden begannen damit, die Gläser und Teller vom Tisch zu räumen, gingen zwischen Wohnzimmer und Küche hin und her, sagten ab und an etwas im Gehen, und auf einem dieser Wege hielt Zana die andere am Arm fest und flüsterte. Dália ging ins Badezimmer. Als sie herauskam, trug sie wieder das rote Kleid, in der Hand einen Beutel, in den sie das silberne Kostüm gesteckt hatte. Nur kurz konnte ich ihr Gesicht sehen, es war nicht das Gesicht der Frau, die ins Haus gekommen war, und auch nicht das der Tänzerin, die alle Blicke gefesselt hatte. Es war das Gesicht einer gedemütigten Frau. Sie blieb im Wohnzimmer stehen, und bevor sie ging, sagte sie laut: »Das werden wir sehen.«

Omar richtete sich schläfrig in der Hängematte auf und hörte noch, wie die Haustür zuknallte. Er rannte hinaus, lief hinter der Frau her und verschwand in der Dunkelheit.

Wir erfuhren, daß Dália eine der Silbernen Frauen war, die sonntags im Maloca dos Barés auftraten. Es waren Tänzerinnen aus dem Amazonasgebiet, sie behaupteten aber, sie kämen aus Rio de Janeiro, weil sie glaubten, diese Lüge locke mehr Publikum. Da versuchte Zana mit allen Mitteln, ihren studierten Sohn dazu zu bewegen, den Hallodri-Sohn bei sich aufzunehmen. »Er will sich mit einer Halbseidenen aus dem Maloca zusammentun, einer Tänzerin, die auf meinem Geburtstagsfest aufgetreten ist. Wenn er nicht für eine Weile nach São Paulo geht, wird er alles aufgeben, jegliche Berufspläne, das Haus, die Familie«, schrieb sie dem Ingenieur.

Yaqub lehnte es ab, den Bruder aufzunehmen. Er schrieb der Mutter, er könne in einer Pension ein Zimmer für Omar mieten und ihn an einer Privatschule anmelden. Er könne über das Leben des Bruders in São Paulo berichten, werde ihm aber nicht gestatten, unter seinem Dach zu schlafen. »Möge er seinen Weg finden, aber weit, weit weg von meinem Terrain.«

Als Omar von dem Plan erfuhr, ließ er sich tagelang nicht zu Hause sehen. Er schlief und aß woanders und schickte ein paar unverschämte Zeilen, in denen er den Bruder als »Lügner, Schuft und Schwuchtel« bezeichnete. Vergeblich bemühte er sich um ein Treffen zwischen Dália und der Mutter. Zana fand heraus, wo die Tänzerin wohnte: ein baufälliges Haus in Vila Saturnino, am äußersten nördlichen Rand von Manaus. Es war das letzte Häuschen der Siedlung, auf einer kleinen Ödlandfläche voller Autowracks und verrosteter Fahrräder. Der Erdweg, der von der Straße zu der Siedlung führte, war mit den roten Blüten der Jambusenbäume bedeckt. Dália wohnte mit zwei Tanten zusammen, die eine Schneiderin, die andere Kuchenbäckerin, und alle drei lebten am Rande der Armut. Der Zustand des Hauses war zum Erbarmen: fast schon eine Elendshütte, von verworfenen Zwischenwänden in Kämmerchen und kleine Zimmer unterteilt. Ich suchte sie auf Anweisung von Zana auf. Selbst bei Tageslicht, ohne Make-up und das silberne Kostüm, war Dália wunderschön. Sie saß in Shorts und T-Shirt auf dem Fußboden, zwischen den braunen Oberschenkeln einen Haufen bunte Garnrollen. Als sie mich erblickte, wurde sie ernst, steckte die Nadel in den Ärmel ihres verschlissenen T-Shirts und verließ den Raum. Ich konnte noch einen Blick auf ihre Brüste erhaschen, die der fadenscheinige Stoff nicht ganz verbarg. Mein Auftrag war infam, doch wenn Omar nach São Paulo ginge, wenn er, und sei es nur vorübergehend, aus dem Haus wäre, würde das mir zugute kommen, damit würde ich etwas Ruhe finden. Ich überreichte Dálias Tanten das von Zana geschickte Geld. Sie zögerten, doch damals waren Schneideraufträge und Kuchenbestellungen knapp. Das andere Ende von Brasilien entwickelte sich in atemberaubendem Tempo, so wie Yaqub es sich wünschte. Im lethargischen Manaus war geschenktes Geld wie Manna vom Himmel. Die Tanten nahmen das Geschenk an, vielleicht haben sie davon die zerbrochenen Dachziegel und morschen Balken ersetzt. Auf diese Weise habe ich ihnen den regenreichen Winter erträglicher gemacht, das Herz einer Mutter beruhigt und mir ein paar Münzen Botenlohn verdient.

Dália verschwand aus dem Maloca dos Barés, aus dem Haus in Vila Saturnino, aus der Stadt. Ob sie auch aus der Welt verschwunden war, erfuhren wir nicht, das wußte nicht einmal Omar, und falls doch, sagte er nichts, als er an einem Regenabend wieder auftauchte. Er war barfuß, ohne Hemd, die Hose klitschnaß. Wie eine vor dem Wolkenbruch geflohene Vogelscheuche und so betrunken, daß er gegen die beiden Porzellanvasen und die Konsole stieß, bevor er in die rote Hängematte fiel. Zana rührte sich nicht. Besorgt wollten Domingas und Rânia ihm helfen, doch ein strenger Blick hielt sie zurück. Er schlief im Freien, wachte hustend und so schlapp auf, daß er keinen

Schritt gehen konnte. Er hatte schon Fieber, als er die Mutter sagen hörte:

»Das alles wegen einer ordinären Tänzerin. Diese Schlange hätte dich in die Hölle gebracht, mein Schatz. Dein Bruder wird dir in São Paulo beistehen.«

»Mein Bruder?« schrie er entsetzt.

Halim ging zu ihm:

»Du wirst in São Paulo eine Schule besuchen, du wirst dich genauso anstrengen müssen wie dein Bruder...«

»Warte, Halim... unser Junge glüht vor Fieber«, sagte Zana und umarmte ihren Sohn. »Erst einmal braucht er Bettruhe, dann geht er nach São Paulo, bleibt ein paar Monate da und kommt wieder nach Hause.«

Omar starrte dem Vater mit geröteten Augen ins Gesicht, wollte aufstehen, doch Halim stieß ihn zurück und kehrte dem Sohn den Rücken zu. Bis zum Tag der Abreise sprachen die beiden nicht mehr miteinander. Zana bereute, wollte noch die Reise verschieben; es war, als trauerte sie, und sie betete dafür, daß mit Omar alles gut ging, die Trennung war für sie fast wie Sterben.

Wild protestierend und um sich schlagend reiste Omar ab. Sechs Monate herrschte Ruhe im Haus, eine Erholung für Halim. Omars Bücher, Romane und Gedichte, die er in der Hängematte las, landeten in meinen Händen. Seine Bücher, Hefte, Stifte, alles, bis auf das Zimmer, das gehörte ihm, ihm ganz allein. In dem vollgestopften Zimmer wurden die alte Matratze und das Laken ausgewechselt. Doch vor seiner Abreise hatte Omar Domingas gebeten, die Sachen auf den Regalbrettern stehenzulassen; sie deckte die Sammlung von Aschenbechern, Gläsern, Flaschen voller Sand, Slips, Büstenhaltern, roten Samenkörnern, Lippenstiftstummeln und befleckten Zigarettenkippen mit einem Laken ab. Beim Stöbern im Kleiderschrank entdeckte Domingas ein poliertes dunkles Indiopaddel. In das Paddelblatt waren mit einem Messer weibliche Vornamen eingekerbt. Domingas strich über das dunkle Paddelblatt, sprach den einen oder anderen Namen aus und setzte sich etwas geistesabwesend auf Omars Bett, ob auch sehnsuchtsvoll, weiß ich nicht. Nun konnte sie sein Zimmer betreten, die Dinge, die er zurückgelassen hatte, um sich haben, das Fenster öffnen und auf den Horizont blicken, den er abends immer gesehen hatte, bevor er zu den Nachtklubs am Wasser aufbrach. Sie durchstöberte alle Möbel im Zimmer, fand ständig irgendwelche Dinge, Fotografien, Spielzeug, die alte Kampfuniform vom Hühnerstall der Vandalen. Yaqubs Zimmer war anders, leer, ohne Spuren und Müll – ein Dach über einem Körper, mehr nicht. Ich weiß nicht, welches von beiden meine Mutter lieber sauber machte. Jedenfalls ging sie Tag für Tag, ob gut oder schlecht gelaunt, in beide Zimmer und hielt sich einige Zeit darin auf, bevor sie mit dem Putzen begann. Und wenn Omars Paddel und der Kram ihre Stimmung in Wallung brachten, so sorgte die Kargheit von Yaqubs Zimmer für Ernüchterung. Vielleicht gefiel meiner Mutter dieser Kontrast.

Zana gab mir die Schuluniform ihres Sohnes; sie schlakkerte an meinem Körper und löste Gekicher aus. Ich schluckte das Gekicher und gab die Uniform zurück, bevor Zana mich mit Blicken umbrachte, sie konnte es nicht ertragen, die Uniform an einem anderen zu sehen. Und dank Halim trat ich in den Hühnerstall der Vandalen ein.

In der Schule begegneten mir Omars Spuren: Ex-Freundinnen, Geschichten über Herausforderungen, Randale, Mutproben, Zweikämpfe. An den Wänden in der Toilette standen Sprüche von ihm. Wo immer er hinkam, hinterließ er die Erinnerung an eine Waghalsigkeit, etwas Draufgängerisches oder irgendeinen Spruch, witzige, ironische Worte. Ich beendete die Schulstufe, die er im letzten Jahr aufgegeben hatte. Omar hat nie etwas zu Ende geführt, er wäre nie auf die Universität gegangen, er verachtete akademische Diplome, wollte von nichts wissen, was ihm nicht größte, intensive Lust bereitete, die Lust, ständig nach neuen Abenteuern zu jagen.

Halim und Zana dachten, der studierte Sohn werde ihn zur Vernunft bringen, das harte Leben in São Paulo könne ihn über kurz oder lang zähmen. Monatelang glaubten sie Omars Briefen: Es gehe ihm gut, anfangs habe ihm die Kälte zu schaffen gemacht, aber er besuche bereits die Schule, stehe dafür früh auf, esse abends in der Pension in der Rua do Tamandaré, verlasse kaum sein Zimmer. Das war ein anderer, ein pflichtbewußter Omar, der nicht schwänzte, er fühlte sich nur etwas fehl am Platz zwischen den anderen Schülern, denn er war ja schon ein ausgewachsener Mann. Am letzten Samstag im August ging Yaqubs Hausmädchen zu Omars Pension, um ihm Kleidung und Süßigkeiten zu bringen, die Zana für ihn geschickt hatte. Zwei Jacken, einen Pullover und eine Cordhose, damit das Wuschelchen nicht unter der Kälte und dem Sprühregen leiden mußte. Und eine Dose mit arabischen Süßigkeiten, die sollten ihn an seine Mutter erinnern. Er bedankte sich mit einem Gruß: »Vielen Dank, Bruderherz. Zum ersten Mal, seit ich in São Paulo bin, habe ich mit Genuß gegessen. Und eine solche Freude hätte mir niemand außer meiner Mutter bereiten können.« Als das Hausmädchen erzählte, daß Omar, auf seinem Bett sitzend, die Süßigkeiten verschlungen habe, blieb Yaqub stumm.

Diesen anderen Omar gab es ein paar Monate lang. Am 15. November, dem Tag der Republik, beschloß Yaqub, bevor er für den Feiertag mit seiner Frau nach Santos fuhr, im Viertel Liberdade vorbeizufahren, wo Omar wohnte. Jahre später sagte Yaqub zum Vater, er habe mit seinem Bruder nicht sprechen, ihn nicht einmal sehen wollen. Er fuhr an der Pension vorbei, um sich das triste Haus anzusehen, in dem Studenten aus anderen Städten und Regionen wohnten. Er dachte an die einsamen Abende der ersten Monate, die er, Yaqub, in São Paulo verbracht hatte. Samstags ging er immer zu den Kurzwaren- und Stoffgeschäften in der Ladeira Porto Geral und der Rua 25 de Março; lauschte den Unterhaltungen der arabischen und armenischen Einwanderer und lachte vor sich hin, oder er wurde traurig bei der Erinnerung an seine Kindheit im Hafenviertel von Manaus, wo er auch solche Laute gehört hatte. Anschließend hielt er sich eine ganze Weile im Empório Damasco auf, atmete den kräftigen Geruch der Gewürze ein und verschlang mit den Augen die Köstlichkeiten, die er sich nicht kaufen konnte; er dachte an die Restaurants und Klubs, die er nicht hatte besuchen können, an die Schaufenster, die er auf dem Weg von der Pension Veneza zur Escola Politécnica bestaunt hatte; er dachte an die Langeweile an den Sonn- und Feiertagen in einer Großstadt ohne Freunde und Verwandte. Die tiefe Einsamkeit würde einen Wilden wie Omar zähmen. Yaqub glaubte, das Leiden, die Mühsal, die Widrigkeiten des Alltags und die hoffnungslose Einsamkeit würden Omar zwangsläufig erziehen. Er hatte nicht die Absicht, ihm zu helfen. Er glaubte, daß der Mensch daran wächst, wenn er auf sich gestellt ist. Aber er war neugierig, etwas über das Leben seines Bruders zu erfahren. Wie lebte er? Wie verhielt er sich in der Schule? Wie ertrug er es, fern von Manaus zu leben, wo er jede Straße kannte und in den vornehmen Klubs und den Bordellen begrüßt und gefeiert wurde? Wo die hausgemachten Leckereien und die Fürsorge und Betreuung der Frauen im Haus seine Unverschämtheit noch unterstützten? In Manaus wäre Omar niemals ein Namenloser gewesen. Und für Yaqub war die Namenlosigkeit eine Herausforderung.

Eine Woche nach dem Feiertag beschloß er, bei der Schule vorbeizusehen, die sein Bruder besuchte. Er unterhielt sich mit Lehrern und Schülern. Er sei seltsam, sagten sie. Ein impulsiver, waghalsiger Bursche, der gern Hindernisse überwinde. Omar beteilige sich fleißig am

Unterricht, nutze die Labors, nur im Sportunterricht sei er etwas leichtsinnig. Er mache sich gut – aber warum komme er nicht mehr zum Unterricht? Ob er krank sei? Yaqub machte große Augen – seit wann kam er nicht mehr in die Schule? Seit dem Feiertag war er zu keiner einzigen Stunde mehr erschienen.

Yaqub ging zur Pension in der Rua do Tamandaré und erfuhr, daß sein Bruder das Zimmer ohne jede Erklärung verlassen hatte, nicht einmal bezahlt hatte er. Er betrat Omars Zimmer und sah einen leeren Koffer auf dem Fußboden, die Kleider über improvisierten Bügeln, auf dem Schreibtisch eine Karte der USA. Kein Zettel, kein Wort, keinerlei Hinweis. Yaqub dachte an einen Unfall, eine Tragödie. Er fragte in den Krankenhäusern, Polizeiwachen und Leichenschauhäusern von ganz São Paulo nach seinem Bruder. Seine Frau riet ihm: »Erwähn deinen Eltern gegenüber nichts von seinem Verschwinden. Der kommt zurück. Und wenn nicht, dann ist es nicht deine Schuld.«

Sie glaubten, er werde jeden Moment wieder auftauchen, sie könnten ruhig eine oder zwei Wochen abwarten. Aus Manaus kamen weiterhin Päckchen mit Süßigkeiten. Im Dezember erhielten sie die erste Postkarte.

5

In Omars Leben geschahen unglaubliche Dinge, oder aber er ließ sie geschehen, so als begrüße er jede Gelegenheit zu einem Abenteuer mit offenen Armen. Gibt es nicht solche Menschen? Die gar nicht nach der phantastischen Seite des Lebens suchen müssen, sich nur vom Zufall leiten lassen, von dem Ungewöhnlichen, das ihnen über den Weg läuft.

Die Wahrheit über seinen Bruder verriet Yaqub erst, als er seine Familie zum erstenmal besuchte, seit er nach São Paulo gegangen war.

Als ich hörte, daß er kommen würde, empfand ich etwas Merkwürdiges, ich wurde aufgeregt. Das Bild, das die anderen von ihm malten, war das eines perfekten oder nach Perfektion strebenden Menschen. Ich dachte darüber nach – wenn er mein Vater war, dann war ich der Sohn eines fast perfekten Mannes. Sein Wissen schüchterte mich nicht ein, ich hatte es nie als bedrohlich empfunden. In meinen Augen war er ein zielstrebiger Mensch, zu Hause so geachtet, daß der Vater ihn lobte, ohne zu ahnen, worauf der Sohn es angelegt hatte. Einmal sagte Halim zu mir, Yaqub könne alles verbergen, er trage einen festen Panzer um sich, gebe nie etwas von sich preis. Bei einem solchen Sohn, sagte der Vater, könne man mit allem rechnen. Omar dagegen gab sich bis aufs Blut preis, und das war Zanas stärkste Waffe. Ich versuchte herauszufinden, welcher von den beiden meine Mutter für sich eingenommen hatte. Ich merkte, daß Domingas nervös wurde, wenn Omar mich in arrogantem Ton rief und mit einer Nachricht ans andere Ende der Stadt schickte. Da Zana ihn beschützte, hob er die Stimme in ihrer Gegenwart besonders laut, aber wenn Halim in der Nähe war, wagte er es nicht, und dann konnte meine Mutter aufatmen. Nun, da Yaqub zu Besuch kam, wich sie nicht von meiner Seite.

Als Yaqub mich, Hand in Hand mit Domingas, im Garten erblickte, stockte er unschlüssig, wußte nicht, wen er zuerst umarmen sollte. Meine Freude war so groß wie die Überraschung. Er umarmte meine Mutter, und ich fühlte, wie ihre schweißnasse Hand zitternd meine drückte. Ich konnte mich dunkel an seine Stimme erinnern, denn er war früher immer wieder zu meiner Mutter ins Zimmer gekommen und hatte etwas gesagt, Wörter, die ich nicht verstand. Aber ich weiß noch ganz genau, was Domingas ihn fragte, als sie erfuhr, daß er nach São Paulo gehen würde. Nimmst du das Mädchen mit? hatte meine Mutter mehrmals gefragt. Er hatte, ohne ihr zu antworten, das Zimmer verlassen. Jahre später sagte mir meine Mutter, wer das Mädchen war, und erzählte, daß Omar ihretwegen seinem Bruder das Gesicht zerschnitten hatte.

Nun erkannte ich die Stimme, die ich mit vier oder fünf Jahren zuletzt gehört hatte. Er sagte, er habe mir ein paar Bücher mitgebracht. Er wirkte nicht wie ein Fremder, aber wie einer, der sich in dem Haus, in dem er geboren ist, nicht spontan zu verhalten vermag.

Zana fragte, warum seine Frau nicht mitgekommen sei, und er sah die Mutter nur von oben herab an, wohl wissend, daß er sie mit seinem Schweigen reizen konnte.

»Ich werde also meine Schwiegertochter nicht kennenlernen?« fragte die Mutter weiter. »Hat sie Angst vor der Hitze, oder denkt sie, wir wären Tiere?«

»Dein anderer Sohn wird dir eine prächtige Schwiegertochter präsentieren«, antwortete Yaqub trocken. »Eine, die so vorbildlich ist wie er selbst.«

Zana zog es vor, nichts zu erwidern.

In der Nacht, bevor Yaqub ankam, hatte sie geträumt, daß die Zwillinge sich friedlich in ihrem, Zanas, Schlafzimmer unterhielten, doch plötzlich sah sie den jungen Yaqub, der, den Rücken einem weißen Schiff zugewandt, am Kai stand und sie kalt lächelnd anblickte. Lächelnd fixierte er die Mutter, bis er irgendwann verschwand.

Beim Frühstück erzählte sie Halim von dem Traum. Sie war angespannt und durcheinander, aber er streichelte ihr die Hände und sagte in scherzendem Ton:

»Bei Gott, Zana, hätte es in deinem Traum für mich ein Plätzchen gegeben, dann hätte ich die beiden aus unserem Schlafzimmer verjagt und die Hängematte aufgespannt...«

»Trotzdem wäre es ein Traum gewesen«, sagte sie bekümmert. »Was soll ich nur tun? Unsere Söhne verstehen sich nicht...«

»Was du tun sollst? Schenk dem anderen etwas Aufmerksamkeit. Wir haben Yaqub seit Jahren nicht gesehen. Denk daran, was er alles erreicht hat, ganz allein in São Paulo. Er hat sich seine Existenz aufgebaut, er hat eine Frau.«

Sie fürchtete sich vor einer Begegnung zwischen den beiden, vor einer Explosion von Beleidigungen im Haus. Abends blieb sie wach, bis Omar nach Hause kam; dann half Domingas ihr, ihn in sein Zimmer zu bringen, von wo er erst wieder herauskam, wenn der Bruder schon aus dem Haus war. Das machten sie drei Abende nacheinander und sorgten so dafür, daß Yaqub dem Bruder nicht in der roten Hängematte auf der Veranda begegnete.

Yaqubs Besuch war zwar kurz, aber er ermöglichte mir, ihn ein wenig kennenzulernen. Etwas in seinem Verhalten war für mich nicht greifbar; er hinterließ bei mir den zwiespältigen Eindruck eines harten, resoluten, stolzen Mannes, aber gleichzeitig erfüllt von einem Sehnen, so etwas wie Zuneigung. Diese unentschiedene Haltung verwirrte mich. Oder vielleicht schwankte auch ich hin und her wie eine Wippe. Vieles, was man über Yaqub sagte, paßte nicht zu dem, was ich sah und empfand. Im Haus, gegenüber der Familie, war er angespannt, auf der Hut. Aber wenn er mit mir zusammen war, trug er keinen festen Panzer, wie Halim über seinen Sohn gesagt hatte. Als wir uns bei unserem Spaziergang durch die Stadt dem

Hafengebiet näherten, schien er sich über alles zu wundern. Er war schweißgebadet, gereizt über den Dreck in den Straßen. Nach einiger Zeit spielte das alles keine Rolle mehr. In der Nähe vom Hotel Amazonas blieb er vor dem *tacacá*-Stand von Dona Deúsa stehen, ließ sich zwei Schalen voll geben, schlürfte in aller Ruhe die dampfende *tucupi*-Brühe, kaute langsam die würzige Parakresse, als wolle er ein Vergnügen aus der Kindheit neu erleben. Anschließend gingen wir durch den Hafen Escadaria, von wo uns ein Mann im Einbaum zum Flußarm von Educandos brachte. Durch das Niedrigwasser im Rio Negro hatten sich schlammige Strandstreifen gebildet, auf denen kleine Motorboote und umgedrehte Ruder- und Paddelboote lagen. Yaqub begann selbst zu paddeln, gelegentlich hob er das Paddel und winkte den Bewohnern der Pfahlhütten zu, und er lachte über die Jungen, die durch die schmalen Straßen liefen, über die improvisierten Fußballfelder rannten oder auf die Planen verlassener Boote kletterten. »Hier habe ich oft gespielt«, sagte er. »Ich bin immer mit deiner Mutter hergekommen, den ganzen Sonntag verbrachten wir hier am Ufer... zwischen den Wasserpflanzen.« Er wirkte fröhlich, der Gestank, den der Schlick auf den Flußstränden verbreitete, störte ihn nicht. Er wies auf eine Pfahlhütte am linken Ufer, kurz vor der Eisenbrücke. Wir legten an, Yaqub betrachtete die Pfahlhütte, stieg eine Treppe hinauf und rief mich. Die Hütte hatte einmal einen blauen Anstrich gehabt, doch nun war die Fassade mit grauen Flecken übersät; drinnen standen zwei kleine Tische und Hocker; eine Frau, die die Tische deckte, fragte, ob wir essen wollten. Yaqub antwortete mit einer Frage: Konnte sie sich an ihn erinnern? Nein, keine Ahnung, wer war er? »Die Mutter von diesem Jungen und ich haben hier bei Ihnen oft Fisch gegessen, gebratenen *jaraqui*. Anschließend sind wir im *igarapé* schwimmen gegangen... ich habe Fußball gespielt und Drachen steigen lassen...« Sie trat einen Schritt zurück, musterte ihn von Kopf bis Fuß, erkundigte sich, wann, war es lange her? »Ich bin der Sohn von Halim.« »Dem aus der Rua dos Barés? Ach du großer Gott... dieser kleine Junge? Meine Güte... du bist aber groß geworden! Warte mal.« Sie kam mit einem Schwarz-Weiß-Foto zurück: Yaqub und meine Mutter zusammen in einem Einbaum, vor der Pfahlhütte, der Bar da Margem. Wortlos betrachtete er nachdenklich das Bild, suchte mit dem Blick nach der Stelle am Ufer, wo er einmal glücklich gewesen war. Dann sagte er, er wohne weit weg, in São Paulo, seit Jahren sei er nicht mehr in Manaus gewesen. Die Frau wollte sich weiter unterhalten, aber Yaqub antwortete kaum etwas, seine Fröhlichkeit schwand, sein Gesicht wurde ernst. Er verabschiedete sich mit wenigen Worten, die Frau schenkte ihm das Foto, er bedankte sich – vielleicht komme er noch einmal mit Domingas in die Bar da Margem. Im Boot, auf dem Rückweg zu dem kleinen Hafen, sagte er, daß er nie den Tag vergessen werde, als er Manaus verließ und in den Libanon geschickt wurde. Es sei furchtbar gewesen. »Man hat mich gezwungen, mich von allen und allem zu trennen... ich wollte nicht weg.«

Sein Schmerz war offenbar stärker als das Erlebnis, die Welt seiner Kindheit wiederzusehen. Er benäßte sich das Gesicht mit Wasser aus dem Fluß und bat den Bootsmann, um die Cidade Flutuante herum zu fahren, wo schon die ersten Flammen von Kerzen und Petroleumlampen schimmerten. Während der Fahrt durch den feuchten Abend wurde der Urwald hinter uns immer dunkler und der Lichtschein der Stadt immer heller. Ich warf hin und wieder einen kurzen Blick auf Yaqubs ernstes Gesicht und malte mir aus, was er erlebt haben mochte in der Zeit, die er in einem Dorf im südlichen Libanon verbracht hatte. Vielleicht war nichts, keine Schändlichkeit, keine Gewalttat so brutal gewesen wie die jähe Trennung von seiner Welt. Aber in den Tagen, die er in Manaus verbrachte, merkte ich, daß seine Stimmung stark schwankte. Seine Begeisterung, bestimmte Personen, Landschaften, Gerüche und Gewürze wiederzufinden, wurde schnell von der Erinnerung an den Bruch gedämpft. Heute fällt es mir leichter, daran zu denken. Ich sehe ihn noch aus dem Boot steigen und zur Rua dos Barés gehen; ich höre seine Stimme, wie er den Laden seines Vaters als unzeitgemäß kritisiert und sich an den Freunden stößt, die sich um das Backgammonbrett versammelten.

»Diese Leute behindern das Geschäft, wie die Aasgeier vor dem Fleisch warten sie auf den Nachmittagsimbiß. So werdet ihr es nie weit bringen.«

Rânia stimmte ihm zu, doch Halim fragte, die Arme auf den Tresen gestützt:

»Wozu sollten wir das auch? Und was ist mit der Freude am Spiel, an einem Schwatz?«

»Von solchen nutzlosen Freuden gedeiht kein Geschäft«, sagte Yaqub zu seiner Schwester.

Halim bat mich, ihn zu Balmas Laden zu begleiten:

»Heute abend wollen Issa und Talib Billard spielen, und dieses nutzlose Spiel will ich mir nicht entgehen lassen.«

Ich verabschiedete mich von den Geschwistern und sah Yaqub erst am nächsten Morgen wieder, dem Tag vor seiner Rückkehr nach São Paulo.

Er kam zeitig nach unten, frühstückte und begann, ein Buch zum Berechnen der Statik von »Großbauten« zu lesen; als Rânia ihm die gerahmten Fotos zeigte, klappte er das Buch zu und bewunderte seine eigenen Bilder. Rânia war schmaler und noch schöner geworden, die mandelförmigen Augen noch größer, der schlanke Hals und das Gesicht wie bei der Mutter fast faltenlos. So sollte sie älter werden, an Männern nicht interessiert, trotz der Jahre Spuren einer Schönheit offenbarend, die mich immer beeindruckt hat. Sie umhätschelte die Zwillinge und ließ sich von ihnen liebkosen, so wie an jenem Morgen, als Yaqub sie auf den Schoß nahm. Ihre festen braunen Beine rieben sich an denen des Bruders; sie strich ihm zärtlich mit den Fingerspitzen über das Gesicht, und Yaqub, wie berauscht, wirkte nicht mehr so ernst. Wie sinnlich sie wurde, wenn sie mit einem Bruder zusammen war! Mit dem einen wie dem anderen bildete sie ein vielversprechendes Paar.

Während der vier Tage seines Besuchs machte sie sich mehr denn je zurecht, und es war, als bräche ihre ganze, so lange Zeit unterdrückte Sinnlichkeit in einem Schwall über den Bruder herein. Rânia, nicht die Mutter, bekam von ihm die schönsten Geschenke: eine Perlenkette und einen silbernen Armreif, die sie in unserer Gegenwart jedoch nie getragen hat.

Es regnete noch in Strömen, als ich sie, Hand in Hand mit Yaqub, die Treppe hinaufgehen sah; sie betraten ihr Zimmer, die Tür wurde geschlossen, und meine Phantasie überschlug sich. Erst zum Essen kamen sie wieder herunter.

Sie aßen mit den Eltern, Talib und seinen beiden Töchtern zu Mittag. Yaqub benahm sich fast förmlich; den Nachbarn gegenüber gab er sich bescheiden, er war freundlich, aber nicht herzlich. Er rauchte mit Zigarettenspitze und reagierte gereizt, als Zana ihm den Teller noch einmal mit Linsen und Scheiben von der Lammkeule füllte. Er stieß eine Rauchwolke aus und verließ den Tisch, ohne das Essen anzurühren.

Den Kaffee tranken sie unter dem Kautschukbaum im Garten, und er sagte kein Wort über die Ingenieursarbeit und seine großen Leistungen. Das war auch nicht nötig – in seinem Leben lief alles glatt, die Scherereien und das Fegefeuer des Alltags betrafen nur die anderen. Und die anderen waren wir. Wir und der Rest der Welt.

Dann geschah Unerwartetes. Mit tiefer, dröhnender Stimme schnitt Talib das Thema an:

»Hast du keine Sehnsucht nach dem Libanon?«

Yaqub wurde blaß und reagierte nicht gleich. Statt einer Antwort fragte er zurück:

»Nach welchem Libanon?«

Halim trank noch einen Schluck Kaffee, runzelte die Stirn, sah seinen Sohn ernst an. Zana biß sich auf die Lippen, Rânia suchte mit dem Blick den zwitschernden roten Stärling, bis sie ihn, nicht weit von mir, auf einem Ast des Kautschukbaums entdeckte.

»Noch gibt es nur einen Libanon«, erwiderte Talib. »Das heißt, es gibt viele, und einer ist hier drin.« Er zeigte auf sein Herz.

Zahia stand auf, Talib machte eine Handbewegung, sie setzte sich still wieder hin. Nahda wußte nicht, wohin sie sehen sollte, und keiner wußte, was er sagen sollte.

»Ich habe nicht im Libanon gelebt, Seu Talib.« Seine Stimme war anfangs sanft und monoton, ließ aber erkennen, daß sie lauter werden würde. Und sie wurde so laut, daß die folgenden Worte alle erschreckten: »Man hat mich in ein Dorf im Süden geschickt, aber die Zeit, die ich dort verbracht habe, habe ich vergessen. Ja, inzwischen habe ich fast alles vergessen: die Menschen, wie das Dorf hieß und wie die Verwandten heißen. Nur die Sprache nicht...«

»Talib, wir wollen nicht...«

»Aber etwas anderes habe ich nicht vergessen können«, fiel Yaqub dem Vater erregt ins Wort. »Ich habe nicht vergessen können...«, sagte er noch einmal, stockte, dann verstummte er.

Zana lud die Gäste zu einem Glas Likör im Wohnzimmer ein, doch Talib lehnte dankend ab, er wolle Siesta halten, er habe Kopfschmerzen. Seine Töchter und er verabschiedeten sich, und gleich darauf verzog sich die Familie. Nur Yaqub blieb unter dem Kautschukbaum. Yaqub mit seinem unvollendeten Satz. Dem Zögern. Dem Debakel in seinem Leben. In die Enge getrieben, wirkte

Yaqub menschlicher oder weniger unnahbar, weniger vollkommen. Ich merkte, daß er nervös war, er rauchte gierig, den Blick starr auf den Boden gerichtet. Ich ging nicht zu ihm, dazu fehlte mir der Mut. Er war außer sich, als bisse er die Zähne bis ins Mark zusammen.

Am Abend wollte er mit Halim sprechen; sie gingen zum Essen weg und kamen spät zurück. Ich sah ihn erst am Sonntag vor seiner Abreise nach São Paulo wieder. Er hatte sich wieder gefaßt und ließ keine Spur von Schwäche oder Leiden erkennen. Er nahm mich fest in die Arme, dann trat er zurück und sah mich an, musterte meine ganze Gestalt, mein Gesicht.

Rânia bestand darauf, ihn zum Flughafen zu begleiten. Sie waren schon auf der Straße, da überreichte Domingas Yaqub eine Tüte Maniokmehl und ein Büschel Kochbananen. Sie umarmte ihn; als er abfuhr, weinte sie. Das war die bewegendste Szene während Yaqubs Besuch.

Er hatte dem Vater ein paar Dinge in Zusammenhang mit Omars Verschwinden erzählt. Halim wußte von nichts. Zana und er hatten geglaubt, ihr Sohn habe eine der besten Schulen von São Paulo besucht, ein halbes Jahr lang fleißig an einem Schreibtisch voller Bücher gesessen und sich die Augen wund gelesen. Deshalb, hatten sie geglaubt, sei er mit ein paar Englisch- und Spanischkenntnissen zurückgekommen.

»*Majnun*! Der ist verrückt, dieser Omar!« sagte Halim und trank einen Schluck Arrak.

Er war mit mir in eine Kneipe am Ende der Cidade Flutuante gegangen. Von dort konnten wir die Böschungen des *igarapé* Educandos sehen, dieses enorm breiten Wasserarms, der das schwimmende Viertel vom Zentrum trennt. Es herrschte Hochbetrieb. Das Labyrinth aus Pfahlbauten brodelte; ein Schwarm von Booten war rund um die schwimmenden Hütten unterwegs, die Bewohner kamen von der Arbeit, gingen im Gänsemarsch über die schmalen Planken, die eine Art von Wegenetz bilden. Besonders Mutige trugen eine Gasflasche, ein Kind, einen Sack Maniokmehl; wer nicht das Gleichgewicht wahrte, stürzte in den Rio Negro. Immer wieder verschwand einer im dunklen Wasser und stand am nächsten Tag in der Zeitung.

Wenn ich sonntags frei hatte, war ich oft in der Cidade Flutuante umhergestromert. Halim jedoch kannte das Viertel besser als ich; er kannte sich aus und war bekannt. Hatte er einmal mehr als erwartet verkauft, machte er seinen Laden früher zu und ging in das Wegegeflecht des geschäftigen Viertels. Er schlenderte von Hütte zu Hütte, begrüßte diesen und jenen, setzte sich an den Tisch draußen vor der letzten Kneipe, trank ein Glas und kaufte frischen Fisch von den Bekannten, die von den Seen zurückkamen.

Vor unserer Unterhaltung bot er von seinem Rolltabak einem Bekannten vom See Janauacá an, Pocu genannt, der nach Manaus kam, um Sapotefrüchte, Piassava und Maniokmehl zu verkaufen. Wenn er seine Sachen nicht verkaufen konnte, tauschte er sie gegen Salz, Zucker, Kaffee und Gerätschaften für den Fischfang ein. Er brachte immer fritierte Salmler als Imbiß mit und erzählte Geschichten; er war Kapitän auf einem Flußdampfer gewesen und hatte viele Flüsse befahren. Wir hörten einen Teil von einer Geschichte, die selbst Halim nicht kannte: die Geschichte von einem Geschwisterpaar, das versteckt, nicht weit von der Mündung des Rio Preto de Eva, in einem verlassenen, endgültig gestrandeten Boot wohnte. Zwei vom selben Fleisch und Blut, Geschwister, lebten da in aller Abgeschiedenheit, weit und breit keine Spur von Menschen. Eines Tages, gegen Abend, am Ende eines langen Fischfangs, war Pocu ihnen begegnet und hatte mit ihnen gesprochen.

»Tiere...«, murmelte Pocu. »Die hausten wie die Tiere.«
»Wie die Tiere?« Halim wiegte den Kopf, blickte auf

den leicht angetrunkenen Pocu, auf die Boote, die sich in dem kleinen Hafen vor den Treppen an der Praça dos Remédios drängten.

»Ja, genau so. Nur daß sie anscheinend glücklich waren.«

»Ich kenne so ein Tier, das hat aber keine Courage«, sagte Halim, trank noch einen Schluck Arrak, rollte sich eine Zigarette und ließ den Blick zwischen der Cidade Flutuante und dem Urwald schweifen.

Nun hörten wir den Lärm der Leute, die mit Sachen beladen hin und her liefen, das Geschrei der Kahnführer, Grunzen von Schweinen, Stimmen der Nachbarn, Kinderweinen, all den Lärm, wenn der Tag sich neigt.

»Ein nicht sehr mutiges Tier«, sagte er noch einmal, die Zigarette im Mund. Er verabredete sich mit Pocu, er solle am nächsten Tag bei ihm im Laden vorbeisehen, bevor die Sonne hoch am Himmel stand. Der ehemalige Kapitän verließ die Kneipe, und ich saß eine Weile da und malte mir das Ende der Geschichte von dem Geschwister-Liebespaar aus. Hatte Pocu sich das ausgedacht? Und wieviel von dem, was ein Seemann erzählt, ist wahr oder gelogen? Er hatte mit Überzeugung und Inbrunst erzählt, als wäre es die schiere Wahrheit, und deshalb stellte ich mir immer noch die Geschwister als Paar in dem Boot vor.

»Genau, *majnun*, wirklich ein Verrückter.« Halim knackte mit den Fingern, dann kratzte er sich die graumelierten Bartstoppeln, die sein Gesicht noch älter wirken ließen. »Omar will ein Leben als Abenteuer. Davon geht er nicht ab, er will jeden Augenblick intensiv erleben. Zana hat geglaubt, unser Sohn...« Halim blickte zum anderen Flußufer, als versuche er, sich etwas in Erinnerung zu rufen. »Weißt du was? Ich auch... ich habe auch geglaubt, er hätte ein ganzes Semester eine sehr gute Schule besucht und anschließend würde er an der Universität studieren können. Aber selbst São Paulo hat Omar nicht eines Besseren belehrt! Den wird weder eine Stadt noch ein Heiliger je zur Vernunft bringen.«

Yaqub hatte also die Wahrheit erzählt, in seiner Version. Er hatte sie nur dem Vater erzählt, und der ließ ihn sich alles von der Seele reden. Und dieses Mal zog der sonst so lakonische Ingenieur über seinen Bruder her: »Der ist undankbar, irrational, primitiv, durch und durch verdorben. Er hat meine Frau und mich beleidigt.«

Halim hatte dem studierten Sohn ernst und konzentriert zugehört. Nun, am Kneipentisch, verzog er das Gesicht und lachte, daß es einem bange werden konnte.

Also gut, Omar schickte die erste Ansichtskarte aus Miami; dann schickte er weitere, aus Tampa, Mobile und New Orleans, auf denen er von seinen Vergnügungen und Abenteuern in der jeweiligen Stadt erzählte. Yaqub hatte alle Karten zerrissen, nur eine nicht, und die reichte er dem Vater: »Lieber Bruder, liebe Schwägerin, Louisiana ist Amerika im Rohzustand, im doppelten Sinn, und der Mississippi ist der hiesige Amazonas. Ihr solltet mal einen Trip hierher machen. Louisiana ist zwar wild, aber zivilisierter als Ihr beide zusammen. Falls Ihr herkommt, färbt Euch das Haar blond, dann seid Ihr in jeder Hinsicht etwas Besseres. Bruderherz, deine Frau, die ja einmal hübsch war, würde mit blondem Haar wieder jünger aussehen. Und Du kannst hier in Amerika viel Geld verdienen. Grüße von Eurem Bruder und Schwager Omar.«

»Hundert Tage lang war dein Sohn so diszipliniert wie in fast dreißig Jahren nicht, aber das waren hundert Tage Theater«, hatte Yaqub zum Vater gesagt. »Er hat mir meinen Paß gestohlen und ist in die Vereinigten Staaten gereist. Den Paß, eine Seidenkrawatte und zwei Hemden aus irischem Leinen!«

Zur Gewißheit wurde es Yaqub, als die erste Karte eintraf. Die Hausangestellte hatte er schon hinausgeworfen, weil sie Omar in die Wohnung geholt hatte, als er und seine Frau am Feiertag, dem 15. November, nach Santos

gefahren waren. Das Hausmädchen hatte fast alles gestanden: Omar hatte mit ihr Ausflüge nach Trianon und Jardim da Luz gemacht; sie hatten in Brás und in den Restaurants im Zentrum zu Mittag gegessen. Amüsiert hatten sie sich! Und alles von dem Geld, das ihr ihm geschickt habt, sagte Yaqub zornig. Dann waren Yaqub die beiden alten, verstaubten Bücher über Integral- und Differentialrechnung eingefallen, die er als Schnäppchen in einem Antiquariat in der Rua Aurora gekauft hatte. Er schlug sie mit der bösen Vorahnung auf, gedemütigt worden zu sein. Er knirschte mit den Zähnen, seine zitternden Hände konnten kaum den ersten Band halten, in den er etliche Ein-Dollar-Scheine gesteckt hatte; in dem zweiten Band hatte er die Zwanzigerscheine versteckt. Er begann zu blättern, dann schüttelte er die Bücher, und es fielen ein paar Ein-Dollar-Scheine heraus. Dieser Schurke! Schön und gut, sollte das Schwein ihm doch den Paß, die Seidenkrawatte, die Leinenhemden stehlen, aber Geld...
»Was nicht viel wert ist, so wie er selbst, das hat er liegenlassen. Das ist dein Sohn. Ein *harami*, ein Dieb!«

»Er schrie so oft Dieb, daß ich schon dachte, er meine mich«, sagte Halim. »Na gut, er sprach von meinem Sohn, aber in gewisser Weise traf er damit mich. Aber ich ließ Yaqub reden, ich wollte, daß er alles ausspuckte. Dann sagte ich: ›Das alles vergessen, geht das nicht? Alles verzeihen?‹ Mein Gott, da wurde es noch schlimmer!«

Yaqub ging von der Anklage zum Einklagen über. Er werde nicht Ruhe geben, solange ihm der Bruder nicht die gestohlenen achthundertzwanzig Dollar zurückgezahlt habe. Ein Vermögen! Die Ersparnisse von einem Jahr Arbeit. Ein Jahr lang die Statik von kleinen und großen Gebäuden in São Paulo und der Provinz berechnet. Ein Jahr Beaufsichtigung von Baustellen. Zana müsse diese Geschichte erfahren, dann werde sie den wahren Charakter ihres geliebten Omar, ihres empfindlichen Wuschelchens erkennen. Verwöhnt diesen Drecksack, bis er euch ruiniert hat! Verkauft doch das Haus und den Laden! Verkauft Domingas, verkauft alles, was ihr habt, damit ihr seine Schweinereien unterstützen könnt!

»Er hörte gar nicht mehr auf, er konnte gar nicht aufhören, den Lieblingssohn meiner Frau zu beschimpfen. Man könnte meinen, der Teufel sorgt dafür, daß eine Mutter ein Kind bevorzugt...« Halim sah mich an, als wollte sein trüber Blick noch mehr sagen. Er richtete sich auf. »Er war nicht nur wegen der Dollar wütend. Das Hausmädchen hatte Omar erzählt, wer Yaqubs Frau war. Er war wütend, weil Omar in seiner Wohnung gewesen war und alles durchwühlt hatte, er hatte die Fotos von der Hochzeit, von den Reisen gefunden, und vermutlich hat er noch anderes gesehen. Nur ich wußte, daß Lívia, Yaqubs erste Freundin, auf seine Bitte nach São Paulo gegangen war. Er wollte das geheimhalten, aber Omar hatte es erfahren. Ich weiß nicht, wessen Eifersucht schlimmer war, aber jedenfalls hat Yaqub Omar nicht verziehen, daß er die Hochzeitsfotos mit obszönen Zeichnungen beschmiert hat...«

Halim hielt sich die Hände an den Kopf, sagte noch einmal: »Ja, wirklich: Omar hat Lívias Gesicht mit Obszönitäten beschmiert, alle Fotos im Hochzeitsalbum mit Schimpfwörtern und Zeichnungen beschmiert... Yaqub war außer sich... Er hatte dem Bruder nicht verziehen, daß er in der Kindheit auf ihn losgegangen war, ihm die Wange zerschnitten hatte... Das hat er immer im Kopf gehabt. Er hat geschworen, daß er sich eines Tages rächen wird.«

Jetzt sah er melancholisch aus und trank Arrak mit Eis, selten trank er etwas anderes. Auf dem Tisch zwei kleine blaue Fläschchen mit einem Etikett aus Sahla, von einem Schmuggler gekauft. Er nahm drei, vier Schlucke, rollte sich noch eine Zigarette. Der Fluß und der Himmel gingen ineinander über, und in der Ferne zeichnete eine Prozession von beleuchteten Booten eine Schlangenlinie an den Horizont. Der Wind trug den Geruch vom nahen Urwald herüber. Der Stimmenlärm legte sich, die Cidade Flutuante kam zur Ruhe.

Wollte Halim nicht weitersprechen? Er sah mich wieder an, biß sich wütend auf die Unterlippe. Schlug mit der Faust auf den Tisch, als wollte er um Ruhe bitten.

»Weißt du, was ich nach diesen Vorwürfen getan habe?« Er wirkte erregt, womöglich angetrunken. »Weißt du, was man tun muß, wenn ein Sohn, ein Verwandter oder irgend wer sonst wegen Geld einen Aufstand macht? Weißt du das?«

»Nein«, sagte ich, ziemlich ratlos.

»Also gut. Ich ließ Yaqub zu Ende reden. Er war völlig außer sich, so hatte ich meinen Sohn noch nie erlebt. Nachdem er alles losgeworden war, sackte er matt zusammen, wie Schwimmfarn auf dem Trockenen. Dann sagte ich: ›Ist gut, ich kümmere mich darum.‹ Er dachte, ich würde seinen Bruder zur Rede stellen oder alles Zana erzählen. Ich stand auf, ging nach Hause, steckte Orchideen in die Vase im Schlafzimmer, spannte die Hängematte auf und rief nach meiner Frau... Söhne! Bei Gott, ich mußte diesen ganzen Mist vergessen, die achthundertzwanzig Dollar, den Paß, die Krawatte, die Hemden und das verdammte Louisiana... Zana kam ins Schlafzimmer und sah mich nackt in der Hängematte. Sie sah mich und verstand. Ich sprach ein paar Verse von Abbas... Das war die Losung...«

Zum ersten Mal erlebte ich, daß Halim wankte; er war betrunken, um ein Haar wäre er vom Stuhl gefallen. Er wollte noch ein paar Minuten bleiben, ohne einen Mucks zu sagen. Ein kleines Motorboot kam an die Pfähle herangefahren, der Bootsführer warf die Taue herüber, und ich half beim Festmachen. Er legte in der Nähe der Kneipe an, der Scheinwerfer kreiste langsam, der Lichtkegel erfaßte die Holzstege, unseren Tisch, Halims Gesicht. Ich sah seine verletzte, viel zu rote Unterlippe, sein Gesicht glühte. Ich bat den Bootsführer, das Licht auf unseren Tisch zu richten, und half Halim beim Aufstehen. Ich brachte ihn nach Hause; Arm in Arm gingen wir gemeinsam auf den verzogenen Planken über die schmalen Stege der Cidade Flutuante. Hin und wieder rief ihn jemand, aber er reagierte nicht und ging mit mir in der Dunkelheit weiter. Halims Schweigen. Ich ahnte schon, was er am meisten fürchtete. Der Ingenieur machte Karriere, verdiente viel Geld. Und der andere Zwilling brauchte kein Geld, um das zu sein, was er war, und zu tun, was er tat.

Und wie! Diese fünf oder sechs Jahre: die Zeitspanne zwischen Omars Flucht und Yaqubs Besuch in Manaus. Erst später erfuhren wir, daß Yaqub erfolgreich war, womöglich nach einem Platz an der Spitze strebte. Er war umgezogen, und die Anschrift des Viertels in São Paulo, wo er nun wohnte, war vielsagend. Das Viertel und die Wohnung, denn nun zeigten die Fotos, die Yaqub schickte, so imposant eingerichtete Räume, daß die Gestalten darin immer kleiner wurden, schon fast verschwanden. Rânia beschwerte sich darüber: »Sie wollen ihre Einrichtung zeigen und vergessen, ihre Gesichter zu zeigen.«
Und tatsächlich hatten sich die Gesichter des Ehepaares Yaqub vom Objektiv des Fotografen abgewandt. Seine Frau, von der ich nur eine Vorstellung hatte, erschien jetzt auf den Bildern wie eine lange, schmale Gestalt, dünner als eine Messerklinge. Omar hatte gesagt, sie schleppe Yaqub in die vornehmen Klubs, da knüpfe er Kontakte und mache Geschäfte. »Sie kann keine Kinder kriegen«, hatte Omar brutal gesagt. »Aber die beiden produzieren eine andere Brut, das werdet ihr noch sehen.«
Trotzdem rahmte Rânia die Fotos ein, und die Mutter zeigte sie ihren Freundinnen. Zana war stolz auf ihren studierten Sohn, doch wenn sie sich mit den Nachbarinnen unterhielt, schwärmte sie von Omar. Sie setzte die

Zwillinge auf eine Wippe und sang Omars Loblieb, pries ihn in höchsten Tönen, als wäre sie blind. Aber Zana war nicht blind. Sie sah viel, aus allen Blickwinkeln, von weitem und von nahem, von vorn und von der Seite, von oben und unten, und in dem, was sie sah, lag eine gewisse Einsicht. Nur war Zana von maßloser Eifersucht besessen. Sie tat, als machte ihr die Heirat des Sohnes nicht schrecklich zu schaffen, sie wußte sich zu beherrschen, gab aber keine Ruhe, bis sie herausgefunden hatte, wer die Schwiegertochter war. Mit der Eifersucht wurde auch ihre Neugier immer größer. Die Schwiegertochter schickte aus São Paulo Geschenkpakete für Halim. Arrak-Flaschen, Dosen mit Tabak für die Wasserpfeife, Pistazien in Tüten, getrocknete Feigen, Mandeln und Datteln. Der vernaschte Halim frohlockte. »Was für eine Frau! Was für eine wunderbare Schwiegertochter!« Zana wandte das Gesicht ab, am liebsten hätte sie alles in den Abfall geworfen, aber heimlich aß sie doch von den Leckereien. Allein, in der Küche, stopfte sie sich die Datteln in den Mund. Der Appetit besiegte ihren Widerstand. Omar verlangte immer alles vom Besten. Sie pulten ihm die Gräten aus dem Fisch, damit er unbeschwert essen konnte; der Sagopudding mit Kokosraspeln mußte ganz durchgegart sein; nicht durchgegartes Essen kaute er, dann ging er zum Hühnerstall und spuckte es aus. Ich verspeiste den Pudding, in dem Omar nur gestochert hatte. Meine Mutter versteckte auch eine Handvoll Datteln und Mandeln hinter den Holztieren. Ich aß sie vor dem Schlafengehen, sie rührte nichts an, ließ alles mir, ich sollte gesund und kräftig werden wie ein Pferd.

Halim hat niemals mehr haben wollen, als er zum Essen brauchte, aber essen wollte er gut. Er scherte sich weder um die Leckstellen im Dach noch um die Fledermäuse, die unter den zerbrochenen Dachpfannen auf dem Boden nisteten und im flachen Flug an den vielen Abenden ohne Licht umherschwirrten. Abende, an denen es im

Norden keinen Strom gab, während die neue Hauptstadt eingeweiht wurde. Die Euphorie, die in dem so fernen Brasilien herrschte, kam in Manaus wie ein lauer Lufthauch an. Und die Zukunft oder die Vorstellung von einer verheißungsvollen Zukunft zerbröselte in der feuchten Amazonaswärme. Wir waren weit vom Industriezeitalter und noch weiter von unserer glorreichen Vergangenheit entfernt. Zana, die in der Jugend noch die letzten Reste dieser Vergangenheit genossen hatte, schimpfte jetzt über den mit Kerosin betriebenen Kühlschrank, den Holzkohlekocher, den ältesten Jeep von Manaus, der holpernd und qualmend durch die Straßen fuhr.

Um diese Zeit wollte Rânia den Laden modernisieren, ihn neu dekorieren, das Warensortiment ändern. Halim reagierte mit einer müden, vielleicht auch gleichgültigen Handbewegung. Sie hatten kein Geld, um Haus oder Laden zu renovieren, und schon gar nicht für die beiden Zimmer hinten, in denen meine Mutter und ich schliefen. Doch völlig unerwartet trat der kleine Gott in Aktion. Yaqub griff ein, und zwar großzügig. Jahre später, im tragischsten Augenblick seines Lebens, sollte ich mich bei ihm, vielleicht sogar ungewollt, für diese Großzügigkeit revanchieren, die mein Leben in gewisser Weise verändert hat. Er war nicht weltfremd; im Gegenteil, er beobachtete alles, und das wurde mir mit der Zeit klar. Bei seinem kurzen Besuch in Manaus muß er festgestellt und sich gemerkt haben, woran es den Verwandten, Dienstboten und dem Haus fehlte. Der Mann, der wegen achthundertzwanzig Dollar und ein paar wenigen persönlichen Dingen völlig außer sich geraten war, krempelte unser Haus um.

Halim blieb keine Zeit, die wie von der Vorsehung gesandte Hilfe abzulehnen. Eine Musterkollektion des Fortschritts und der Leistungsfähigkeit der Industrie von São Paulo hielt vor dem Haus. Die Nachbarn kamen und bestaunten den Lastwagen voller versiegelter Holzkisten;

das Wort *Zerbrechlich*, in roter Schrift auf eine Seite geschrieben, sprang ins Auge. Wie ein Geschenk der Götter bestaunten wir die im Wohnzimmer aufgereihten nagelneuen, emaillierten Haushaltsgeräte. Wenn die Einweihung von Brasília landesweit Euphorie ausgelöst hatte, so war die Ankunft dieser Gegenstände das große Ereignis in unserem Haus. Das größte Problem war der fast tägliche Stromausfall, weshalb Zana beschloß, den Kerosin-Kühlschrank in Betrieb zu behalten. Am frühen Abend, kurz vor dem Blackout, packte Domingas alles aus dem neuen Kühlschrank in den alten um. Alles Neue, auch wenn nur begrenzt benutzbar, machte Eindruck. Yaqub sorgte für eine weitere Überraschung: Er schickte Geld, um das Haus zu renovieren und den Laden zu streichen. Schon bald erstrahlte unsere Bleibe in modernem Glanz. Unsere, denn auch mein Zimmer und das meiner Mutter wurden renoviert. Ich tauschte die Deckenlatten aus, füllte die Löcher in den Wänden mit Mörtel und strich sie weiß; ich baute ein leicht geneigtes Überdach, um die Fenster vor Regen zu schützen; seitdem konnte ich schlafen und lernen, ohne daß es hineinregnete, und wurde von dem Schimmel und dem stockigen Geruch verschont, von denen ich in den besonders feuchten Nächten Atembeschwerden bekam. Ich machte beide Fenster auf, das eine zum Garten hin, das andere zur Veranda, und ließ Wände und Fußboden von der Sonne durchwärmen. Wenn es regnete, aber nicht in Strömen goß, kam Domingas zu mir ins Zimmer, und ich half ihr, die Rinde von einem Stück Kuhbaum zu entfernen, aus dem sie dann mit Geschick und Geduld etwas schnitzte. Sie, die Angst hatte, eine Glühbirne auszuwechseln, konnte aus einem einfachen Aststück einen kleinen Vogel mit roter Brust machen. Dank Yaqub waren unsere Zimmer zu jeder Jahreszeit bewohnbar geworden; wir brauchten die Regenmonate nicht mehr so zu fürchten und konnten uns dort gemütlicher unterhalten.

Rânia leitete die Renovierung des Ladens. Ich half ihr beim Verputzen und Tünchen der Fassade, und sie nahm selbst den Quast in die Hand und strich alle Wände grün. Meine Hilfe war nicht nutzlos, aber wenn man neben Rânia arbeitete, hatte man das Gefühl, daß man nur störte. Sie wollte alles allein machen, und alles war noch zu wenig für ihren Tatendrang und ihre Arbeitslust. Sie war kräftig wie ein Ameisenbär und geduldig wie der Vater, der ihr fassungslos zusah, umringt von seinen Backgammon- und Trinkkumpanen. Nach der Renovierung machte Rânia das Geschäft noch mehr Spaß. Sie schaltete und waltete, kümmerte sich um die Kasse, die Lagerbestände und die Schulden der saumseligen Zahler. Das Anschreiben schaffte sie ein für allemal ab, »Menschenfreundlichkeit verträgt sich nicht mit Geschäft.« Sie setzte Anzeigen in die Zeitung, machte Reklame im Radio und ließ Werbezettel drucken. Veranstaltete einen Sonderverkauf und brachte die Ladenhüter an den Mann, altes Zeug aus früheren Zeiten.

Sie glaubte an die Mode und verbeugte sich vor der Mode des Augenblicks.

Rânias unternehmerischer Eifer kam mir verdächtig vor, bis ich merkte, daß dahinter Yaqub mit Rat und Tat wirkte. In knapp sechs Monaten vollzog der Laden einen Kurswechsel und nahm den wirtschaftlichen Aufschwung vorweg, der schon bald einsetzen sollte.

Omar mißbilligte die Renovierung von Haus und Laden. Er untersagte, sein Zimmer zu streichen, und verweigerte sich jedem materiellen Komfort, der von seinem Bruder kam. Er aß außer Haus. Die Mutter geriet in helle Aufregung, wenn sie ihn morgens nicht in seinem Zimmer vorfand. Er blieb seinen Abenteuern, seinen Nachtklubs treu, wo man ihn kannte und feierte. Ohne ihn leuchtete der Neonfächer des Acapulco Night Club weniger hell. Zur Karnevalszeit roch sein Zimmer nach Alkohol und

Äther, mit dem sich die Leute besprühten. Er kostümierte sich aufwendig, beklebte seine Zimmerwände mit Farbfotos, auf denen er eng umschlungen mit Kolombinen und halbnackten Odalisken zu sehen war. Die Mutter amüsierte sich über den Anblick – ihr war es lieber, sie sah ihn auf Fotos im Kreis von fast nackten Frauen als leibhaftig zusammen mit einer einzigen bekleideten Frau. Vom Äther berauscht, stibitzte Omar von dem Geld, das für Einkäufe im Lebensmittelgeschäft und auf dem Markt bestimmt war. Dann sah ich, wie Domingas den einen oder anderen Schein entwendete, in der Annahme, die Herrin werde den Diebstahl ihrem Sohn zuschreiben. Zana schrieb ihn niemandem zu, sie ließ sich betrügen. Manchmal, wenn der Sohn sich vor dem Spiegel im Wohnzimmer kämmte, ging die Mutter zu ihm, schnupperte an seinem Hals, und während ihm vor Eitelkeit und Mutterliebe ein Schauer über den Rücken lief, zupfte sie ihm den Hemdkragen zurecht; dann wanderte Zanas Hand abwärts, zog ihm den Gürtel fest und schob ihm dabei ein Bündel Geldscheine in die Hosentasche.

Ihr Jüngster sah lieber darüber hinweg, daß ein Teil dieses Geldes aus São Paulo stammte. Geld und Waren: Yaqub kannte ein paar Fabrikanten in São Paulo und dem gleichnamigen Bundesstaat, Leute, die in denselben Klubs verkehrten wie er und für die er Villen und Wohnhäuser gebaut hatte. Rânia bekam Muster zugeschickt, suchte Stoffe, T-Shirts, Handtaschen und Portemonnaies aus. Ehe Halim sich versah, verkaufte er fast nichts mehr von dem, was er seit jeher verkauft hatte: Hängematten, Fischernetze, Streichhölzer, Buschmesser, Rolltabak, Angelköder, Taschenlampen und Petroleumlaternen. Damit entfernte er sich von den Leuten aus dem Hinterland, die früher bei ihm vorbeischauten, in den Laden kamen, kauften, tauschten oder einfach nur schwatzten, was für Halim auf dasselbe herauskam.

Nun schmückten Schaufenster die Fassade, und kaum

etwas erinnerte noch an den ehemaligen Kurzwarenladen, keine zweihundert Meter vom Rio Negro entfernt. Geblieben war der Geruch, den hatten weder Putz und Anstrich noch die neuen Zeiten vertreiben können. Das Lager über dem Laden, ein winziger Raum, wo Halim gelegentlich betete oder sich mit seiner Frau zurückgezogen hatte, war nicht renoviert worden. Dort stapelte er seinen Krimskrams, und dorthin verzog er sich nun allein, ohne Zana. Hin und wieder sah ich ihn am Fenster, wie er Tabak schnitt und sich eine Zigarette rollte oder auf die Rua dos Barés schaute, auf ihre Kioske, Straßenhändler, Bettler und Betrunkenen, dazwischen Aasgeier, und dem Lärm der Straße lauschte, wo sich das Treiben in der Markthalle und am Anleger des kleinen Hafens fortsetzte.

Ich glaube, er sah mich nicht, er blickte in meine Richtung, nahm mich aber nicht wahr, oder er hielt mich für einen beliebigen Passanten, einen der vielen, die seit jeher im Hafenviertel unterwegs sind, ziellos durch die Straßen oder am Flußufer entlang schlendern, in einer Kneipe Halt machen, um einen Schluck zu trinken oder einen gebratenen Fisch zu essen. Den Blick auf die Markthalle, den Mercado Municipal, und seine Umgebung, den liebte Halim. Die Früchte und Fische, die morschen Pfosten und Stämme, Teile eines Stillebens, das durch seinen Geruch wieder lebendig werden will.

»Dieser Geruch«, sagte Halim in seinem Versteck über dem Laden, »und all diese Leute, die Fischer, die Fuhrwerker, die Lastenträger, die ich seit meiner frühesten Jugend kenne, noch bevor ich in Galibs Restaurant verkehrte.«

Inzwischen alt und gebeugt, zogen sie noch immer am Mercado Municipal vorüber, auf dem Rücken Maniokmehlsäcke und Bananenbüschel; sie winkten Halim zu, legten aber keine kurze Pause mehr in seinem Laden ein, um ein Glas Wasser oder ein Guaraná zu trinken. Blieben nicht stehen, gingen die Straße weiter hinauf bis zum Platz, wo sie ihre Last abluden. Dann kehrten sie zu den Treppenstufen des kleinen Hafens zurück, stiegen in die Boote und fingen von neuem an. Seit wann machten sie das schon?

»Seit über einem halben Jahrhundert«, sprach er weiter. »Ich war ein Junge, und sie, auch noch fast Kinder, schleppten schon alles, immer von den Booten zum Platz hinauf, den ganzen Tag lang. Ich ging von Tür zu Tür und verkaufte alles mögliche. Ich bin in Hunderten von Häusern in Manaus gewesen, und wenn ich nichts verkaufte, gaben sie mir Guaraná zu trinken, gebratene Bananen, Sagokuchen mit Kaffee. Anfang der zwanziger Jahre lernte ich Galibs Restaurant kennen und sah Zana ... Dann starb Galib, die Zwillinge wurden geboren ...«

Domingas erwähnte er nicht. Die Frage nach meiner Geburt, nach meinem Vater zögerte ich hinaus. Immer habe ich sie hinausgezögert, vielleicht aus Angst. Ich erging mich in Mutmaßungen, grübelte, hatte Omar in Verdacht, sagte mir, Yaqub ist mein Vater, aber es kann auch Omar sein, er provoziert mich, verrät sich mit seinem Blick, seinem Hohn. Halim hat nie darüber sprechen wollen, auch nie etwas angedeutet. Er muß irgend etwas gefürchtet haben. Nur gut, daß er das Schlimmste nicht mehr erlebt hat. Die größte Niedertracht, der endgültige Abgrund, den Halim so sehr fürchtete – dazu kam es erst ein paar Jahre nach der Geschichte mit Pau-Mulato.

Pau-Mulato: ein wunderschöner Baum mit dunklem, glattem Stamm. Aber was für ein Name für eine Frau!

Der Name war das geringste. Nach Dália hatte Zana gedacht, Omar würde es mit dem Verlieben endgültig aufgeben. Aber er gab nicht auf; so schwach war er nicht. Außerdem konnten die Frauen im Haus nicht seinen Durst stillen. Ein Abenteurer geht immer, wenn er am wenigsten damit rechnet, ins Netz und verfängt sich darin.

Dieses Mal wirkte Halim niedergeschlagen. Er trank nichts, wollte nicht sprechen. Erzählte dies und das, Geschichten über die Zwillinge, aus seinem Leben, über Zana, und ich fügte die Bruchstücke zusammen, versuchte, das Bild der Vergangenheit zu rekonstruieren.

»Manche Dinge sollte man keinem Menschen erzählen«, sagte er und sah mir dabei in die Augen.

Er zögerte, schwieg. Aber bei wem sollte er sich die Dinge von der Seele reden? Ich war sein Vertrauter, so oder so ein Mitglied der Familie, Halims Enkel.

Omar versteckte sich mit Pau-Mulato. Er brachte sie nicht ins Haus, und eine ganze Zeit lang ging er nicht in die Nachtklubs. Er kam ruhig nach Hause, ohne Spektakel und torkelnden Gang vom Trinken. Er schlief wieder in seinem Zimmer. Er, der es mit seinem Radau auf die Spitze getrieben hatte, verhielt sich nun höchst diskret. Solche Stille wirkte übertrieben. Omar wachte morgens in seinem Zimmer auf und war friedlich, ohne Kater, ohne den glasigen Blick der durchwachten und durchgemachten Nächte. Dieser in einen Engel verwandelte Mann verblüffte seine Mutter. Doch statt sie zu beruhigen, verunsicherte der Engel sie. Zana fand es eigenartig, daß ihr Sohn bei den Mahlzeiten am Tisch saß, daß dieser Mann, der niemals gearbeitet hatte, morgens früh aufstand, sich rasierte, seine besten Sachen anzog und zur Arbeit bei einer ausländischen Bank ging. Er hatte eine fabelhafte Stelle, wahrscheinlich waren ihm dafür seine Reisen durch Florida und Louisiana zugute gekommen. Er sah nicht wie ein Amerikaner aus und erst recht nicht wie ein Engländer, aber er trug eine Krawatte, und wer ihn von weitem sah, groß, aufrecht, mit Brillantine im Haar und Mittelscheitel, hätte ihn für Yaqub halten können. Das heißt, äußerlich hätte er der andere sein können, er war aber er selbst. Das Ungepflegte und seine Sprunghaftigkeit waren verschwunden; und auch die Risikofreude des Abenteurers, der sich immer das Schwierigste und Aufregendste wünscht, trieb ihn nicht mehr um. War er bezwungen, gezähmt worden? Das Feuer, das in den Nächten von Manaus gelodert hatte, war zu einer Kerzenflamme, einem stillen kleinen Lichtlein im Dunkeln geworden. Nun war Omar einer, der sich an die Normen und Regeln der täglichen Arbeit hielt, ein Mann mit goldener Uhr am Handgelenk, der mit festen Schritten kam und ging.

Rânia hätte diesen neuen Bruder am liebsten verschlungen. Nun verbrachte sie mehr Zeit mit ihm zusammen, sie unterhielten sich beim Frühstück, während die Mutter und sie neben ihm saßen und ihm Tips zur Kleidung, zum Kölnisch Wasser, der Farbe von Krawatte und Schuhen gaben. An dem Morgen, als Zahia ihn als Kavalier feingemacht sah, wichen Mutter und Schwester nicht von seiner Seite und behielten das Dekolleté von Talibs älterer Tochter fest im Blick.

»Jetzt werden sich eine Menge Bräute den Omar angeln wollen...«, sagte Zahia und küßte ihn auf die Wange.

»So was braucht er nicht«, sagte Rânia.

»Und wozu, meine Liebe, ist eine Braut schon gut? Er ist auch so glücklich«, fügte Zana hinzu. »Meine Tochter, die braucht einen Mann. Und du auch, Zahia... Wie alt wirst du jetzt? Mein Gott, wenn ich daran denke, daß ihr beiden einmal Kinder wart...«

»Das stimmt, ich brauche wirklich einen Mann«, sagte Zahia. »Wer weiß, vielleicht schläft er in diesem Haus?«

»Halim ist zu alt für dich, meine Liebe«, antwortete Zana lachend und kniff Omar in die Wangen. »Und Domingas' Sohn ist noch zu jung, außerdem hat er nur die Schule im Kopf.«

Zahia blickte mit ihren dunklen Augen auf mich in der Küchentür.

»Im Kopf hat er nur die Schule, aber hinter den Ohren hat er es faustdick«, sie lachte und sah mich an, mit dem feurigen Blick der Tänzerin bei Zanas Geburtstagen und den Tanzfesten bei Sultana Benemou. Zahia wußte, daß es in unserem Haus weder für sie noch für ihre Schwester einen Mann gab, aber sie wußte nicht, was mit Omar los war, der in seinem weißen Leinenanzug glücklich aussah, weniger sprach und sehr viel mehr lächelte, zur Verwunderung der Reinosos und aller Gäste, die ins Haus kamen. »So ein schmucker Bursche, dein Sohn, Zana«, säuselte Estelita. »Gar nicht wiederzuerkennen, so ungepflegt, wie er früher war! Wenn dahinter nicht eine Frau steckt, schneide ich mir die Kehle durch.« Zana lachte nervös auf: »Dann tu das gleich, Estelita. Omar ist nicht so ein Trottel wie Yaqub.«

Wir sahen ihn nicht mehr in der roten Hängematte liegen, die Beine rausgestreckt, damit Domingas' kleine Schere ihm die langen, schmutzigen Fußnägel schnitt, hörten auch nicht mehr die etwas belegte Stimme verlangen, daß man für ihn einen bestimmten Fisch mit bestimmter Füllung machte. Meine Mutter blieb eine Zeitlang von seinen rüden Sticheleien und absurden Ansprüchen verschont. Er stand nicht mehr mittags knurrig und hungrig auf, und ich brauchte nicht mehr Frauen in entlegenen Stadtvierteln Botschaften von ihm zu bringen. Er kam von seinen abendlichen Ausflügen nüchtern nach Hause, und wenn er nicht direkt in sein Zimmer ging, setzte er sich in den Garten, atmete die feuchte Luft ein und sinnierte. Lachte vor sich hin. In Mondscheinnächten, wenn ich über den Büchern hockte, um meine Hausaufgaben zu Ende zu bringen, sah ich Omars erhobenen Kopf, auf dem Gesicht leuchtete ein Lächeln. Wir sprachen nicht miteinander. Er saß in sich versunken, und ich konzentrierte mich auf meine Lektüre und Gleichungen. Ab und zu sah ich, wie Zana ihn verstohlen vom Wohnzimmer aus beobachtete. Er beachtete sie nicht.

»Zana ahnte etwas«, sagte Halim. Er zögerte, und ich wußte nicht, ob er schweigen oder alles erzählen wollte. Er hatte es aufgegeben, unter den Söhnen Frieden zu stiften, aber nicht, auf Omar Einfluß zu nehmen, obwohl längst ein erwachsener Mann, doch mit vielen Allüren. »Unberechenbar... Er brachte einen geschniegelten Engländer mit nach Hause, einen gewissen Wyckham oder Weakhand, angeblich Geschäftsführer einer ausländischen Bank. Der aß wie ein Fräulein, saß da wie eine Debütantin und hatte Angst, von der Sauce, vom Fisch, sogar vom *tabule* zu probieren. Angst, Essen zu essen, wo gibt es denn so was?«

Wyckham nahm ein paar Häppchen von Domingas' Köstlichkeiten, lehnte das Dessert ab und stand vermutlich hungrig vom Tisch auf. Als er ging, begleitete Omar ihn, und da sahen wir vor dem Haus ein Oldsmobile Cabrio, silbrig lackiert, die Sitze leuchtend blau bezogen. Was für ein Auto! Und zu unserem Staunen gehörte es Omar.

Die beiden stiegen in das Cabrio, und die Nachbarn sahen aus den Fenstern zu, sprachlos, verblüfft über solchen Luxus, soviel Eleganz. Wie beeindruckend das alles war! Die makellose Kleidung, die Chromlederschuhe, der importierte Wagen. Als wäre alles ein anderer Omar, als wäre es gar nicht er. Bis zum letzten Augenblick wußte niemand, was vor sich ging, kein Mensch, nicht einmal Halim. Zana, ja: Sie begriff es als erste, und sie kämpfte erbittert in der entscheidenden Schlacht. Bei Gott! Aber wie hatte sie es herausgefunden?

»Wie?« Halim biß sich auf die Lippen. »Sie brauchte nicht Omar zu beschatten, sie hielt sich an das Auto... diese Blechkiste. Omar könnte noch heute mit der Frau zusammen leben. Von mir aus hätte er mit jeder Frau leben können, ob hübsch oder häßlich, Hure oder nicht... Mit jeder beliebigen Frau oder auch mehreren gleichzeitig, solange er mich mit meiner in Ruhe gelassen hätte...«

Halims Sohn: allen Frauen gegenüber stark und männlich, aber bei der Mutter zerschmolz er in Schmeicheleien oder zitterte wie junges Bambusrohr. Versteh einer die Macht einer Mutter. Dieser Zana. Denn nur sie hatte die Geschichte mit der britischen Bank nicht geschluckt. Omar hatte alle an der Nase herumgeführt. Wer hatte nicht an das prächtige Auftreten, die britische Arbeitszeit und den Briten selbst geglaubt? Seine Stimme, die gespreizte Gestik, die kurzen Sätze, die Scheu, sie zu Ende zu führen, die vielen Hinweise auf gute Herkunft. Wyckham, der große Kerl mit endlos langen Armen und rundlichem Gesicht voller Sommersprossen, war, wie Zana allmählich herausfand, ein Betrüger, ein hochkarätiger Schmuggler. Die Gestik, die Stimme, die Art zu essen, das alles war echt, nur sein Beruf nicht. Omar arbeitete mit Wyckham zusammen, er war seine rechte Hand. Die beiden hatten eine Partnerin, und hier kamen das Cabrio und die Frau ins Spiel. Die Mutter kontrollierte, kombinierte, erahnte, spielte Architektin verkehrt herum – sie demontierte das errichtete Gemäuer. Und das noch unfertige Gebäude ließ auf später riesige Ausmaße schließen.

Zuerst der einfachste Teil: Sie fand heraus, daß die Stelle in der britischen Bank eine reine Farce war. Dann ging sie in der Hafenverwaltung und den Lagerhäusern von Manaus Harbour auf die Pirsch und schmierte Angestellte und Stauer. Ganz geduldig warf sie ihre Köder aus und fing sich kleine und größere Fische. Und sie rekonstruierte auch das Netz, die Schmugglerseilschaft, in die Omar verstrickt war. Der Vater erfuhr von der ganzen Geschichte erst kurz vor dem Ende. Deshalb sah er so nachdenklich aus in den letzten Wochen vor unserer Unterhaltung im Lagerraum des Ladens.

»Wenn es um das Schicksal eines Sohnes geht, findet kein Detektiv der Welt so viel heraus wie eine Mutter«, sagte er. »Sie hat das alles klammheimlich gemacht, still und leise wie ein Schatten.«

Zana ging jeden Morgen in den Hafen. Mehrmals sah sie ihren Sohn, ohne selbst gesehen zu werden. Nicht im

Hafen, aber in dem Lagerschuppen, wo die Schmuggelware gestapelt und dann mit unbekanntem Ziel beiseite geschafft wurde. Sie fand Herkunft und Bestimmungsort heraus. Die Schmuggelware kam auf den Schiffen der Booth Line an, Omar kontrollierte alles im Schuppen neun und fuhr allein im Cabrio los, während die kleinen Fische des Netzes die Ware an Land brachten. Schweizer Schokolade, englische Textilien und Bonbons, japanische Fotoapparate, amerikanische Kugelschreiber und Turnschuhe. Alles, was man damals in keiner brasilianischen Stadt fand: Form, Farbe, Etikett, Verpackung und Geruch aus dem Ausland. Wyckham hatte das kapiert. Den Durst nach Neuem, nach Konsum gespürt, die Faszinationskraft der Objekte intuitiv erfaßt. In welcher Form war er an dem Geschäft beteiligt? Verdiente er überhaupt Geld dabei? Das wußte Halim nicht. Zana aber erfuhr, daß ihr Wuschelchen von einer Frau angelockt worden war. Er ließ sich mit ihr nie bei Tageslicht blicken. Sie versteckten sich, zu zweit in einem nächtlichen Liebesnest. Nur sie beide, niemand sonst.

»So wie ich es immer wollte.« Endlich lächelte Halim und grüßte einen Fischverkäufer. »In diesem Fall war er wie sein Vater, aber Zana hat alles kaputt gemacht.«

Sie stieß auf einen Kerl mit einem merkwürdigen Namen, Zanuri, eines Abends kam er ins Haus. Der Bursche war wirklich merkwürdig, undurchsichtig, fast dreist, beinah freundlich, in jeder Hinsicht beinah und fast, mit eingedellter Nase in einem ziemlich ausgemergelten Gesicht. Ein blickloser Mensch, was dasselbe wie seelenlos ist. Ein Panamahut mit einem gelben Band, schräg aufgesetzt, verlieh ihm etwas beinah Komisches.

»Beinah, denn der Kerl war von Kopf bis Fuß unvollständig. Nicht mal Mumm wie ein Mann hatte dieser Zanuri«, brummelte Halim. »Ein feiger Typ, der hätte noch nicht mal ein Tier streicheln können.«

Halim fand ihn also auf Anhieb unsympathisch, nachdem er ihn – ein einziges Mal nur – beim gußeisernen Kiosk am Mercado Adolpho Lisboa mit Zana hatte tuscheln sehen. Seine Aversion nahm noch zu, wurde unerträglich, als Zanuri ohne anzuklopfen spät abends ins Haus kam, so etwas durften langjährige Nachbarn sich herausnehmen, aber nie ein Zanuri. Halim lag mit Zana in der Hängematte, beide weltvergessen, den gemächlichen Zärtlichkeiten des beginnenden Alters hingegeben. Sie genossen die Stille und Ruhe der kühlen Nacht. Rânia hatte sich schon in ihr Zimmer zurückgezogen. Domingas hatte sich, von Müdigkeit übermannt, in ihrem Zimmer in der Hängematte ausgestreckt. Von meinem Versteck aus konnte ich das Beinahlächeln auf dem Gesicht der vagen Gestalt sehen. Ich hörte Stimmengemurmel. Zanas Stimme am deutlichsten. Sie sprach leise und gestikulierte, so als mache sie jemandem Vorhaltungen. Der Schatten ihrer Hände zeichnete seltsame Formen auf die Verandawand, und als von der Treppe ein trappelndes Geräusch kam, verstummte sie. Der Schatten ihrer Hände verschwand, und im Wohnzimmer tauchte Omars Gestalt auf. Er kämmte sich vor dem Spiegel, zog die Augenbrauen hoch und lächelte seinem Spiegelbild zu. Er hatte sich fein gemacht, sein Anzug aus irischem Leinen duftete nach Pará-Essenzen, von seinem Körper ging ein kräftigerer Geruch aus. Diese Mischung aus Düften und Gerüchen von hier und da zog durch das Haus. Zu meinem Versteck drangen nur Spuren dieser Mischung, ein Hauch, der in den Kaladien, hinter denen ich mich verbarg, erstarb.

Halim sah den Sohn aus dem Haus gehen. Und kurz darauf den erbärmlichen Zanuri.

»Wenn ich mit Zana in der Hängematte lag, konnte mich nichts stören«, sagte Halim zu mir, »aber das gab mir zu denken, ich mißtraute diesem Zanuri, wollte herausbekommen, wer dieser Eindringling war. Ein Spitzel...«

Zanuri war ein kleiner Gerichtsbeamter, ließ sich aber

noch andere Dienste teuer bezahlen: das Belauern von Liebespaaren. Der Schnüffler hatte einiges Geld zusammengetragen mit dem Denunzieren von Paaren, die in Lust und Lachen schwelgten. Heimliche Paare, im Verborgenen, beobachtet von einem unsichtbaren Reptil. So einer war Zanuri: eine Giftschlange, die sich getarnt durch dunkles Laub windet.

Zanuri folgte dem Cabrio mit einigem Abstand. Der Oldsmobile ließ das Zentrum hinter sich, überquerte die Eisenbrücken über den Flußarmen und fuhr in das Labyrinth von Cachoeirinha hinein. Rua da Matinha, von matten Straßenlaternen erhellt. Drittes Haus rechts, ohne Nummer. Holzhaus, Blumentöpfe auf den Brüstungen der beiden geöffneten Fenster. Das Wohnzimmer erleuchtet, ein ovales Bild, das Antlitz Christi in einem Rahmen, an der Wand gegenüber dem Fenster. Die Tür zum Wohnzimmer mit einem Drahtgitter geschützt. Omar stellte den Wagen etwa fünfzehn Meter weiter ab. Ging auf das Haus zu; er wirkte unruhig, sah sich nach rechts und links, nach hinten um. Blieb stehen, um sich das Haar zu kämmen und den Kragen zurechtzuzupfen. Zog einen Flakon aus der Tasche. Parfümierte sich. Bevor er das Haus betrat, beobachtete er das Treiben auf der Straße: Kinder, die um ein Feuer herum spielten, ein Pärchen unter einem Mangobaum, zwei alte Frauen, die vor ihrem Haus saßen, lachten und schwatzten. Er pfiff eine bekannte Melodie, einen *chorinho*, und die Tür öffnete sich. Niemand zu sehen. Sie stand fraglos hinter der Tür versteckt. Im Wohnzimmer ging das Licht aus, die Fenster wurden geschlossen. Er blieb lange in der Hütte. Nachts um zehn nach drei kam er heraus. Das heißt, sie kamen heraus. Eine Riesin. Eine kräftige, dralle, große dunkelhäutige Frau. Wie der Stamm von einem Pau-Mulato. Fast eine reine Afrikanerin. Das Gesicht wie gemeißelt, glatte Haut, eine kleine Nase. Ein Grübchen im Kinn, daß einem das Wasser im Munde zusammenlaufen kann.

Normaler Mund. Lockeres, melodisches Lachen, eher hohe als tiefe Töne, mit schamlosem Beiklang. Langes Haar, geglättet, aber trotzdem kraus. Ein dünner Zopf über der rechten Schulter, mit silbrigen Punkten gesprenkelt, billiger Modeschmuck, keine Frage. Aber ihre Ringe, ja, die allerdings aus Edelmetall. Eine Halskette aus Elfenbeinminiaturen, aus dem Land ihrer Ahnen. Sie küßten sich auf den Mund. Mehrere Minuten lang. Eng umschlungen gingen sie zum Cabrio. Stiegen ins Auto. Noch ein Kuß, diesmal kurz, ohne Begierde. Sie zog die Bluse aus, Omar knutschte ihre Brüste, ohne Hast. Sie ließ ihn machen, gab sich hin, lag halb auf dem Sitz. Dann tauchte ihr Kopf weg und auch ein Arm, der rechte. Ich konnte es nicht sehen, ich kann nicht sagen, was sie machte. Doch, ich hörte ihn kreischen wie eine brünstige Raubkatze, aber gedämpft, dabei biß und saugte er an den Fingern ihrer linken Hand. Auf der anderen Straßenseite kam ein Betrunkener daher. Er trank aus einer Flasche, torkelte und hatte einen Schluckauf, machte aber keinen Lärm. Er ging in Schlangenlinien und blieb direkt neben dem Cabrio stehen. Sah sich mit einem Seitenblick das schamlose Treiben an. Ein Fest der Körper unter freiem Himmel. Von oben blinzelten Sterne; unten blinzelte ein Betrunkener. So trieben es die beiden bis morgens um fünf. Die ersten Markthändler, die letzten Nachtschwärmer, Leute unterwegs, Stimmen. Er ließ den Motor an, sie stieg aus. Bis bald, mein Schatz, sagte sie. Tschau, mein Augenstern, sagte er. Dann sagte er etwas auf arabisch, was ich nicht verstanden habe. So war es. Ganz genau so.

»Ganz genau so – Worte eines Betrunkenen«, brummelte Halim und legte ein Blatt Papier weg. »Ein Schnüffler, als Betrunkener getarnt. Und dieser Widerling wagte es auch noch, für seine Bespitzelung ordentlich zu kassieren. Ich hätte ihm den Panama auf seiner Visage plattdrücken sollen.«

Zanuri, der Berufsschnüffler, notierte sich alles, und

anschließend tippte er die Details des heimlichen Rendezvous auf der Maschine. Halim reichte mir die letzte Seite des Berichts. Die Buchstaben tanzten auf dem weißen Blatt. Sieben Seiten für nur ein Treffen. Übertrieben detailliert. »Müllberge in den Straßen von Cachoeirinha. Während ich darauf wartete, daß die Vögelchen ausfliegen, habe ich acht Zigaretten geraucht. Pau-Mulato ging aufrecht, wie der glatte, erhabene Stamm eines Edelholzbaumes. Auf der Schotterstraße lag ein Drachen mit einem Totenkopf auf weißem Grund. Ohne Schwanz ...«

Zana las und analysierte alles: die Einzelheiten, die Abschweifungen und die Szene des eigentlichen Treffens. Sie entließ Zanuri und ging in die Offensive, aber behutsam. Sie eröffnete die Schlacht, indem sie Schachteln mit englischen Bonbons und Schweizer Schokolade mit nach Hause brachte. Sie schenkte Omar eine seidene Krawatte und ein Jackett aus irischem Leinen, damit »du für deine Nächte in Cachoeirinha eleganter bist, hübscher aussiehst.«

Omar verstand die Beleidigung, er begriff, daß die Mutter alles herausgefunden hatte. Er tat, als wäre nichts, beide taten sie so und bemühten sich um einen Waffenstillstand, um ihre Gedanken zu ordnen. Omar kümmerte sich um anderes – sein Zimmer zum Beispiel. Und er kümmerte sich um einen Koffer für seine Sachen. Zum Schluß kümmerte er sich um einen Vorwand, das Haus zu verlassen.

Er beschloß auszuziehen, ganz selbständig, nach außen hin; das heißt, seiner Entscheidung sicher: sich von dem zu befreien, der er bis zu jenem Abend gewesen war – der Mann in Schlips und Kragen, der sich als Bankangestellter ausgab, großmütig, mit einstudiertem Benehmen. Der Lord, mit dem es nicht geklappt hatte.

Die Mutter fühlte sich bedroht, belauerte den Sohn.

»Wo willst du hin? Was für eine Reise ist das?« schrie sie, zog ihn am Jackenärmel und sah ihm in die Augen. »Ich weiß über alles Bescheid, Omar, du tust nur, als ob du verreist. Ich weiß genau, wer die Frau ist... sie wird dich verhexen, dir dein Blut aussaugen, du wirst als ein Häufchen Elend wieder nach Hause kommen... Die sind alle gleich, sie wird dich um den Verstand bringen... Du bist naiv, ein großes Kind, das bist du... Man könnte meinen, du wärst nicht mein Sohn.«

Sie schüchterte ihn ein, so gut sie konnte, und sah ihn die ganze Zeit an, während sie sprach, denn sie spürte, daß es ernster war als beim letzten Mal, als er sich verliebt hatte. Mit einer raschen Bewegung zog Omar das Jackett aus und überließ es, lose und verknittert, den Händen der Mutter. Es roch nach einer Mischung von Düften, der gleichen unangenehm süßlichen Mischung. Aber ihm bereitete das wahrscheinlich wohlige Schauer.

Oben auf der Treppe stand Halim, beobachtete die Szene und wünschte sich, der Sohn ginge fort. Omar hörte sich Zanas Gezänk an, hielt dem vorwurfsvollen Blick der Mutter stand. Dann riß er ihr das Jackett aus der Hand und wies mit einem Finger auf sie:

»Du hast noch einen Sohn, Mutter, der macht nur Freude und hat eine gute Stelle. Jetzt werde ich mein Leben leben... Mit meiner Frau, weit weg von dir...« Er hob den Kopf und schrie dem Vater entgegen: »Und auch von dir, Vater, von diesem Haus... von allen. Sucht nicht nach mir, es hat keinen Zweck...«

Wie ein Wahnsinniger schreiend, ohne sich von Rânia oder Domingas zu verabschieden, verließ er das Haus. Hätte man versucht, ihn am Gehen zu hindern, hätte er womöglich um sich geschlagen, alles zertrümmert. Zana jammerte unentwegt; gab sich die Schuld, machte Halim Vorwürfe: »Du bist nie ein Vater für ihn gewesen. Er ist weggelaufen, weil du so egoistisch bist... Ja, genau, egoistisch.« Sie lief wie besessen die Treppe rauf und runter, verlangte nach mir, nach Domingas. Wußte aber nicht, was sie uns sagen, womit sie uns beauftragen sollte. Schläfrig warteten wir auf eine Anweisung. Doch sie konnte sich nicht entscheiden und fragte: »Was sagt ihr dazu? Mein Sohn, verrückt nach so einer Dahergelaufenen! Was sagt ihr? Und Rânia, warum kommt sie nicht herunter? Statt mir zu helfen, vergräbt sie sich in ihrem Zimmer.« Endlich befahl sie, ich solle die Tochter aus dem Bett holen. Rânia machte mit schlecht gelauntem Gesicht die Tür auf. Sie hatte nicht geschlafen, das Zimmer war hell erleuchtet.

Die beiden beteten, legten Gelübde ab, zündeten Kerzen an. Alles brannte: die Lampen, ihre Augen, ihre Seele. Die Zeit verging, und er kam nicht zurück. Hatte er sich endgültig losgerissen? Er hatte Flügel, war impulsiv, aber ihm fehlte die Kraft für Höhenflüge, sich ganz und gar im unendlichen Himmel der Begierde zu verlieren.

»Zanas Sohn! Geht weg und kommt zurück, schwankend vor Unentschlossenheit, eine Memme, wenn es gilt, die Fesseln abzuwerfen«, klagte Halim. »Er hat eine ganze Weile durchgehalten, aber im Grunde wußte ich, daß er es nicht schaffen würde. Er hatte alles in den Händen, im Herzen: Liebe, eine kolossale Frau ... Schieres Gold hatte er, nur an Mut fehlte es ihm. Aber versucht hat er es. Und wie! Hat sogar den Spitzel Zanuri getäuscht. So viel rausgeworfenes Geld!«

Die Mutter wurde aktiv. Sie durchkämmte die Stadt auf der Suche nach dem Cabrio. Drei Taxifahrer waren in den verschiedenen Vierteln unterwegs, suchten in versteckten Garagen, Schuppen in Hinterhöfen, alten Siedlungen von Manaus. Und auf all dem Niemandsland, überall, in der Stadt und in der Umgebung. Unmöglich, alles zu durchforsten: die Tausende von Pfahlhütten am Ufer der *igarapés*, die Cidade Flutuante, die Fähren in der Bucht, die benachbarten Siedlungen, die Boote, die Seen, Kanäle und Flüsse.

Sie war niedergeschlagen, murmelte, »man hat mir meinen Omar geraubt«, hatte Alpträume in unruhigen Nächten und wurde immer kraftloser. Sie aß nicht, nahm nur ein paar Häppchen zu sich, nippte nur am Getränk. Gab aber die Suche nicht auf, wollte sich nicht abfinden, schniefte in stiller Verzweiflung. Eine trauernde Mutter. Doch war es für sie vorübergehende Trauer. Daß der Sohn zurückkehrte, war nur eine Frage des Lebens, keinesfalls des Todes.

»Was für eine Mühe das war«, Halim seufzte. »Was ich gesehen habe, was ich begriffen habe, ist, daß diese Frau, meine Frau, über sich hinauswuchs, als sie spürte, daß sie ihren Sohn verlieren würde. Sie faßte sich, überlegte noch einmal genau. Mit anderen Worten, sie sortierte die Karten, bis sie ihren Pikkönig gefunden hatte.«

Eines Abends erschien wieder dieser Zanuri, aufdringlich und undurchsichtig wie immer. Sie jagte ihn mit dem Feuerwedel davon. Beschimpfte ihn in den beiden Sprachen, die sie beherrschte. Dieser hirnlose Dieb, dieser Halunke, *harami*! In den Augen hatte sie Feuer, im Herzen vermutlich Asche. Schweigsam gegenüber den Nachbarn, sie reagierte auf keine Ratschläge, hörte auf nichts. Doch tief in ihrem Innern tobte ein Sturm. Halim, vor lauter Begierde schon ausgetrocknet, aber ängstlich, hielt sich zurück. Alle Welt wußte inzwischen von der Sache, die ganze Stadt, die Siedlungen in der Umgebung; Getuschel in der Luft, wie Konfettiregen. Keine Jagd bleibt unbemerkt. Und die Jagd einer Mutter ist wie ein Unwetter, stellt die Welt auf den Kopf, wirbelt sie durcheinander. Wußte irgend jemand, was Zana im Schilde führte? Denn verschwiegen, wie nur sie es sein konnte, zog sie die Strippen, schürte die Glut. Ganz allein, mit ruhiger Stimme, bevor sie zuschlug. Sie füllte ihren Korb mit Geheimnissen. Am meisten aber betete sie, zusammen mit ihren frommen Freundinnen, in inniger Einigkeit – wie eine Biene in einer einzigen Wabe des Bienenstocks. Domingas schloß sich dem allabendlichen Ritual an. Wünschte sich meine Mutter auch, daß Omar zurückkam? Ich spürte bei ihr ein Verlangen, eine Sehnsucht, die sie zu kaschieren wußte, einen Schatten auf ihrem Gemüt. Wenn sie darüber klagte, daß Omar nicht da war, weckte sie in mir Zweifel, verunsicherte mich.

Ach, wie ihr der Körper des kraftlos in seiner Hängematte liegenden Galans fehlte! Der dünne Schweiß von den Drinks und Cocktails und der strömende Schweiß mit seinem ekelerregenden Geruch nach harten, scharfen Getränken, stinkend wie das Fell eines Jaguars. Wenn ihre Hände ihm das Gesicht, den Hals, die behaarte Brust abtrockneten. Er, fast nackt, in der roten Hängematte hingegossen. Die Pulks von Feuerameisen, Bataillone von wuselndem Gelb rings um die Rum- und Whiskyflaschen auf dem Zementboden. Der Geruch von Arnika, Kakaobutter und Kopaivaöl auf den Blutergüssen, die Omars Körper zierten. Diese Gerüche und andere: der Geruch der großen Blätter des Brotfruchtbaums, die aussahen wie grüne Fächer; der Geruch der schweren, reifen ockerfarbenen *cupuaçu*, die wie eine samtige Schatztruhe ihr silbriges Fruchtfleisch birgt, Quell eines kostbaren Duftes. Die feuchten Blätter, die sie ihm auf die roten Stellen auf seinem Körper legte; der Saft der *cupuaçu* mit Kernen zum Ablutschen, den sie ihm am Nachmittag machte, wenn er, wieder bei Kräften, die Arme vor meiner Mutter ausbreitete und sie vertraulich auf die Wangen küßte, bevor er den dickflüssigen Saft trank.

Das alles vermißte sie? Den Körper und die Gerüche, die ihn in den durchgefeierten Nächten umgaben? Meine Mutter schien nach Omars Körper zu dürsten, sie verheimlichte nicht mehr, daß sie sich sehnsüchtig seine Rückkehr wünschte. Domingas fragte die Herrin: »Soll ich ein Delphinauge präparieren? Sie hängen es sich um den Hals, und dann kommt Omar und küßt Sie... mit all seiner Liebe.« Ob Zana nicht wußte, was sie dazu sagen sollte? Sie ging zu meiner Mutter und wandte das Gesicht dem Hausaltar zu. So nebeneinander ließen sie, eine wie die andere, noch die Schönheit früherer Zeiten erkennen.

Die Indianerin und die Levantinerin Seite an Seite: ihre feierlichen Gesichter, die Inbrunst, die Ozeane und Flüsse überquert hatte und nun hier in diesem Wohnzimmer loderte – wie viele Gebete, damit er heil und unversehrt, vor allem aber allein zurückkehrte in das Zimmer, das für immer seins war, seins ganz allein.

»Da kühlte unsere Liebschaft endgültig ab«, murmelte Halim und flocht mit den Fingern ein paar Palmfasern zusammen. »Damals begann die Fastenzeit für unsere Spielereien, das heißt die Fastenzeit des Lebens. Alles wegen der Geschichte mit dieser Pau-Mulato.«

Halim hat mir gegenüber nie vom Tod gesprochen, bis auf ein einziges Mal, und da streifte er das Thema nur in Andeutungen. Das war, als er schon sein Ende nahen fühlte, einige Jahre nach Omars Affäre mit Pau-Mulato. Das Schlimmste, die Katastrophe hat er nicht erlebt. Er hat sie nicht erlebt, aber er hielt einiges von Vorzeichen: die vielen Prophezeiungen, die er von seinen Freunden aus dem Hinterland gehört hatte, Söhne des Urwalds und der Einsamkeit. Er neigte dazu, diese Geschichten ungesehen zu glauben, und ließ sich von der Handlung, der Magie der Worte einlullen. Halim: ein scheinbar naiver Mensch, der die Liebe und ihre Ekstasen kultivierte; ein Genießer im Ozean der Nichtigkeiten des Lebens in der Provinz. Und einer, der die Dinge nahm, wie sie kamen: Jeder Zucker, ob grob oder fein, war ihm zum Süßen seines Kaffees recht. Doch in der Liebe, mit Zana, wollte er, verlangte er nach immer noch mehr. In den Tagen und Monaten, als Omar nicht da war, verlor er an Elan, sackte zusammen, liebesbedürftig und dumpf vor Schmerz. Aber er wurde auch tätig. Wie viele Tricks setzte er nicht ein, um den Gebeten, Novenen und all der Frömmelei ein Ende zu machen. Er versprach nicht das Blaue vom Himmel, nur eins, etwas sehr Schwieriges. Er sagte: »Ich hole Omar nach Hause. Entweder er kommt zurück, oder er verschwindet endgültig mit dieser Frau.«

6

Er wurde allmählich alt, Halim: schon weit über siebzig, fast achtzig, nicht einmal er selbst kannte Tag und Jahr seiner Geburt. Er sagte: »Ich bin Ende des letzten Jahrhunderts geboren, irgendwann im Januar... Der Vorteil dabei ist, daß ich alt werde, ohne zu wissen, wie alt ich bin – das Los eines Einwanderers.« Die schlaffe Haut jedoch gab sich redlich Mühe, seinem Körper die muskulöse Straffheit endgültig zu rauben. Stark wie ein Pferd, wenn er den Laden öffnete und zumachte. Mit Schwung zog er die Eisengitter herunter oder schob sie hoch, so daß die Zylinder lärmend ratterten. Rânia hätte das auch erledigen können, aber er kam ihr zuvor, ließ seine Muskeln spielen und produzierte sich vor ihr. Bis kurz vor seinem Tod war er im Kreis von Freunden rücksichtsvoll, unfähig zu Schadenfreude, großzügig, ohne es sich dreimal zu überlegen, aber in seiner männlichen Courage unberechenbar. Ein Mann, der einem feindlichen Kinn einen Haken verpassen konnte, daß es richtig schmerzte.

Das hatten ein Jahr nach Ende des Zweiten Weltkriegs ein gewisser A. L. Azaz und seine Schlägerbande erlebt. Das Datum habe ich mir gut merken können, weil Domingas mir erzählt hatte: »Du bist geboren, als Halim sich in der Öffentlichkeit geprügelt hat und die ganze Stadt darüber redete.«

Die Prügelei, von der die ganze Stadt erfuhr und noch Jahre später, von der Zeit und ihren vielen Stimmen ausgeschmückt und verdreht, als Anekdote erzählte.

Azaz nämlich, ein Rumtreiber und Großmaul, verbreitete, Halim sei ganz verrückt nach den Indiomädchen, seinem eigenen Hausmädchen und den anderen in der Nachbarschaft. Und er, dieser Azaz, erzählte, viele Kinder bäten Halim um seinen Segen. Der arglose Halim erfuhr als letzter davon. Die Verleumdung kam ihm zu

Ohren, als er sich mit Freunden in der Bar do Encalhe unterhielt, einer Kneipe im Rumpf eines abgewrackten Schiffs, in den Niederungen von Educandos, seinerzeit bevölkert von ehemaligen Gummizapfern, fast sämtlich bitterarm. Da gab es immer ein paar, die eine Machete oder ein Taschenmesser bei sich hatten. Aber Halim mochte das Encalhe, den fritierten Maniok und Fisch, die an provisorischen Tischchen, aus Kisten gezimmert, serviert wurden, und schon damals hatte er ständig eine Arrakflasche und das Backgammonbrett dabei. Halim vernahm das Gerücht, hörte auf zu lachen und ließ die schmutzigen Würfel fallen.

A. L. Azaz hatte keine feste Adresse – ein Tagedieb, der in leerstehende Villen einbrach und dort eine Weile hauste. Er klaubte die Reste von Banketten reicher Leute zusammen und brüstete sich dann in der Bar do Encalhe mit billigen Weibergeschichten. Aber er sah aus wie ein echter Kerl, und er war ein übler Verleumder, gleich den Klatschweibern am frühen Abend, wenn die Stimme giftig wird und die Bösartigkeit den Verstand ausschaltet. Er war kräftig und groß, ziemlich helles Kraushaar, fast wie ein Albino, enge Hose und in den Taschen immer scharfe Klingen.

Halim klappte das Backgammonbrett zusammen, steckte die Würfel ein, bezahlte. Sah einen der Freunde an: Dieser Azar habe also kein Zuhause? Dann solle er am Sonntag um drei Uhr nachmittags zur Praça General Osório kommen, ohne Begleitung, mit bloßen Händen. Alle Welt erfuhr davon. Wer sieht nicht gern einen Zweikampf? Es gab sogar Publikum, Leute aus Educandos, die Kundschaft vom Encalhe, die Straßenhändler vom Markt, alle waren sie da, saßen unter den dichtbelaubten *oitizeiros* rings um den ovalen Platz – eine große grüne Arena, Schauplatz so mancher Johannifeste.

A. L. Azaz war vor drei Uhr da. Er erwartete seinen Gegner mitten auf der schattenlosen Arena. Sein weißes

T-Shirt wurde feucht, und man erzählt sich, er habe sich die Hände gerieben und wie ein nervöser Greifvogel nach allen Seiten herausfordernde Blicke geworfen, für den Fall, daß sich einer in seine Nähe wagte. Aber die Zuschauer saßen schweigend und konzentriert, rührten sich nicht. Azaz warf Blicke, sah sich in der Runde um, ob der andere kam. Halim ließ auf sich warten, übte Verzicht oder Feigheit. Um halb vier schließlich, schweißgebadet, lachte Azaz siegestrunken. Produzierte sich, drehte sich, ging auf das Publikum zu. Schrie Beleidigungen, stieß Kriegsgeheul aus und boxte in die Luft, ließ die Knochen knacken, stieß und trat nach Phantomgegnern. Er grunzte, der närrische Kerl, wie ein verrückt gewordener Brüllaffe. Versuchte, der Kundschaft vom Encalhe angst zu machen, und stieß, inzwischen schon keuchend, Beleidigungen gegen seinen Gegner aus. Da tauchte seelenruhig aus dem Kreis seiner Freunde Halim auf. Er erhob sich ganz langsam und bat die anderen, ihn durchzulassen. Als Azaz ihn erblickte, stockte er, erstarrte wie gelähmt; er versuchte, sich zu sammeln, und die Leute sagen, aus dem Brüllaffen sei ein ängstliches Äffchen geworden. Azaz blieb keine Zeit zum Überlegen und kaum Zeit zur Verteidigung. Vor lauter Jubel über den vertagten Zweikampf, die angebliche Feigheit seines Gegners war er erschöpft. Halim trat ein paar Schritte vor und schreckte auch nicht vor dem Messer zurück, das der andere zückte. Er, Halim, hatte auch seine Waffe – die Eisenkette, die er mit einem Griff aus dem Hosenbund zog. Azaz, im Nachteil, wich zurück, stotterte, sie sollten die Waffen wegwerfen, nur Mann gegen Mann kämpfen. Halim kümmerte sich nicht darum und ging, die Kette schwingend und dem Gegner fest in die Augen blickend, vorsichtig, aber entschlossen auf ihn zu.

Ein Blutbad auf der Arena General Osório – so hieß es, so heißt es noch. Beide blutverschmiert, warfen sie die Waffen weg und rangen miteinander, bis ihr Rachedurst gestillt war. Die Kundschaft der Bar do Encalhe staunte über den sonst so friedfertigen Backgammonspieler. Daß Halim A. L. Azaz die Zunge abschnitt, verhinderten sie. Nicht verhindern konnten sie die Messerstiche und Schläge mit der Eisenkette. Am späten Nachmittag, kurz vor Ende des Kampfes, drängten sich die Leute rund um die ganze Arena. Keiner mischte sich ein. Bei einem solchen Duell ist Gott allein Kampfrichter.

Der humpelnde Azaz wurde drei Jahre später erstochen, in einer kleineren, weniger öffentlichen Arena, einer Billardkneipe am Hafen, wo Matrosen und Huren verkehrten und die namenlosen Draufgänger von Manaus endeten. Halim soll, als er davon erfuhr, weder triumphiert noch es bedauert, nur gebrummelt haben: »Wer den Ruhm sucht, muß dafür teuer bezahlen.«

Aber er sprach nicht über das Duell. Er ließ die Geschichte von Mund zu Mund wandern, kümmerte sich nicht um die neuen Versionen, in denen sein Gegner und er als Helden oder Feiglinge dastanden. Nach seinem Tod wurde Azaz mehrfach als tapfer und unschlagbar dargestellt. Halim scherte sich nicht darum. Aber das Schlimmste war, wie Domingas mir erzählte, daß er, als er nach dem Streit nach Hause kam, seine Frau an Omars Gürtel zerren sah, »um Gottes willen, Omar, laß deinen Bruder in Ruhe«, und Yaqub, auf Knien unter der Treppe verkrochen, vom Bruder bedroht wurde: ein Klugscheißer sei er, der den Patres Honig um den Bart schmiere; er könne nicht mal richtig Portugiesisch, er müsse eine in die Fresse kriegen. Halim sah die Szene, zog sein Hemd aus, ließ die Kette kreisen und brüllte: »So, und jetzt prügelt ihr euch mit mir ... Ja, die beiden großen Kerle gegen den Vater, da wollen wir mal sehen, ob ihr richtige Männer seid.«

Omar verstummte beim Anblick von Rücken und Schultern seines Vaters, blutig und voller Stiche und Schnittwunden von Azaz' Hieben. Erschrocken ließ Zana von Omar ab und flehte Halim an, sich zu beruhigen; dann fragte sie zitternd mehrmals, wer ihn so zugerichtet hatte, und er antwortete: »Ein Verleumder... der hat überall erzählt, ich hätte von mehreren Indiomädchen Kinder. Wenn ich es mir recht überlege, hätte ich meine Ruhe, wenn hier ein halbes Dutzend Gören herumliefe.« Er ging auf Omar zu und befahl ihm, nach oben in sein Zimmer zu gehen und keinen Fuß vor die Tür zu setzen ohne seine Erlaubnis. Yaqub wartete, bis der Bruder die Treppe hinaufgegangen war, dann kroch er aus seinem Schlupfwinkel und rannte in Domingas' Zimmer. Halim legte sich bäuchlings auf den Fußboden im Wohnzimmer und tastete die Striemen von den Messerstichen ab.

»Domingas«, rief Zana, »laß dein Baby bei Yaqub und komm mir helfen.«

Meine Mutter bekam das Zittern, als sie von der Küchentür aus so viel Blut sah. Halim stöhnte die ganze Nacht, und ein paar Wochen lang war er derjenige im Haus, der am meisten umsorgt wurde, erzählte mir Domingas. Zana pflegte ihn, beträufelte die Wunden mit *crajiru*-Sud und verband ihm den Rücken und die Schultern. Sie hatte Angst, er habe sich eine Infektion geholt, aber er sagte: »Nein, sein Messer war ganz sauber, schmutzig war nur, was aus seinem Mund kam, das Geschwätz, das er verbreitet hat...«

Selbst nachdem alles verheilt war, beklagte er sich über Schmerzen und Kribbeln im Rücken, ein Stechen in den Schultern. Zana durchschaute ihn:

»Kinder mit den Indiomädchen? Was für eine Geschichte ist das?«

»Sieh dir die Narben auf meinem Rücken und den Schultern an«, sagte er. »Glaubst du, ich hätte mich mit so einem Riesen mit einem Messer in der Hand angelegt, wenn es keine Verleumdung gewesen wäre?«

Die Gören, seine angeblichen Kinder, tauchten nie auf. Er ließ keine Verleumdung auf sich sitzen, explodierte aber auch nicht von jedem Funken, und den eigentlich großen Kampf seines Lebens kämpfte er mit seinen Söhnen.

Nun mußte er Omar einfangen oder ihn mitsamt seiner Sirene weit weg von zu Hause treiben. Falls sie sich nicht in der Stadt aufhielten, war es fast unmöglich, sie zu finden. Monatelange Suche... Außerdem, wo anfangen? So viele kleine Siedlungen und Dörfer an den Ufern all der Flüsse und ihrer Seitenarme... Doch da draußen dämmerte das Leben dahin, und das wäre tödlich für Omar, den geborenen Nachtschwärmer. Halim dachte an Wyckham, den Schmuggler.

Er fand ihn an Bord eines Schiffes der Booth Line. Er fragte nach seinem Sohn, er habe ihn schon lange nicht mehr gesehen, würde gern wissen, wie es ihm gehe. Wo hielt er sich auf? Wyckham antwortete höflich und listig. Er lobte Omar, sagte, sie seien beide von der ausländischen Bank weggegangen und planten jetzt, einen Supermarkt für Importwaren zu eröffnen. Deshalb sei Omar in die USA gereist, habe aber noch nichts von sich hören lassen. Er werde irgendwann zurückkommen, ganz überraschend, eben typisch Omar.

»Bei Gott, am liebsten hätte ich diesem Lügner eins auf die Nase gegeben«, knurrte Halim. »Er wog jedes Wort ab und sprach ölig wie ein Priester.«

Da fiel ihm Cid Tannus ein, ein Spieler wie Halim selbst und Gefährte beim einstigen Hausieren. Tannus, zwei große flackernde Augen in einem kleinen Heuschreckengesicht, schaute nur selten in Halims Laden herein. Rânia mochte ihn nicht, er störe das Geschäft, sagte sie, denn die Stippvisite zog sich in die Länge, und die beiden Männer redeten laut über die alten Zeiten mit Spielhöllen und Polinnen. Zana stichelte auch gegen ihn:

»Dieser alte Junggeselle hat nur Orgien im Kopf.«

Denn Tannus war schon seit jeher einer, der durch

schäbigste Spelunken zog, Buden ohne Wände, nur Dach und Holzpfosten. In dem einen oder anderen Tanzschuppen hatte er gelegentlich Omar getroffen, manchmal tranken sie einen zusammen, nur so zum Vergnügen, ohne Frau am Tisch. Sie schwatzten, und Tannus ließ immer Halim grüßen, aber Omar richtete nichts dergleichen aus.
»Davon hat er mir nie erzählt«, sagte Halim. »Im übrigen wollte er noch nie mit mir reden. Omars Zunge regt sich nur bei der Mutter.«
»Bei anderen Frauen aber auch, nehme ich an«, sagte Cid lachend.
»Diese Pau-Mulato... Der ist Omar jetzt offenbar ganz verfallen. Die beiden sind verschwunden.«
Halim wollte sie schneller als Zana finden, und vielleicht wußte Tannus, wo sein Sohn sich mit Pau-Mulato versteckte. Tannus lachte wieder, schüttelte den Kopf, erklärte sich aber bereit. Zu zweit durchkämmten sie die Kaschemmen der Stadt; verbrachten drei Abende mit Besuchen in den feinen Klubs im Zentrum und den belebten Nachtlokalen in den Vororten von Manaus. Am vierten Abend landeten sie in einer Kneipe in Colina, nicht weit von der Cervejaria Alemã. Keine Spur von Omar. Sie setzten sich an einen Tisch, Tannus öffnete eine Flasche Whisky, goß das Glas ein, ohne Eis, und sagte: »Ein wahrer Göttertrank, Halim. Weißt du, wer mir den geschenkt hat? Lord Wyckham.«
Da erfuhr Halim allerhand mehr über den Engländer und ein paar Kleinigkeiten über Omar. Er erfuhr, daß er gar kein Engländer war und auch nicht Wyckham hieß. Sein richtiger Name war Francisco Keller, ja, Chico Quelé, als solcher am Kai bekannt bei Stauern, Matrosen und Schiffslotsen. Enkel von armen Deutschen, Leuten, die reich geworden waren und alles wieder verloren hatten. War er nicht Geschäftsführer einer Bank gewesen? Doch, er hatte in Banken gearbeitet, in verschiedenen Abteilungen, aber so was hält Quelé nicht aus, der haßt

feste Arbeitszeiten, findet es furchtbar, die Stechuhr zu drücken und das ganze Jahr, sein Leben lang denselben Leuten guten Tag zu sagen. Der rennt vor jeder Routine weg. Quelé hatte Omar im Verônica kennengelernt, einem riesigen Puff-Badeclub, überall mit lila Seidenpapier abgeschirmte Lampen. Omar und Quelé hatten im Verônica zusammen getrunken, am selben Tisch gesessen, mit denselben Mädchen rumgemacht. Quelé. Francisco Alves Keller, groß, rötliches Haar, ein Erbe väterlicherseits, und feine Manieren. Er hatte das gewisse Etwas, das die braunhäutigen Mädchen faszinierte, eine hübscher als die andere, fast noch Kinder, ein Lächeln wie mit Milchzähnen. Quelé hatte noch mehr: den besten Whisky, in den Taschen englische Bonbons. Seidenblusen. Französisches Parfum. Und dann noch das Allergrößte: einen Oldsmobile. Ein altes Auto, nur ein Rumpf. Quelé baute Motor, Räder, Scheiben und Stoßstangen von einem anderen Auto ein. Machte aus dem Rumpf ein ziemlich unproportioniertes Cabrio, ein Ungetüm, das beeindrukken sollte. Er fuhr mit dem Cabrio nur zum Verônica; der Oldsmobile kam ganz sacht an, rollte leise, mit ausgeschaltetem Motor, den weichen sandigen Hang hinunter, die Scheinwerfer beleuchteten den von Palmen umstandenen lila Schuppen. Das Auto sah wie ein alter Kahn aus, wie ein Raddampfer vom Mississippi, ein Schiff aus früheren Zeiten, unseren Zeiten, Halim. Die Mädchen ließen ihre Kavaliere mitten im Saal stehen, rannten zum Auto, und da draußen, auf dem Sandplatz, verteilte Quelé Parfumflakons, Bonbons, Blusen und Küsse. Er schäkerte mit den Mädchen am Rand vom Gebüsch, zwischen feuchten Kaladien; sie liebkosten ihn und bettelten, eine Runde im Oldsmobile mitfahren zu dürfen. Quelé beließ es dabei. Der ging nie in die Verschläge hinten im Verônica. Er mochte nicht den Geruch von anderen Körpern, die es schon auf der Kapokmatratze getrieben hatten. Er ging auch nicht mit den Mädchen aus; er liebte das Poussieren mit koketten Blicken und kleinen Bissen – was ein komischer Typ so an Vorlieben hat.

»Aber dein Sohn, Halim, der nimmt alles mit. Der sucht sich die kostbarste Orchidee, pflückt aber auch die Winde aus dem Dreck.«

Eines Abends, als Omar sich im Verônica vergnügte, bemerkte er das Geschnatter der Mädchen und sah ihnen hinterher, als sie wie ein flatternder Schmetterlingsschwarm zum Cabrio hinaustoben. Neugierig stand er auf – wohin verschwanden die Hübschen? Er sah sich den Spaß an, dann ging er näher heran, begutachtete das Cabrio. Blieb daneben stehen und trank Rum aus der Flasche. Wartete ab, bis der Besitzer des Oldsmobile sich beruhigte, bis die Mädchen gegangen waren. Da entdeckte er die Frau, die auf dem Rücksitz saß. Sie war nicht ausgestiegen. Ja, die Frau, die Quelé mitgebracht hatte. Und sie war nicht aus dem Verônica, sah auch nicht aus, als stamme sie vom Amazonas. Groß. Und würdevoll. Brüste, Schultern und Kopf verrieten Schönheit. Sie saß da, als hätte sie mit dem Geschnatter der anderen nichts zu tun, dem Geturtel armer, zu früh verdorbener Mädchen. Die Rumflasche in der Hand, sah Omar die Frau glücklich an. Ein Blick, mit dem er vermutlich eine rote Hängematte fertig aufgespannt warten sah. Aber sie rührte sich nicht, ein Kopf wie eine Statue, schimmernde Bronze. Er war hingerissen, Omar. Chico Quelé, der in der Nähe trank, kam dazu. Sie unterhielten sich. Quelé nahm Omar die Flasche aus der Hand, warf sie ins Gebüsch und holte eine Flasche Whisky heraus, diesen Göttertrank. Dann verließen sie das Verônica und fuhren zu dritt hinaus in die Nacht.

Tannus hatte die drei noch mehrmals getroffen, immer abends, im Cabrio. Dann nur noch die beiden, Omar und die Frau. Nicht im Verônica, in keinem Puff oder Nachtklub; zweimal hatte er sie auf der Landstraße zur Brücke, der Ponte da Bolívia, gesehen. Auf den Abhängen von

Cachoeirinha an drei Abenden nacheinander. Und in dieser Kneipe hier ein einziges Mal. Sie hatten genau auf diesem Platz gesessen. Omar, parfümiert und elegant, redselig, der hingerissene Liebhaber, der alles schenkt, Herz und Seele. Den ganzen Körper. Sie, schweigsam, wußte die Schmeicheleien gelassen hinzunehmen. Sie tranken und sahen sich an, tranken und faßten sich wie berauscht an. Blickten auf die steile, von Hütten gesäumte Straße, die am Berghang endet. Weiter weg der Lichtstreif der Pontons in der Bucht des Rio Negro. Ein fahrendes Motorboot, ein Geräusch auf dem Fluß, ein wanderndes Licht in der Nacht. Bengel aus der Nachbarschaft befühlten das Cabrio, bewunderten das fabelhafte Auto – ein Gefährt aus einer anderen Welt. Unproportioniert, wakkelig und trotzdem attraktiv. Der Oldsmobile hinterließ Spuren, die Spur der beiden. Das Cabrio war verschwunden. Omar und die Frau waren verschwunden. Fast unmöglich, sie in diesem Labyrinth von Inseln, Seen, endlosen Flüssen zu finden.

»Manchmal ist es klüger, nachzugeben ... die beiden ihr Leben leben zu lassen. Wollen wir hoffen, daß dein Sohn endgültig abhebt, Halim! Daß er sich an der Lebensfreude einer freien Frau berauscht.«

»Genau das wünsche ich mir«, sagte Halim. »Aber Omar möchte mehr, er will alles. Er ist ein Gefangener seiner eigenen Begierden.«

Er war bereit, wochenlang umherzufahren, bis er seinen Sohn gefunden hatte. Innerlich dachte er an die vielen wegen Omar verlorenen Nächte. Halim mietete ein Motorboot und holte sich den Bootsführer Pocu, er wollte die Uferstreifen der Seen und Flußseitenarme abfahren. Er bat mich um Mithilfe und bestand darauf, daß Tannus uns begleitete. Wochenlang schipperten wir in Kreisen umher. Frühmorgens fuhren wir los, umrundeten die Insel Marapatá, gelangten durch den Flußarm Xiborena zur Insel Marchanteria. Dann, auf dem Rio Solimões, bogen wir in den *igarapé* zur Insel Careiro ein und fuhren im Halbkreis zum Amazonas. Wir fragten die Uferbewohner und Fischer, ob sie das Paar gesehen hatten. Halim zeigte Fotos von seinem Sohn, Tannus beschrieb die Frau. Die Uferbewohner sahen sich die Fotos an, legten die Stirn in Falten, dachten angestrengt nach, nein, Senhor, hier ist kein Fremder vorbeigekommen. Halim sagte immer wieder: »Ich bringe Omar geknebelt nach Hause, wartet nur ab.« Sowie er eine Pfahlhütte, ein vereinzeltes Holzhäuschen, ein Viehgitter erblickte, bat er Pocu, mit dem Boot anzulegen. Tagelang ging es so. Tannus sagte, Halim sei dabei, den Kopf zu verlieren, er suche nicht nach seinem Sohn, sondern verfolge ihn. Wir wußten nicht mehr, welcher Wochentag es war, welcher Tag im Monat, wir gingen abends in Manaus an Land, um Punkt fünf Uhr morgens weckte mich Halim, und wieder zogen wir zu Fuß zum kleinen Hafen. Wir suchten die ganze Küste von Terra Nova, von Marimba, von Murumurutuba ab... Umrundeten die Seen der Insel Careiro: den Joanico, den Parun, den Alencorne, den Imanha, den Marinho, den Acará, den Pagão... Von Omar keine Spur. Pocu nutzte die Gelegenheit und jagte Zigeunerhühner und Wildenten; spannte sein Netz in einem See auf, holte auf der Rückfahrt die Fische heraus und verkaufte sie anschließend auf den Märkten von Manaus. Am Flußarm von Parauá sagte ein alter Mann sehr ernst: »Womöglich hat eine Sirene die beiden verhext; die liegen bestimmt verzaubert unten im Fluß.« Vom schwarzen Wasser des Rio Negro gelangten wir in die lehmigen Fluten des Solimões, legten dutzendemal an den Ufern des Flußarms Cambixe an. Halim und ich besuchten die kleinen Gehöfte, er fragte, erkundigte sich, nichts. Eines Tages machte Pocu, der Suche müde, Halim darauf aufmerksam, daß wir schon zum siebten Mal an denselben Orten gewesen waren. »Wir verbrauchen sinnlos Benzin«, sagte der Bootsführer. Da setzte sich Halim in den Kopf, den

Rio Madeira abzufahren, vielleicht waren sie ja in Humaitá... Oder sie befanden sich an der Grenze zu Kolumbien oder in Peru, in Iquitos... Plötzlich, erschöpft, überlegte er es sich anders: nein, vielleicht in Itacoatiara oder auf einer Insel in der Nähe von Parantins. Aber davon gab es Hunderte. Dann dachte er an Santarém, wo der Dichter Abbas bekannt war, und Abbas konnte ihm helfen, der kannte den Mittleren und Unteren Amazonas, war dort ständig unterwegs.

Die Freunde, die an den Seen wohnten, halfen auch suchen. Aus einem Monat wurden Monate. Und die Bekannten in den Kneipen der Cidade Flutuante winkten ab, ein hoffnungsloser Fall. Sie waren sich sicher, die beiden befanden sich nicht bei den Seen, in keiner Siedlung in der Umgebung von Manaus.

Tannus tat sein gequälter Freund leid. Er drängte, sie sollten aufgeben, die beiden seien nirgendwo. »Im siebten Himmel sind die, lassen es sich gut ergehen und essen unter einem Baum gebratenen Fisch.«

Gab er auf?

So wie man auf ein kleines Wunder hofft, hoffte er, ein wenig naiv: irgendwann, wenn man schon mit gar nichts mehr rechnet, würde das Lichtfünkchen des Zufalls aufflackern.

Kein Licht flackerte auf. In der Dunkelheit des Gartens flackerten nur die Glühwürmchen. Und im Wohnzimmer die Kerzen am Hausaltar. Halim, der nichts von Heiligen hielt, blickte gereizt zu seiner Frau. Er kannte solche Inbrunst nicht. Religiöser Ekstase hatte er sich nie hingegeben. Seine Gebete waren immer ruhig und gelassen, als zweifelte er an den Dingen des Jenseits. Und wenn gerade kein Teppich zum Niederknien vorhanden war, verschob er auf später, sich in die Transzendenz zu versenken. Wenn das Leben zur Neige ging, bedurfte es solcher Rituale nicht. Und wären nicht die Reibereien zwischen den

Zwillingen und Zanas wahnsinnige Eifersucht auf Omar gewesen, dann hätte er keinen Grund gehabt, sich Sorgen zu machen. Dann hätte er die ihm noch verbliebene Zeit, die letzten Tage oder Jahre seines Lebens, zwischen den Hafenkneipen, dem Labyrinth der Cidade Flutuante und dem Ehebett verbringen können.

Rânia, die Hüterin des Ladens, hatte die Verbindung mit São Paulo geknüpft, von wo die Neuigkeiten kamen, die das Schaufenster füllten. Sie war nicht nur geschäftstüchtig, sondern überwachte auch die Ausgaben für den Haushalt und schrieb jeden Heller auf; dennoch willigte sie, wenn auch widerstrebend, in den Kauf von Unmengen Fisch ein.

Noch nie hatten wir so gut gegessen. Fische aller Art, mit ungewohntem Geschmack, kamen auf den Tisch: gegrilltes Steak vom *tambaqui*, fritierter *tucunaré*, gelber Schellfisch, mit geröstetem Maniokmehl gefüllt. Der Karibenfisch, der *matrinxã*, der *curimatã*, die großen, zarten Scheiben vom *surubim*. Sogar Piranha-Eintopf, vom kleinen rötlichen und dem großen schwarzen, mit Pfeffersauce, dampfte auf dem Tisch. Und es gab auch mit Fischsud bereiteten Maniokbrei und Suppe aus Fischresten, mit Gräten und Köpfen geröstetes Maniokmehl, Kroketten vom *pirarucu* mit Petersilie und Zwiebeln.

»Solche Mengen an Fisch, war das nicht merkwürdig?« erzählte Halim. »Zana stopfte die beiden Kühlschränke mit Fisch voll. Verteilte Fisch an die Nachbarn. Ich fragte: *Laysh*? Wieso? Wozu so viel Fisch? Darauf sie: ›Das ist gut für die Knochen, unser Knochengerüst ist zu schwach.‹«

Irgend etwas stimmte mit diesen Unmengen von Fisch nicht, denn die Jahreszeit war nicht günstig, der Fluß führte noch lange nicht Niedrigwasser, und es war noch lange nicht Karfreitag. Der viele Fisch wurde uns zuviel. Überall roch es nach Fisch, Katzen und Schmeißfliegen nisteten sich im Garten ein, Bettler kamen die Reste einsammeln, aber der Überfluß an Essen, der uns Menschen und Tieren gegenüber großzügig machte, währte die ganze Regenzeit.

Im März, als Zana wieder lächelte und nicht mehr so viel betete, wandte Halim seine Aufmerksamkeit von den Fischen ab und dem Fischverkäufer Adamor zu. Wir kannten ihn. Perna-de-Sapo, Froschbein, genannt, kam inzwischen wieder in unsere Straße. Einer der ältesten Fischverkäufer des Stadtteils. Noch bevor es Tag wurde, hörten wir seine Baritonstimme rufen, die Vokale des Wortes *peixeiro*, mit dem er seinen Lebensunterhalt verdiente, wie ein Echo in die Länge gezogen. Das war der morgendliche Weckgesang, eine Stentorstimme, die sich in das Gezwitscher des Vogelvolks in den Kronen der mächtigen Bäume mischte. Der Singsang des Perna-de-Sapo. Nach der Stimme tauchte eine Gestalt auf, die sich mit kurzen Schritten, kalkulierten, symmetrischen Hüpfern bewegte, bis sie vor dem Haus eines Kunden stand. Dann, auf dieser Art Rastplatz, machte Froschbein eine Pause. Und in der jählings in Morgenlicht getauchten Welt nun sichtbar, wartete er ab. Auf den vorgestreckten Armen der Bauchladen. Wenn er so dastand, sang er nicht und rief er nicht, dann war er eine stumme Gestalt. Sein linkes Bein war verstümmelt, halb leblos, und das Gesicht so geschwollen, daß er kaum die Augen öffnen konnte. Nach einer Weile blinzelte Froschbein, und in dem verschwitzten Gesicht taten sich zwei ganz schmale Spalte auf. Die Sonne, am frühen Morgen noch schwach, erhellte Winkel, Fassaden, Bäume, Körper in Bewegung. Droben am Himmel lösten sich die Wolkenberge im Morgenwind auf. Drunten, auf dem schmutzigen Gehweg, beugte sich Domingas über den Bauchladen, ihre Hände drückten die Augen eines Fischs ein. Sie mäkelte: »Dieser *matrinxã* war vielleicht mal frisch, jetzt kann man damit streunende Katzen füttern.« Adamor ärgerte sich über Domingas' Sticheleien. Er wollte seinen Bauchladen in unserer Straße leer bekommen, aber meine Mutter war wählerisch und eigensinnig, sie kaufte keinen Fisch ohne Schuppen: »Die schleimigen, die sind nicht gut, davon kriegt man Hautausschlag.« Sie stritten, riefen die Herrin, Domingas bekam recht. Beim Aussuchen von Fisch triumphierte meine Mutter, sie setzte sich immer durch, darauf war sie stolz.

Frech wurde sie nur bei Froschbein, draußen kam aller im Haus unterdrückter Mutwille zum Vorschein, so daß jeder, der wollte, es sehen konnte. »Heute nicht, Adamor, mit Petersilie, Schnittlauch und Tomaten garnierte Fische, das ist was für Dona Estelita... Ich mag das nicht, damit wird man nur getäuscht.« Er zog mit kurzen Hüpfern weiter, beschimpfte meine Mutter als eingebildete Indiofrau, die der Herrin hinten reinkrieche... Aber beim Waffeljungen, einem musikalischen Bengel, der auf einem Metalltriangel schrille Töne spielte und dazu trällerte, war sie nicht so knallhart. Und auch nicht so wählerisch bei dem Mann, der *pitombas* und Sapotillfrüchte anbot, ein Alter mit bronzefarbenem Gesicht, der seit Ewigkeiten Früchte verkaufte, die er auf unbebauten Grundstücken und aus den Gärten verfallener Häuser stibitzte.

Diesen Menschen, arm wie die Kirchenmäuse, half sie sogar. Sie rief den Waffeljungen heran, gab ihm ein Sagoküchlein vom Vortag, und während der Bengel aß, betrachtete sie seine schmutzigen Fingernägel, die verdreckten Füße, die durchgescheuerte Hose. Wie konnte er so arbeiten? Schämte er sich nicht, so schmutzig zu sein? Nachdem sie ihn ausgescholten hatte, suchte sie ein paar Waffeln für mich aus, gab ihm etwas Kleingeld und ermahnte ihn: Bevor er aus dem Haus gehe, müsse er sich waschen. Aber Froschbein, der Quartalsfischverkäufer, war ihre Lieblingszielscheibe. Von Zeit zu Zeit verschwand er plötzlich, er und seine Stimme. Und eines Morgens war er wieder da, zitternd, vom vielen Schnaps verquollen, maß er seine Schritte, kurz davor, endgültig umzufallen. Kaum vorstellbar, daß so einer auch nur einen Hauch von Stolz besaß. Indes, was ihm an Körper und Aussehen mangelte, das hatte er mit seiner Courage doppelt wettgemacht. Eine kleine Medaille für Stolz und Tapferkeit zierte seine Vergangenheit. Seine Geschichte war in unserer Straße, im Viertel, in der ganzen Stadt von Mund zu Mund gegangen. Eine jener Geschichten, die den Fluß herunter kamen, von den entlegensten Ufern her, und in Manaus mit der Kraft der Wahrhaftigkeit zu neuem Leben erwachten. Er, vom Rio Purus, ein Sohn der Stadt Lábrea, wo es viele Krüppel gibt. Ein Sohn Lazarus', der grausamsten Plage, der Schande aller Schanden. Holzfäller während des Krieges, als nordamerikanische Schiffe und Flugzeuge auf und über den Gewässern des Amazonas unterwegs waren. Die Zeit mächtiger Frachter und Wasserflugzeuge. Sie brachten alles mögliche, nach Amerika nahmen sie Gummi mit. Irgendwann im Jahre 1943 kam ein Flugboot vom Typ Catalina am Purus vom Kurs ab. Verschwand. Kleine Flugzeuge suchten das Gebiet kreuz und quer ab. Zogen im Tiefflug Kreise, mal enger, mal weiter. Spähten von oben und folgten Aasgeiern, die gierig nach Fleisch, ihre niedrigen Bahnen zogen; womöglich nach den Überresten der beiden Besatzungsmitglieder des Catalina gierten. Urwald, das bedeutet ihn überfliegen, ihn bewundern, sich erschrecken und aufgeben. Nach zweiwöchiger Suche gaben sie auf. Im September, vor dem Tag der Unabhängigkeit, erschien der Holzfäller, der Späher Adamor, mit einem Körper beladen, in Lábrea; oder besser gesagt, er schleppte ein schweres Paket. Erschrocken und ungläubig bekreuzigten sich die Leute. Der Überlebende, in eine Hängematte eingerollt, konnte noch Adamor die Hände drücken und weinen. Leutnant A. P. Binford, das Wrack eines Mannes, nackt, auf dem ganzen Körper blutige Striemen, die Rippen gebrochen, beide Füße verdreht, wie der Waldgeist *Curupira*. Adamor hätte um ein Haar das linke Bein verloren.

Entzündet, dann für immer gelähmt. In Manaus erlebte er seinen Abend als Held – die Medaille für nützliche Dienste an den Alliierten. Er wurde fotografiert, gab Interviews; Adamor und der Fliegerleutnant Binford Arm in Arm, noch einmal, zum letzten Mal nebeneinander, auf der ersten Seite der Zeitungen. Eine Reise in die Vereinigten Staaten lehnte der Holzfäller dankend ab. Er konnte keine Schneisen und Pfade mehr schlagen. Nie mehr umherziehen und sich seine Wege im Urwald suchen. Er ging nicht nach Lábrea zurück, auch nicht an den Rio Purus – er schlug sich in das Gassengewirr von Manaus, baute eine Pfahlhütte und schmorte im Gestank der Sümpfe. Derjenige, der den amerikanischen Offizier gerettet hatte? Einen echten Helden retten, welch eine Ruhmestat! Von weitem sah man das Abzeichen auf dem zerrissenen Hemd blinken. Er übte seine Stimme, das tiefe Timbre, den langgezogenen Ruf. So machte er es im Urwald, und die Stentorstimme vertrieb die Angst vor der Einsamkeit, den Tieren, den Geisterwesen. Er überlebte. Noch ein Überlebender. Adamor, das Froschbein. Keine Vergangenheit ist anonym. Spitzname, Name, Holzfäller. Zanas Lieblingsfischverkäufer. »Ja, Madame. Aber sicher, Madame. Ich geh Ihren Jungen suchen, Madame.«

»Und das tat er wirklich«, sagte Halim. »Ein meisterhafter Späher, dieser Adamor. Zana bot ihm einen Stapel Fotos von Omar an, aber er wollte sie nicht. Er blätterte im Album und sagte, er habe Omars Gesicht schon im Kopf.«

Binnen kurzem schaffte er, was Halim und Tannus in Monaten nicht gelungen war. Zana hatte begriffen, wo sie Adamor packen konnte. Sie sprach vom Verschwinden ihres Sohnes, einer möglichen Suche, sondierte das Terrain. Froschbein nahm Anteil, legte die Stirn aufmerksam in Falten. Verdrückte sogar ein paar Tränen, halb echt, halb gespielt. Wischte sich die Augen mit den Händen voller Fischschuppen ab, hob den Kopf und bat sehr ernst, Madame möge diese mißtrauische Indiofrau wegschicken. Gehorsam hörte Domingas auf, an den Augen der Fische herumzudrücken, und ging nach hinten ins Haus. Da bot Adamor der Madame die teuersten Fische an und auch alle, die ihm keiner abnahm, vom Piranha bis zum Kroppzeug.

»Es fehlte nur noch, daß sie den Bauchladen und die verrostete Medaille kaufte«, knurrte Halim. »Sie hätte alles gekauft, den Fluß, die Sonne, den Himmel mitsamt allen Sternen. Alles, aber absolut alles.«

Frühmorgens postierte sich die Mutter im Wohnzimmer und wartete auf die tiefe Stimme des Fischhändlers. Halim lag nächtelang nervös wach. Allein im Bett. Manchmal stand er auf und spähte von der Treppe nach unten, aber sie war wie besessen und hatte kein Auge für ihn; sie lebte in ihrer Kapsel, in der nur Platz für Omars Bild war. Es kam so weit, daß sie sich einen ganzen Abend anschwiegen, ihre Augen auf sein Gesicht gerichtet, nur die Augen, denn ihr Blick war hohl, ohne Anfang und Ende. In einer anderen Nacht fielen ihm Abbas' Ghasele ein, er sprach alle, die er auswendig kannte, und dann bat, flehte er, sie solle den Sohn mit dieser Frau in Ruhe lassen... Omar wolle das auch, er selbst habe es gesagt, bevor er ging, er wolle weit weg von allen leben, wer weiß, vielleicht arbeitete er mit der Frau zusammen, wie zwei erwachsene Menschen... Omar war inzwischen ein Mann, es war absurd, daß er noch zu Hause bei den Eltern wohnte und sich mit Trinken und Huren zugrunde richtete... Ja, genau, sich zugrunde richtete... bald wird er krank werden, er wird abkratzen, kein Mensch erträgt, es mit anzusehen, wenn es mit dem eigenen Sohn so bergab geht... Sie hörte zu, die Augen auf Halims Gesicht gerichtet. Ihr Gesicht reglos, ernst, sie blinzelte nicht einmal. Er seufzte und stand auf, er hatte begriffen, daß seine Worte, seine Stimme, der leidenschaftliche Ton, daß all das sich in der nächtlichen Stille verlor.

An einem Samstagmorgen sah er sie mit dem Fischverkäufer weggehen. Seit dem Wolkenbruch in der Nacht fiel feiner Regen. Zana hatte ihre besten Sachen angezogen. Das Gesicht leicht geschminkt, das Haar offen, an den Ohrläppchen die zarten Jadeohrringe. Die langen Wimpern über den Augen und die perfekt geschwungenen Augenbrauen raubten Halim den Atem.

»Über sechzig Jahre, aber nichts kann die Schönheit dieser Frau verbergen«, sagte er.

Das hat er immer wieder gesagt, bis zum Schluß, so als wäre sie ab irgendwann nicht mehr älter geworden. Oder als wäre die Zeit etwas Abstraktes, das Zanas Körper nichts anhaben konnte. Vor Liebe blind, bis zuletzt. Armer Halim! Arm? Nicht so ganz. Ein Genießer körperlicher Liebe – er hat aus dem schlichten Leben in der Provinz ein Fest der Lust gemacht.

An diesem Morgen erwartete er seinen Sohn. Er wußte, daß Omar aufgespürt würde, das war unvermeidlich. Er wohnte auf einem alten Motorboot, ein kleines gemietetes Ding, ganz billig. Sie schliefen in der Hängematte, er und die Frau. Und sie schliefen im Freien, an einsamen Stränden, wo sie mit dem Boot anlegten. Wollten sie ihr Leben so verbringen? Vielleicht. Sie, Pau-Mulato, gab sich als Wahrsagerin aus, las den Uferbewohnern aus der schwieligen Hand und bekam für phantasievolle Weissagungen Maniokmehl und ein paar Münzen. Sie fischten in den einsamen Wasserarmen von Anavilhanas, warfen das Netz neben dem Boot aus, und bevor der Tag anbrach, holten sie die Fische heraus. Sie führten eine Art Amphibienleben, in Heimlichkeit, beide in ehrbarer Armut, ohne jede zeitliche Verpflichtung. Frei und ungebunden lebten sie in den Tag hinein.

Der Spürsinn des Perna-de-Sapo. Wie hatte er es geschafft, das Liebespaar zu finden? Den Offizier Binford zu finden, das war schwierig gewesen, weil das Flugzeug bloß Bäume gestreift hatte und dann in den Rio Purus gestürzt war. Adamors Trick: jeden Winkel, jede Stelle im Urwald genau betrachten und auch nach oben sehen, nach abgebrochenen Ästen, abgerissenen Baumwipfeln, Spuren vom Flugzeugrumpf Ausschau halten. Dann brauchte er nur noch der gewundenen Trümmerschneise zu folgen, bis er am Flußufer auf einen reglosen Mann stieß – zwei tief umschattete Augen im ausgemergelten Gesicht, die Zähne vom vielen Blätterkauen grün verfärbt, im Schoß eine Pistole. Ein regloser Körper, und im Sand verstreut Schildkröteneier. Adamor lachte über den Anblick. Fast zwanzig Jahre später lachte er wieder, als er Omars kleines Boot zwischen schweren Lastkähnen versteckt entdeckte – ein kümmerliches kleines Motorboot, wie sie den ganzen Tag über die Bucht des Rio Negro fahren. Ein gefährliches Boot bei Unwetter und unsicher, wenn es sich in stürmischen Wellengang wagt. Da lag es, gleich hinter dem Mercado Adolpho Lisboa, verschanzt und ganz harmlos, die Hängematte der Liebe unter der kleinen Brücke, neben dem Steg aufgespannt; im Heck eine kleine brasilianische Flagge, schlaff und ausgeblichen. Da, dreihundert Meter von Halims Höhle entfernt, und er wähnte den Sohn an irgendeiner Grenze, auf irgendeiner fernen Insel, in Iquitos, Santarém oder Belém. In Südbrasilien oder Nordamerika, in der Kälte der anderen Erdhälfte. Irgendwo in weiter Ferne, nur nicht hier, im Gewusel des kleinen Hafens.

»Tannus wollte es auch nicht glauben«, sagte Halim. »Wer hätte die beiden da, im Hafen Escadaria gesucht? Direkt vor meiner Nase ...«

Perna-de-Sapo hatte nicht nach dem Boot gesucht, er hielt sich lieber an die Fische. Redete mit den Fischhändlern – wer lieferte ihnen frischen Fisch in kleinen Mengen? Es gab Dutzende von Fischerbooten, und Perna-de-Sapo kannte fast alle. Aber es waren die kleinen Fischer, Besitzer von Kanus und Bötchen, die ihm einen Hinweis auf Omar geben konnten. Mit Geld in der Tasche ging

Perna-de-Sapo mit den Zwischenhändlern sprechen. Erwähnte einen Fischer, der neu im Geschäft sei. Beschrieb ihn kurz: groß, brünett, Augenbrauen wie eine Riesenspinne. Hohe Stirn. Breitschultrig. Kumpelhaftes Lachen, immer aus vollem Hals. Ach, der Glatzkopf mit dickem Bart? Ein kräftiger Kerl, der für eine ernste Frau tanzt? Kann sein. Der? Mit einer Flasche in der Hand singt und tanzt er, produziert sich, durchgedreht wie ein betrunkener Kreisel. Der? Keiner wußte, wie er hieß, ein Typ, der immer zu Späßen aufgelegt ist, hat aber nicht viele Freunde. Sondert sich ab, aber unfreiwillig. Das Gesicht halb bedeckt, immer mit Sonnenbrille, auch im Dunkeln. Ein anderer Omar: der Kopf kahl geschoren, der Bart dicht und graumeliert, wie ein Prophet oder ein verrückter Messias. Taucht manchmal tagelang nicht auf. Legt nachts an, gut gelaunt, macht seine Späße, verkauft den Fisch zu jedem Preis und haut wieder ab. Ganz selten, vielleicht einmal im Monat, bleibt er bis zum Morgen, und die Frau, die wäscht ihn, schüttet mit einer Kalebasse Wasser über ihn, seift ihn von oben bis unten ein, das nackte Riesenbaby. Dann löst sie die Leinen, gibt das Zeichen zur Abfahrt. Schon vor den Fischern lichten sie den Anker und kommen so bald nicht wieder.

»Ich glaube, wir haben von Adamor die Fische gekauft, die Omar und seine Diva gefangen haben. Das hat gerade noch gefehlt!« sagte Halim.

Glatzköpfig und bärtig. Braungebrannt, fast schwarz von der vielen Sonne. Schmaler geworden, schlanker, auf der Brust eine Kette aus Guaraná-Kernen. Barfuß, in schmutzigen, durchlöcherten Shorts. Als wäre er nicht Zanas duftendes Wuschelchen.

Als ich ins Haus kam, sah ich, daß er im Obergeschoß, im Badezimmer, überall nach dem Vater suchte. Er war an den Armen und am Hals zerkratzt, die hervorquellenden Augen machten Rânia und Domingas angst. Er ging in den Garten, sah in den Zimmern hinten nach, kam mit einer Eisenkette ins Wohnzimmer zurück. Als die Haustür ins Schloß fiel, hockte er sich neben die Treppe und zückte die Kette. Rânia hörte die Schritte im Flur und stieß einen Schrei aus. Die Mutter erschien im Wohnzimmer und sah noch, wie der Sohn die Kette gegen den Spiegel schleuderte. Ein furchtbarer Knall, nichts blieb heil. Der Fußboden war mit Scherben übersät. Omar wütete weiter, warf Stühle um, zerbrach die Rahmen der Bilder von seinem Bruder und begann, die Fotos zu zerreißen; er zerriß die Fotos, trampelte auf ihnen herum, stieß mit den Füßen nach den Rahmenteilen, schnaubte und brüllte: »Er ist schuld... Er und mein Vater... Wo steckt der Alte? In seinem dreckigen Lagerraum? Warum kommt er nicht und singt das Loblied auf den Herrn Ingenieur... das Genie, den klugen Kopf der Familie, den Mustersohn... und du, Mutter, bist auch schuld... ihr habt ihn machen lassen, was er wollte... diese Frau heiraten... zwei Idioten...«

Er hörte gar nicht auf zu fluchen, beschimpfte meine Mutter und Rânia, dumme Kühe, es fehlte nur, daß er ihnen ins Gesicht spuckte, mich beschimpfte er als Hurensohn, als berechnend, ich ginge Halim um den Bart, aber ich wich nicht zurück, ich machte mich bereit, ballte die Fäuste mit ganzer Kraft, hätte er mich angegriffen, wäre von uns beiden nichts übrig geblieben. Er geiferte, grölte, die Halsadern dick geschwollen, der Speichel lief ihm aus dem Mund. Das verzerrte Gesicht, der dichte graumelierte Bart und der glattrasierte Schädel machten allen angst, die Frauen rannten hin und her, versteckten sich, er lief hinter ihnen her, rutschte aus, trat gegen alles mit den Füßen, wollte das ganze Wohnzimmer demolieren, die Wände, den Altar, die Heiligenfigur. Aber ich wich nicht von der Stelle, ich wollte wissen, wie weit der Kerl es mit seinem Theater, seiner Pantomime treiben würde... Ich hoffte, er würde mich anfassen, dann hätte er vor den Augen seiner Mutter Prügel bezogen, wäre vor mir zu Boden gegangen. Aber nein. Er erlahmte, ermattete, erschlaffte. Hielt sich keuchend den Kopf. Rânia rettete noch zwei Fotografien – die Bilder, auf denen Yaqubs Gesicht vergrößert, deutlicher zu sehen war. Sie wollte auf den Bruder zugehen, aber er stieß sie weg, jagte sie aus dem Wohnzimmer, und als er die Hand heben wollte, griff Zana ein, ging, gewappnet mit der Macht einer Mutter, gegen ihn vor. Jetzt war sie an der Reihe. Sie nahm ihn sich vor, sagte, sie würde nie zulassen, daß ihr Sohn sich von einer Dahergelaufenen den Kopf verdrehen lasse. »Ja, genau, eine Dahergelaufene! Eine *charmuta*, eine Hure! Sie kann ihr Leben lang in dem dreckigen Boot vergammeln, aber nicht mit meinem Sohn! Eine Schmugglerin! Betrügerin... Wucherin. Ich habe ein Vermögen ausgegeben, um das alles rauszukriegen. Die Schmuggelei, die Mädchen, die sie für diesen Quelé angeschleppt hat, diesen falschen Engländer... euer Versteck in Cachoeirinha... die Orgien... die Gaunereien... die ganze Schweinerei! Das konnte ich nicht zulassen... niemals! Hast du gehört? Niemals!« Sie senkte die Stimme und säuselte sanft und traurig: »Du hast doch alles hier zu Hause, mein Liebling.« Dann fing sie an zu schniefen, zu weinen. Nahm seine Hände, glättete ihm mit den Fingern den graumelierten Bart, strich ihm über den wunden kahlen Schädel. Arm in Arm gingen sie hinaus unter das Vordach; beim Anblick ihres verzerrten Bildes in den tausend Scherben des zerbrochenen Spiegels runzelte sie die Stirn. Ihr kostbarer Spiegel war hinüber, dennoch seufzte sie vor Glück, denn ihr Sohn war da, innerlich ausgebrannt, aber nun gehörte er nur ihr allein. Sie gab Domingas und mir ein Zeichen, das Wohnzimmer aufzuräumen. Viele Gegenstände waren zertrümmert. Heil geblieben waren der kleine Altar, die Wasserpfeife und die Glasvitrine. Auf dem grauen Sofa lagen Spiegelscherben und Bilderrahmenstücke. Die Konsole und mehrere Stühle waren zerbrochen. Domingas und ich mußten den Fußboden fegen und die Stühle reparieren, bevor Halim nach Hause kam. Der venezianische Spiegel war für Zana eine Reliquie, ein Hochzeitsgeschenk von Galib. Für mich war es eine Befreiung, denn ich mußte ihn jeden Tag mit einem Flanelltuch polieren und mir dabei die immer gleiche Litanei anhören: »Vorsicht mit meinem Spiegel, geh mit dem Staubwedel über den Rahmen.«

Von der Reliquie blieb fast nichts übrig. Halim kaufte später einen anderen großen Spiegel, den ich dann weniger eifrig polierte.

In aller Frühe an jenem Samstag, als Zana und Perna-de-Sapo zusammen losgingen, kam Halim zu mir ins Zimmer und bat mich, hinter ihnen her zu gehen. Ich schlief noch, ich hatte die halbe Nacht für eine Prüfung im Liceu Rui Barbosa gelernt. Halim hatte kein Auge zugetan, er ahnte, daß an diesem Tag etwas geschehen würde, und es wurde ihm zur Gewißheit, als er merkte, daß Zana sich aus dem Zimmer stahl. Elegant, parfümiert und, in Halims Augen, attraktiv. Er stellte sich vor, daß sie aufgeregt war und strahlte, und empfand Eifersucht auf seinen Sohn wie nie zuvor.

Perna-de-Sapo erschien unauffällig, ohne seine kräftige Stimme zu erheben, in der schwindenden Nacht. Er klopfte auch nicht an die Tür. Wartete nur ein paar Augenblicke, dann ging er mit der Madame weg.

Das war nicht der Fischverkäufer, sondern der Späher aus früheren Zeiten, der die Stadt durchkämmte. Er selbst verbreitete später unter all seinen Kunden, wie er die Falle ersonnen, wie er sie aufgestellt hatte. Am Freitagabend war Adamor mit zwei Flaschen Whisky zum Hafen Escadaria gegangen; er winkte einen Bengel heran, beauftragte ihn, sie dem bärtigen Glatzkopf zu einem Preis wie unter diebischen Straßenjungen üblich anzubieten. Omar kaufte die beiden Flaschen und lud den Bengel zur Party auf dem Motorboot ein. Sie tranken, tanzten zur Musik vom Radiosender Voz da Amazônia. Spät nachts stöhnten Omar und die Frau in der schaukelnden Hängematte, als befänden sie sich an einem einsamen Strand, auf einer der tausend Inseln von Anavilhanas. Hemmungslos, als gehörte ihnen die Welt, in einem Glücksrausch. Und diesem Rausch hingegeben, schliefen sie ein. Der Strand des kleinen Hafens roch nach Abfällen und Benzin. Die Morgenbrise trug den Geruch vom Urwald herüber, der auf dem anderen Flußufer noch im Dunkeln lag. Und auch Zanas Geruch, den Duft nach Jasmin. Sie war in den Straßen des Hafengebiets bekannt. Halims Ehefrau, die Mutter von Rânia, der Geschäftsführerin des Ladens. Alle wunderten sich, warum sie so früh an diesem Ort zwischen all den einfachen Leuten unterwegs war – Bootsführer, die auf eine erste Überfahrt warteten, halbnackte Träger, Straßenhändler, die aus Planen ihre Stände mit Obst und Getränken aufbauten. Von den Schuhen bis zum Hut elegant, trug sie ein schlichtes graues Kleid, eher für eine festliche Abendveranstaltung geeignet als für ein morgendliches Treffen an einem verdreckten Kai. Indes, es war ein Treffen mit ihrem Sohn, eine neuerliche Konfrontation mit einer Rivalin, die aus weiß der Himmel welchem Loch gekrochen war. So ging sie mit energischen Schritten genau in der Mitte den Anleger entlang und ließ den Blick über die Boote und Lastkähne schweifen, die nach und nach aus der Dunkelheit auftauchten, wie ein Archipel mitten im Fluß.

Ihr Erscheinen löste ein Schweigen aus, das Respekt oder Verblüffung bedeuten konnte. Hinter ihr winkte Perna-de-Sapo den Leuten, die im Bug ihrer Boote hockten, triumphierend lächelnd zu. Hin und wieder kamen verschlafene Gesichter aus den am Bootsanleger aufgespannten Hängematten hoch. Adamor blieb am Ende des Anlegers stehen, wo vier kräftige Männer warteten. Sie unterhielten sich, gestikulierten und stiegen über einen

Lastkahn, von dem aus man zu Omars Boot gelangte. Ich war ihnen in einigem Abstand gefolgt und sah ihre im Morgendunst verwischten Gestalten. Dann, etwas näher am Lastkahn, konnte ich das Handgemenge an Deck des Motorboots sehen, Leiber, die sich umklammerten, eine schaukelnde Hängematte, und der tanzende Bug verursachte heftigen Wellengang im schwarzen Wasser. Ich hörte Schreie einer Frau, dann Weinen und Zanas Stimme: »Laßt die Frau los... die bleibt im Boot... mein Sohn geht allein nach Hause.«

Ich lief zurück an den Kai und äugte durch einen Spalt zwischen den roten Steinen der Kaimauer.

Die Umrisse des Kais, die Silhouetten der Menschen, das leichte Schaukeln der roten Bootsbuge, die bunten Hängematten, der Wellengang, der ölige Abfälle an Land spülte, die vom hellen Tageslicht benommenen Bettler, die riesigen Wolken, Nomaden im Weltraum, der dunkle Urwald, der sich dem Auge darbot, alles schien sich zu verdichten, in Bewegung zu kommen, lebendig zu werden.

Dann tauchte er am anderen Ende des Anlegers auf.

Der graumelierte Bart und der nackte Schädel wirkten weniger befremdlich als sein Blick. Für einen Moment, solange er den Steg entlangging, hätte man ihn für einen der anderen halten können, er hätte auch ein Träger oder Fischer oder Verkäufer von Krimskrams sein können. Oder einfach nur ein armer Teufel. Er hätte unabhängiger sein und der Versuchung erliegen können, sich zu befreien, sein Abenteuer bis zum Schluß zu leben.

Wie einen Fremden sah ich ihn immer näher kommen, und ich wünschte mir, Omar wäre wirklich ein Fremder. Dann hätte ich mir vielleicht etwas weniger Gedanken über das Bild gemacht, das ich von ihm hatte. Dann hätte ich nicht dort, hinter der roten Mauer, gestanden und die sich nähernde Gestalt beobachtet, hängende Arme, Schultern und Hals dunkel gerötet, eine jämmerliche Gestalt, wenig später von den Nachbarn mit mitleidigen Blicken bedacht. Omar grüßte sie nicht; er ging wie ein Blinder, der den Heimweg auswendig kennt. Er, der sonst immer den Nachbarn winkte und zulächelte, drehte sich dieses Mal zu niemandem um. Er war voller Kratzwunden, ein halbes Tier, Schrecken im Blick; eine brüske Kopfbewegung, wie der ganze Körper etwas Schiefes, Schreckhaftes hatte. So, auf den ersten Blick, erkannte ihn niemand. Dann, als Domingas ihn an der Haustür empfing, da erst begriffen die Nachbarn, daß Omar zurück war.

Irgendwann am Nachmittag aß er das Mittagessen, allein, in sich gekehrt. Tagelang verließ er nicht sein Zimmer, brütete über seiner Niederlage. Hinter verschlossener Tür wartete er darauf, daß sein Haar wuchs, wartete auf den Besuch des Barbiers, der ihm dazu verhalf, wieder wie ein echter Held des Nachtlebens auszusehen statt wie ein eingesperrter Liebhaber.

Diese Treue zur Mutter verdiente, belohnt zu werden. Und zu Halims Verzweiflung wurde Omar verwöhnt wie nie zuvor. Um manches brauchte er nicht einmal zu bitten, die Mutter erriet seine Wünsche, gewährte ihm alles, solange er sich nicht von ihr löste. Zwischen ihnen gab es keine selbstlosen Geschenke. Obwohl verärgert, mußte Rânia die Ladenkasse öffnen; tröpfchenweise gab sie seinen Launen nach; hielt ihm dazu Predigten, zählte die Ausgaben für Haushalt und Laden auf, wie ein Buchhalter oder ein Geizhals. Er hörte sich die Litanei an und umschmeichelte die Schwester mit Zärtlichkeiten: Er küßte ihr die Hände, streichelte ihr den Nacken, leckte sie an beiden Ohrläppchen. Umschlang sie, nahm sie auf die Arme, sah sie wie ein Eroberer mit begehrlichen Blicken an. Die Worte, die sie liebend gern von einem Mann gehört hätte, hörte sie von Omar, »deinem Bruder, der immer in deiner Nähe geblieben ist, der dich nie verlassen hat, Schwesterchen«, säuselte er. Rânia schmolz dahin, und ihre Stimme wurde nach und nach weicher, bis sie stammelnd einwilligte: »Na gut, Bruderherz, ich gebe dir ein kleines Taschengeld, da kannst du dich ein bißchen amüsieren.«

Und damit gewann er auch seine Verführungsmacht zurück, die er während der Zeit mit Pau-Mulato auf dem von der Mutter verfluchten Boot eingebüßt hatte.

Im Grunde war Omar ein Komplize seiner eigenen Schwäche, einer Entscheidung, die stärker war als er selbst; der Entscheidung seiner Mutter konnte er nicht viel entgegensetzen, ihr, der Mutter, schuldete er ja wohl einen guten Teil seines Lebens und seiner Gefühle. Also zog er die Huren und den Komfort seines Elternhauses einem bescheidenen oder gar mühsamen Leben mit der Frau vor, die er liebte. Er versuchte, sich mit dieser Niederlage abzufinden, nahm an, die Enttäuschung würde sich geben, und wagte es nie wieder, sich auf eine Frau ganz einzulassen.

Er ging wieder in die Puffs, in die Nachtklubs im Zentrum und in den Vororten; es gab wieder die Nächte, in denen er, volltrunken und immer allein, wie ein Schlafwandler das Haus betrat, gelegentlich die Namen der beiden Frauen stammelnd, die er wirklich geliebt hatte, oder weinend wie ein kleiner Junge, der einen Schatz verloren hat. Er wurde fast kindlich, ein gealtertes Kind, mit langen Schweigephasen, wie manche Kinder, die sich dem mütterlichen Paradies entziehen oder lange zögern, bis sie das erste verständliche Wort aussprechen. Gleich einem in die Enge getriebenen Tier hockte er auf der Veranda, mied den Kontakt mit anderen, vielleicht vom langen Nachrausch lädiert, wenn die Trinkerei zu Hause bis zum Tagesanbruch weitergegangen war. Er tat mir nicht leid. Er selbst hatte mir beigebracht, daß Mitleid und Mitgefühl nutzlos sind. Ich mußte daran denken, wie Zana mich eines Nachmittags zur Praça da Saudade geschickt hatte, um bei einer Schneiderin ein Kleid abzuholen. Ich hatte nicht zu Mittag gegessen, die heiße Sonne machte mich benommen. Ich setzte mich im Schatten einer Laube auf eine Bank. Blickte auf die Rua Simón Bolívar, die auf der Rückseite des Waisenhauses verläuft, in dem meine Mutter gelebt hatte. Ich dachte an sie, an die Zeit, die sie in diesem Gefängnis verbracht hatte, und dann fiel mir ein, was Laval gesagt hatte: daß hier, unter diesem Platz, ein indianischer Friedhof liege. Der Lärm einer Gruppe von Männern holte mich in die Wirklichkeit zurück. Als sie an der Laube vorbeikamen, wies der eine auf mich und rief: »Das ist der Sohn von meinem Hausmädchen.« Alle lachten und gingen weiter. Das habe ich nie vergessen. Am liebsten hätte ich Omar zu dem am schlimmsten stinkenden Wasserarm geschleift und ihn in den Schlick, den vermodernden Dreck dieser Stadt geworfen.

Das habe ich Halim gesagt; als er die Geschichte mit Pau-Mulato zu Ende erzählt hatte, nahm ich meinen ganzen Mut zusammen und sagte es ihm.

Er sah mich an, dann drehte er das Gesicht zum Fenster des Lagerraums. Silbern schimmernde Sonnenstreifen tanzten auf dem schwarzen Wasser, der Betrieb am kleinen Kai hinter dem Mercado Adolpho Lisboa belebte den Samstagmorgen.

Ich dachte, das, was ich über Omar gesagt hatte, würde unsere Unterhaltung beenden. Der Blick aus seinen grauen Augen suchte mich, er erkundigte sich nach dem Liceu Rui Barbosa, fragte, ob es sich lohne, eine Schule von miserablem Ruf zu besuchen. »Etwas zu Ende zu bringen lohnt sich immer«, sagte ich. »Ein paar Sachen habe ich im Hühnerstall der Vandalen gelernt und eine Menge aus den Büchern, die Laval mir geliehen hat, und in den Gesprächen mit ihm nach dem Unterricht.«

»Nicht mal in diesem Hühnerstall wollte mein Sohn lernen«, beklagte sich Halim. »Dieser Schwächling... der hat sich von meiner Frau alle Kraft aussaugen lassen, jeden Mumm... jede Courage... sie hat ihm das Herz ausgesaugt, die Seele... seinen Willen... Ich wollte keine

Kinder, das stimmt... aber Yaqub und Rânia, die haben mich doch einigermaßen leben lassen... Ich wollte die Zwillinge in den Libanon schicken, da hätten sie ein anderes Land kennengelernt, eine andere Sprache... Das wäre mir am liebsten gewesen... Ich habe das zu Zana gesagt, da wurde sie krank, sagte, Omar würde zugrunde gehen, wenn er nicht bei ihr wäre. Es hat nichts gebracht... weder für den, der drüben war, noch für den, der hier geblieben ist. Als Yaqub zurückkam, hatte ich noch Hoffnung... ich holte Zana immer hierher, wir amüsierten uns ungestört, hatten jede Freiheit... Was habe ich nicht alles getan, um diese Frau zu erobern! Monate und Monate... die Ghasele, der Wein, um meine Schüchternheit zu überwinden... Keiner wollte es akzeptieren... keiner glaubte, daß ein fliegender Händler Galibs Tochter für sich gewinnen könnte. Sie war mutig, sie hat sich entschieden. Und ich habe daran geglaubt... Ich dachte immer nur an sie, wollte nur sie... Dann ging das Leben seinen Lauf, kreiste mich ein, trieb mich immer mehr in die Enge... Das Leben verläuft in einer geraden Linie, plötzlich schlägt es einen Purzelbaum, und die Linie verknotet sich. So war es... Der Tod ihres Vaters, Galib... Tod in der Ferne, der Schmerz, den das bereitet, das verstehe ich... Ein Vater... ich habe nie erfahren, was das heißt... ich habe weder Vater noch Mutter gekannt... bin mit einem Onkel, Fadel, nach Brasilien gekommen. Ungefähr zwölf Jahre alt war ich da... Er ist dann weggegangen, verschwunden, hat mich in einem Zimmer in der Pensão do Oriente allein gelassen... Ich habe mich an Zana geklammert, ich wollte alles... selbst das Unmögliche. Diese Leidenschaft, die alles verschlingt wie ein Abgrund. Nach Galibs Tod nahm Omar in ihrem Leben immer mehr Raum ein... Sie sagte immer, er würde sterben... Das war eine Ausrede, ich wußte, daß ihm nichts zustoßen würde... Sie war wie von Sinnen, tat alles für ihn, sie wird noch neben ihm sterben... Wenn der Sohn nicht in der Nähe war, war sie meine Frau, die Frau, die ich liebte. Ich spürte ihren Geruch, dachte an unsere heißesten Nächte, wenn wir beide uns hier auf diesen alten Stoffen wälzten. Frühmorgens gingen wir am Kiosk in der Markthalle frühstücken, liefen barfuß am Flußstrand entlang... ich wollte mit ihr durchbrennen, ein Schiff nehmen und nach Belém fahren, die drei Kinder bei deiner Mutter lassen... Daran dachte ich, an alles habe ich gedacht... sogar, allein wegzugehen... Aber das hätte ich nie fertiggebracht, ich hätte sie immer vor mir gesehen... Wir haben noch viele wunderbare Nächte gehabt, hier, in diesem ganzen Durcheinander... Das Problem war Omar, seine Liebschaften, die beiden Frauen... Die letzte war ein Alptraum, Zana spürte, daß sie ihren Sohn verlieren würde... Diese Memme! So ein Feigling... Der wird nie... Ich kann ihn nicht sehen... ich will seine Stimme nicht hören... das habe ich, glaube ich, noch nie gewollt, mir wird davon schlecht... Hätte ich die Kraft, würde ich ihn noch einmal ohrfeigen, hundert Ohrfeigen hätte ich ihm gegeben, als er den Spiegel zertrümmert hat, den Zana so liebte... Tausend Ohrfeigen, tausend...«

Rânia kam nach oben, um nachzusehen, was da vor sich ging, aber er hörte nicht auf zu schreien: »Tausend Ohrfeigen, diesem Feigling!« Sie beugte sich vor, strich ihm über den Kopf, wischte ihm den Schweiß vom Gesicht und den Speichel, der ihm aus dem Mund lief; er geiferte vor Haß, verschluckte sich, schüttelte den Kopf, begann zu husten, spuckte keuchend aus, die Augen quollen hervor, die Hand tastete nach dem Gehstock. »Baba, geht es besser? Beruhige dich, der Laden ist voller Kunden.« Er sah seine Tochter an. »Zum Teufel mit denen!« sagte er. Sie ging hinunter. Halim stützte sich auf den Stock und erhob sich. Er blickte auf die Ballen zerschlissenen, von Motten zerfressenen Batist und Kattun. Tat etwas unsicher ein paar Schritte, stieg sehr langsam die Eisentreppe hinunter. Ich wollte ihm helfen, aber das lehnte er ab. Er sagte nicht, wohin er wollte. Mit dem Stock in der Hand, um die Kunden beiseite zu schieben, ging er durch den Laden. Ich sah ihn zwischen den an der Rampe liegenden Booten wanken. Kurz darauf bewegte sich nur noch der weiße Kopf vor dem dunklen Horizont des Flusses.

Zu jenem Zeitpunkt seines Lebens machte es ihm Mühe, von zu Hause zum Laden zu gehen, die Wendeltreppe hinaufzusteigen und sich auf den geflochtenen Stuhl am Fenster mit Blick auf die Bucht zu setzen. Ich habe ihn mehrfach auf diesem langsamen Gang begleitet, und wenn ihn jemand grüßte oder seinen Namen rief, hob er seinen Stock und fragte mich, wer der verrückte Kerl sei, und ich sagte, das ist Ibrahim, der den Schichtkäse verkauft, oder das ist der Sohn von Issa Azmar oder ein Bekannter, der auch in der Kneipe A Sereia do Rio Backgammon spielte. Er hatte das Backgammon aufgegeben, seine zitternden Hände erlaubten ihm nicht mehr, mit den Würfeln zu spielen, bevor er sie warf. Ein Ritual, eine Art Geheimmagie, entscheidend für den Spielverlauf. Mit den Würfeln spielen, ihre Kanten, das Relief der Punkte, ihre Oberfläche abtasten und sehen, wie sie über das Filzrechteck hüpften und rollten. Mit diesem Ritual war es vorbei. Manchmal lud Rânia zwei Bekannte zum Spielen nach oben in die Kammer ein, nur damit der Vater beschäftigt war und nicht seine Nase in die Geschäfte steckte, auch wenn er sich kaum dafür interessierte, wie der Laden lief. Doch die Spieler und ihr Würfeln interessierten Halim auch kaum, denn das andere, das große Spiel, die Antriebskraft seines Lebens, war zu Ende gegangen, als der Sohn die Frau in dem lila Puff kennengelernt hatte. Er ließ sich von der feuchten Wärme und der sanften, lauen Luft einlullen, die durch das Fenster in den Lagerraum hineinwehte. Und wenn er einmal auf das Spielbrett schaute, wandte er den Blick gleich wieder ab, zur Bucht des Rio Negro hin, der Ruhe auf dem Wasser, in dem sich große weiße Wolken spiegelten.

Seine letzten Lebensjahre verbrachte Halim mit Blick auf diese Landschaft, allein in dem kleinen Lagerraum voller alter Sachen, in die Mäander der Erinnerung versunken, denn er lächelte und gestikulierte, wurde ernst und lächelte wieder, bestätigte oder bestritt irgend etwas Undefinierbares oder versuchte, eine Erinnerung festzuhalten, die in seinem Kopf aufblitzte, eine Szene, die sich in viele andere verästelte, wie ein Film, der mitten in der Geschichte anfängt und dessen Bilder konfus durch Zeit und Raum wirbeln.

So sah ich den alten Halim: ein Schiffbrüchiger, der fernab vom Flußufer, an einen Baumstamm geklammert, von der Strömung bis zum stillen Wasser des Endes mitgezogen wird. Tat er nur so, als interessiere er sich für nichts mehr? Manchmal täuschte er ein plötzliches Wegtreten vor, so als schwebte er über den weltlichen Dingen. Hörte nicht, was man zu ihm sagte, stellte sich taub, bewahrte sich aber noch ein Quentchen Lebenslust. Bis zum Schluß kippte er regelmäßig ein paar ordentliche Schluck Arrak. Trank, schwitzte, leckte sich die Lippen und beäugte Zana, schmolz vor ihr dahin, stammelte verliebte Worte. Und es blieb ihm noch die Zeit, ein paar wichtige Ereignisse in unserem Leben mitzuerleben.

7

In der ersten Januarwoche des Jahres 1964 kam Antenor Laval ins Haus, um mit Omar zu sprechen. Der Französischlehrer war abgehetzt, er erkundigte sich, ob ich die Bücher gelesen habe, die er mir geliehen hatte, und erinnerte mich mit bedrückter Stimme: Die Schule fängt gleich nach dem Karneval wieder an. Er sprach wie ein Zombie, nicht so ruhig und mit Pausen wie im Unterricht, ohne den Humor, der uns bei der Stange hielt, wenn er ein Gedicht übersetzte oder es interpretierte. Meine Mutter erschrak über seinen Anblick, so heruntergekommen, ein wandelnder Toter, ein verängstigter Blick, als sähe er keinen Ausweg mehr. Er lehnte Kaffee und Guaraná ab, rauchte mehrere Zigaretten, während er Omar zu überreden versuchte, sich an einer Lyriklesung zu beteiligen, doch Omar verzog zuerst mißfällig das Gesicht, dann sagte er scherzhaft: Wenn es im Shangri-Lá wäre, ja dann würde ich mitmachen. Laval war an diesem Tag nicht zu Späßen aufgelegt, er reagierte verstimmt, schwieg, räusperte sich, gleich darauf bat er wieder, flehte Omar an, zu dem Souterrain mitzukommen, in dem er wohnte. Laval mußte noch warten, bis sein Freund geduscht hatte, weil er verkatert war. Dann verließen sie eilig das Haus, und Omar kehrte erst frühmorgens am nächsten Tag zurück. Zana wunderte sich, daß ihr Sohn nüchtern war, er verheimlichte wohl irgend etwas oder war von etwas beunruhigt. Sie bombardierte ihn mit Fragen, aber er wich ihr aus. Vor dem Mittagessen bat er seine Schwester um Geld. Weit mehr, als er sonst immer haben wollte, eine Menge Geld, und Rânia verweigerte es ihm: »Kommt nicht in Frage, Bruderherz, kein Vergnügen der Welt kostet so ein Vermögen.« Er bedrängte sie weiter, ohne seinen üblichen Zynismus, ohne die Verführungstricks, die sie zum Erweichen brachten. Er drängte mit angespanntem Gesicht, ernster Stimme, unverstelltem Blick. Zana wurde mißtrauisch, sprach die Tochter an, sie solle ihm doch einen Teil geben oder ein bißchen, vielleicht müsse Omar eine Schuld bezahlen. »Ihr beiden wollt immer nur Geld. Wie wäre es, wenn ihr euch mal eine Woche hinter den Ladentisch stelltet? Oder einen Tag lang, nur einen einzigen, in dem Backofen da, die Frechheiten der Betrunkenen, den Ärger mit der Kundschaft und dazu noch Papas Geschwätz über euch ergehen ließet?«

Rânia gab nicht nach. Sie machte sich Sorgen wegen des miserablen Umsatzes im Januar; der Handel war fast zum Erliegen gekommen, und der Streik der Hafenarbeiter hatte zur Folge, daß die Kundschaft aus der Umgebung vom Hafen Escadaria ausblieb. Sie packte einen Karton mit Mustern der Neuigkeiten aus São Paulo und schickte mich damit zu den besten Kunden. »Lauf diesen Treulosen hinterher, wenn jemand etwas kaufen will, bringe ich die Ware persönlich ins Haus.« Die Liste war endlos lang, in jeder Straße ging ich in acht oder zehn Häuser, um Rânias Herrlichkeiten anzubieten. Ich lernte Kunden aller Art kennen: die Unentschlossenen, die Pedantischen, die Anspruchsvollen, die Leichtsinnigen, die Aggressiven, die Ängstlichen, die Unausstehlichen. Manche luden mich auf einen Imbiß ein, erzählten endlose Geschichten und verabschiedeten mich, als wäre ich zu Besuch gewesen. Ich dachte an Halims Worte: »Handel ist zuallererst ein Austausch von Worten.« Viele sparten gerade für den Karneval, aber irgendeiner kaufte immer etwas, und ich entlockte Rânia ein Lächeln und ein paar Münzen als Kommission. Sie jubelte und schwitzte, verdrehte die großen Augen vor lauter Freude. Das Geschäft beflügelte sie, wenn sie die Bestellungen entgegennahm, verwandelte sie sich, biß sich auf die Lippen, umarmte mich, und ich bebte wie an den abendlichen Geburtstagsfesten von Zana, die es nicht mehr gab. Den ganzen Januar und Februar über lief ich hin und her durch Straßen, Gassen und Alleen. Wenn es dunkel wurde, schloß Rânia den Laden und führte meine Arbeit fort, während ich mich auf die Suche nach Halim machte. Zana wollte nicht, daß er im Dunkeln draußen unterwegs war. »Er darf da nicht allein umherlaufen, das ist gefährlich«, sagte sie. Ich fand ihn im Kreis von Bekannten im Canto do Quintela oder bei einem alten, kranken Freund. Er weigerte sich, nach Hause zu gehen, fluchte ein paarmal auf arabisch, aber dann grummelte er: »Ist gut, mein Junge, dann gehen wir ... es hilft ja nichts, oder?«

An dem Abend, als wir Rânia mit einem Karton beladen von Tür zu Tür verkaufen gehen sahen, sagte er zornig: »Meine arme Tochter, die arbeitet sich tot, um diesen Parasiten zu ernähren.« Er konnte Omars Anblick nicht mehr ertragen. Selbst die Stimme seines Sohnes ertrug er nicht, er bekomme davon Leibschmerzen, sagte er, das Herz, sein ganzes Inneres brenne ihm davon. Ich erfuhr, daß er sich die Ohren mit einem Pfropfen aus Watte und Wachs zustopfte, damit er Omars Stimme nicht hören mußte. Als ich Halim suchen ging, kam ich bei Lavals Pension vorbei, sah ihn aber nicht im Souterrain. Es war vollkommen dunkel, und die menschenleere Straße machte mir etwas angst. Ich dachte an die wenigen Male, die ich an den Lesungen im Souterrain teilgenommen hatte. Rings um die Hängematte, in der Laval schlief, stapelten sich Papierberge. An der Decke hingen Skulpturen, Mobiles und Sachen aus Papier. Vielleicht hatte er noch nie auch nur ein Blatt weggeworfen. Vermutlich bewahrte er alles auf: Briefe, Gedichte und unzählige Notizen aus dem Unterricht, auf zusammengerollten, gefalteten oder lose auf dem schmutzigen Fußboden liegenden Blättern. In den dunklen Ecken türmten sich leere Weinflaschen, und auf dem Zementboden lagen vertrocknete Essensreste, dazwischen Kakerlakenflügel. »Dieses Chaos ist schlimmer als der schlimmste Alptraum, aber es gibt mir Nahrung«, sagte Laval zu seinen Schülern. Wenn wir

seinen Raum im Souterrain verließen, waren wir mit altem Schulmaterial und Büchern beladen, die er uns geschenkt hatte. Er blieb im Haus, rauchte, trank und übersetzte die Nächte hindurch französische Gedichte.
Ich wunderte mich, daß Laval mich nicht zu der Lesung eingeladen hatte. Im März dann fehlte er in den ersten Stunden und erschien erst in der dritten Woche des Monats. Als er das Klassenzimmer betrat, sah er noch deprimierter aus als an dem Tag, an dem ich ihn bei uns zu Hause erlebt hatte, das weiße Jackett voller Flecken, die Finger der linken Hand und die Zähne vom Rauchen gelb verfärbt. »Entschuldigt, mir geht es ziemlich schlecht«, sagte er auf französisch. »Im übrigen geht es vielen Leuten ziemlich schlecht«, murmelte er dann, nun auf portugiesisch. Er konnte sich kaum auf den Beinen halten. Die rechte Hand hielt zitternd ein Stück Kreide, die linke eine Zigarette. Wir erwarteten die übliche »Belehrung«, einen Vortrag von fünfzig Minuten über das Umfeld, in dem der Dichter gelebt hatte. So war es immer gewesen: zuerst der historische Abriß, sagte er, dann ein Gespräch, zum Schluß das Werk. Dann sprach er französisch und provozierte uns, spornte uns an, stellte Fragen, damit wir einen Satz sagten, keiner sollte stumm bleiben, auch die Schüchternsten nicht, keine Passivität, das kam nicht in Frage. Er wollte Diskussionen, verschiedene, gegensätzliche Meinungen, er nahm alle Stimmen auf, und am Ende sprach er, argumentierte lebhaft, hatte noch alles im Kopf, jede unsinnige Bemerkung, jede Intuition, jeden Zweifel. Aber an diesem Morgen tat er nichts dergleichen, er brachte nichts heraus, hatte einen Kloß im Hals, so ein Mist, als würde er ersticken. Wir saßen fassungslos da, selbst die Frechsten und Aufmüpfigsten schafften es nicht, ihn mit einer gräßlichen Fratze wegen seiner Fahne zu provozieren. »Jetzt wollen... wir... wir etwas lesen... übersetzen...« Die zitternde Hand schrieb ein Gedicht an die Tafel, die Kreide zog Linien, die an Arabesken erin-

nerten, nur die letzte Zeile konnte man lesen, ich habe sie aufgeschrieben: »*Je dis: Que cherchent-ils au Ciel, tous ces aveugles?*« Der Rest war unleserlich, den Titel hatte er vergessen, und sekundenlang sah er uns mit einem seltsamen Blick an. Dann legte er die Kreide weg und verließ wortlos den Raum. Der Französischlehrer kam nicht mehr in die Schule zurück. Und eines Morgens im April mußten wir mit ansehen, wie er verhaftet wurde.

Er war gerade aus dem Café Mocambo gekommen und ging langsam über die Praça das Acácias in Richtung Hühnerstall der Vandalen. Er trug seine abgewetzte Aktentasche, in der er Bücher und Papiere hatte, immer dieselbe Tasche, dieselben Bücher; die Papiere konnten variieren, denn die trugen seine Schriftzüge. Wenn Laval ein Gedicht geschrieben hatte, verteilte er es an seine Schüler. Er selbst behielt nicht, was er schrieb. Er sagte: »Eine Verszeile eines großen Symbolisten oder Romantikers ist mehr wert als eine Tonne Rhetorik – meiner nutzlosen, jämmerlichen Rhetorik.«

Mitten auf der Praça das Acácias, als er gerade durch den Musikpavillon ging, wurde er gedemütigt, zusammengeschlagen wie ein Straßenköter, hilflos der Wut einer brutalen Meute ausgeliefert. Sein weißes Jackett färbte sich schlagartig rot, er torkelte hin und her, die Hände suchten blind nach einem Halt, das geschwollene Gesicht der Sonne zugewandt, der Körper drehte sich orientierungslos, taumelte, stolperte über die Treppenstufen, dann fiel er neben dem Teich auf dem Platz zu Boden. Die kleinen Vögel, die Reiher und Seriemas suchten das Weite. Die Proteste und Buhrufe der Schüler und Lehrer des Lyzeums konnten die Polizisten nicht einschüchtern. Laval wurde zu einem Militärfahrzeug geschleift, und das Café Mocambo wurde geschlossen. So manche Tür wurde geschlossen, als zwei Tage später bekannt wurde, daß Antenor Laval tot war. Das alles geschah im April, in den ersten Tagen des Monats April.

An dem Vormittag, als sie unseren Lehrer jagten, hob ich seine abgewetzte Tasche auf, die neben dem Teich lag. In der Tasche steckten die Bücher und die Blätter mit Gedichten, alles voller Flecken.

Erinnerungen an Laval: sein Unterricht, seine schöne Schrift, die Buchstaben fast wie gemalt. Die wohl abgewogenen Worte. Er wollte nicht, daß man ihn als Dichter bezeichnete, das mochte er nicht. Er verabscheute großes Getue, lachte über die Provinzpolitiker, stichelte in den Pausen gegen sie, weigerte sich aber, darüber im Unterricht zu sprechen. Er sagte: »Politik ist ein Pausenthema. Hier im Unterricht geht es um etwas Höheres. Kehren wir zurück zu unserem Abend neulich...«

An dem Tag, als wir von seinem Tod erfuhren, goß es, ein fürchterlicher Wolkenbruch. Trotzdem versammelten sich Schüler und ehemalige Schüler von Laval im Musikpavillon, zündeten Fackeln an, und wir alle hatten jeder mindestens ein von ihm handgeschriebenes Gedicht. Der Pavillon war voll, beleuchtet von einem Flammenring. Jemand regte eine Schweigeminute an, zu Ehren unseres ermordeten Lehrers. Dann las ein ehemaliger Schüler laut ein Gedicht von Laval vor. Omar trug als letzter etwas vor. Er war bewegt und traurig, Omar. Der Regen unterstrich die Trauer, schürte aber den Protest. Auf dem Fußboden des Pavillons Blutflecken. Omar schrieb mit roter Farbe einen Vers von Laval auf den Boden, die Worte blieben lange dort stehen, gut leserlich, zum Gedenken an einen, vielleicht an viele.

Dieses eine, dieses einzige Mal empfand ich keine Feindseligkeit gegenüber Omar, ich konnte ihn nicht hassen an jenem Regennachmittag, als wir dort standen, die Gesichter von Fackeln beleuchtet, den Worten eines Toten lauschend, den Blick auf die Fassade der Schule gerichtet, den schwarzen Trauerflor, der von der Traufe bis zur Türschwelle hing. Eine Schule in Trauer, ein Lehrer ermordet – so begann jener April für mich, für viele von uns.

Ich konnte Omar nicht hassen. Ich dachte: Wenn unser ganzes Leben sich auf diesen Nachmittag beschränkt hätte, dann wären wir quitt. Aber so war es nicht, so ist es nicht gewesen. Das galt nur an jenem Nachmittag. Und er kam so außer sich nach Hause, daß er seinen Bruder gar nicht wahrnahm.

Die Stadt war nahezu menschenleer, denn es herrschte Angst, Weltuntergangsstimmung. Fast leer auch das Haus. Rânia im Laden, Halim in der Stadt unterwegs, Zana irgendwo in der Nachbarschaft, vielleicht bei Talib zu einem kulinarischen Besuch. Domingas, die Hüterin des Hauses, bügelte in dem kleinen Zimmer hinten am Haus. Ich war früher von der Praça das Acácias nach Hause gekommen. Ich dachte an Laval, an die nächtlichen Gespräche in seiner Höhle, wie er das Souterrain nannte, in dem er allein wohnte. Viel wußten wir nicht über ihn: Mittags um zwölf und abends um sechs stellte die Vermieterin einen Teller Essen am Eingang der Höhle ab. Jeden Tag machte sie das, selbst sonntags, wenn ich auf dem Fußweg an der Pension vorbeikam, sah ich den Teller mit Essen auf der Türschwelle und drumherum Feuerameisen und das Katzenvolk vom *igarapé* de Manaus. Ich sah Lavals Gestalt hinter dem kleinen runden Fenster. Das Sonnenlicht erhellte die Höhle kaum, eine Glühbirne, die von der Decke hing, leuchtete über dem Kopf des Lehrers. Mit nervösen Bewegungen rauchte er, schrieb oder blätterte in einem Buch die Seite um. Selten aß er zu Abend; nach dem Mittagessen fing er an zu trinken, wenn er den Klassenraum betrat, war er noch nüchtern, aber angeregter Stimmung. Die Abendschüler rochen schon von weitem seine säuerliche Fuselfahne. Er schied den ungenießbaren Essig durch die Poren aus. Schwitzte ihn aus. Trotzdem verlor er nie die Haltung oder seinen Humor. Wenn der Strom ausfiel, zündete er eine Petroleumlampe an und viele Kerzen. Manchmal wurde er mitten im Unterricht ganz plötzlich still und ging in sich. Das Schweigen konnte eine Denkpause sein, eine Unterbrechung, die das Gedächtnis verlangte, und die Stimme gehorchte. Oder war es der Wein, ein Sturz in den Abgrund? Vielleicht einfach etwas Unerklärliches. Denn über sein Leben wußte niemand Genaues – er war wie eine kleine Schnecke zwischen Kieselsteinen. Es ging nur ein Tuscheln durch die Flure der Schule, zwei Prisen Klatsch über sein, Lavals, Leben. Die eine, daß er ein militanter Roter gewesen sei, ein ganz engagierter, ranghoher, sogar in Moskau gewesen. Er dementierte nicht, gab es aber auch nicht zu. Wenn die Neugier in lautes Geschwätz überging, schwieg er. Das andere Gerücht war um einiges trauriger. Angeblich hatte der junge Anwalt Laval lange Zeit mit einem Mädchen aus der Provinz zusammengelebt. Als geborener Redner und Führer, der er war, hatte man ihn zu einer Geheimsitzung nach Rio bestellt. Er nahm seine Geliebte mit und kehrte nach Manaus allein zurück. Von betrogen und verlassen worden sein war die Rede. Unterschiedliche Versionen, widersprüchliche Behauptungen und dergleichen... Spekulationen. Fest steht, daß Laval sich danach im Souterrain eines Hauses am *igarapé* de Manaus eingemietet hat. Mehrfach fand man ihn in einer Ecke der Höhle still und stumm, das Gesicht ausgemergelt, mit dichtem Bart, wie er ihn bis zu seiner Ermordung tragen sollte. Es war weder ein Hungerstreik noch Appetitlosigkeit. Vielleicht Verzweiflung. Seine Gedichte, gespickt mit seltenen Wörtern, sprachen von quälenden Nächten, untergegangenen Welten, einem Leben ohne Ausweg oder Entrinnen. Freitags verteilte er sie an seine Schüler, in der Annahme, niemand werde sie wohl lesen, er glaubte immer das Schlimmste. Tief innerlich war er ein Pessimist, ein Desillusionierter, und versuchte, diese Enttäuschung durch sein Äußeres, seine dandyhafte Aufmachung zu kaschieren. Das Etikett Dichter lehnte er ab, störte sich aber nicht daran, wenn man ihn als exzentrisch oder überspannt bezeichnete. Welches dieser beiden Attribute ihn am besten beschrieb, weiß ich nicht. Vielleicht keins von beiden. Aber er war ein meisterhafter Lehrer. Und auch ein Gequälter, der schrieb, wohl wissend, daß er nie etwas veröffentlichen würde. Seine Gedichte liegen irgendwo herum, vergessen in Schubladen, oder ruhen im Gedächtnis seiner ehemaligen Schüler.

Die abgewetzte Ledertasche war schon trocken, und ich hielt Lavals Blätter in den Dampf von Domingas' Eisen, mit dem sie die Wäsche bügelte. Die Blätter waren fleckig und zerknittert. Man konnte nur ein paar Wörter lesen. Die Gedichte, an sich schon kurz, waren noch kürzer geworden, fast vereinzelte Wörter, wie wenn man auf einen Baum blickt und nur die Früchte sieht. Ich sah die Früchte, die schon bald abfielen, verschwanden. Und als ich zum Wohnzimmer hin sah, erblickte ich eine große, schlanke Gestalt und konnte nur an den Dichter denken, den Geist des Dichters Antenor Laval.

Es war Yaqub.

Er hatte mir einen Schrecken eingejagt, wie er so leise ins Haus getreten war. Er war gerade vom Flughafen angekommen und sah aus wie ein Pascha. In der gleichen stolzen Haltung wie in der Jugend als Degenträger stand er da, mit aufgekrempelten Ärmeln, rauchte und genoß den Regen, wie gebannt vom Geräusch der dicken Tropfen, die auf das Dach prasselten. Domingas stellte das Bügeleisen ab und ging den Neuankömmling begrüßen. Sie umarmte ihn, länger, als sie je einen Mann aus der Familie umarmt hat. Dann brachte sie ihm Jambusensaft, spannte die Hängematte unter dem Vordach auf und stellte ein Tischchen mit gekochten Pfirsichpalmfrüchten und einer Kanne Kaffee daneben. Er legte sich in die Hängematte und bat meine Mutter mit einer Handbewegung, bei ihm zu bleiben.

Ich ging in die Nähe des Vordachs, um Yaqubs Stimme

zu hören – eine tiefe Stimme, die mehrmals meinen Namen aussprach. Meine Mutter wies nach hinten aufs Grundstück. Ich merkte, daß sich etwas an ihm verändert hatte, denn bei seinem letzten Besuch hatte er sich nicht so in der Nähe von Domingas aufgehalten. Dieses Mal gingen sie vertrauter miteinander um, unterhielten sich ungezwungen. Wenn die Hängematte in die Nähe meiner Mutter kam, strich Yaqub ihr über das Haar und den Nacken. Er hörte erst auf zu lachen, als Domingas versehentlich seine Narbe mit den Fingern streifte. Yaqubs Gesicht rötete sich und wurde ernst, er hörte auf zu schaukeln, setzte die Füße auf den Boden und zündete sich noch eine Zigarette an. Vermutlich hat er sich nie mit der störenden Linie auf seiner linken Wange abgefunden, denn er legte sofort seine Hand darauf. Sein Gesicht verzog sich, sein Blick wurde flackernd, bedrückt. Als Omar klitschnaß und barfuß, die Kleider am Leib klebend, ins Wohnzimmer trat, stand Yaqub aus der Hängematte auf. Omar sah fiebrig aus, und seinem Gesicht war noch die Trauer um Laval anzusehen. Ich dachte daran, wie Omar ein Gedicht des Toten aufgesagt hatte, aus der Zeit, als die beiden, Lehrer und Schüler, nach dem Unterricht loszogen und sich ins Gebüsch in der Nähe der Rua Frei José dos Inocentes schlugen, wo die Huren auf sie warteten.

Yaqubs angespanntes Gesicht wandte sich dem Bruder zu. Vielleicht wäre das der richtige Moment gewesen, sich aufeinander zu stürzen, sich da vor unseren, meinen und Domingas', Augen zu zerfleischen. Yaqub stotterte ein paar Worte, aber Omar sah ihn nicht an, er übersah ihn und ging, auf das Geländer gestützt, die Treppe hinauf. Sein Husten und seine schweren Schritte hallten durch das Haus, und bevor er sein Zimmer betrat, schrie er Domingas' Namen. Sein Tonfall klang wie ein Befehl, doch meine Mutter wich nicht von Yaqubs Seite. Sie ließ den Kranken wie von Sinnen brüllen, und ich bemerkte, daß auf ihrem Gesicht lange ein Lächeln lag.

Ich beobachtete Yaqub, nun mit weit weniger erregter Miene, in aufrechter Haltung, wieder ganz gefaßt. Ich dachte an das letzte Mal, als ich ihn im Haus gesehen hatte, an unsere Spaziergänge, und die lange Zeit, die seitdem vergangen war, ängstigte mich – die Zeit, in der ein Mensch demütig, zynisch oder skeptisch wird. Ich hatte geglaubt, er würde arroganter werden, sich als im Besitz vieler, wenn nicht aller Wahrheiten und Überzeugungen aufspielen. Die Worte meiner Mutter fielen mir ein: »Gleich nachdem er aus dem Libanon zurück war, kam er oft, um sich mit mir zu unterhalten. Nur er kam zu mir in mein Zimmer, nur er sagte, er wolle meine Geschichte hören... Schweigsam war er nur den anderen gegenüber.«

Sein hochmütiges Auftreten hatte er nicht abgelegt – den Stolz dessen, der sich und seiner Umgebung hatte beweisen wollen, daß ein ungehobelter Mensch, ein Hirtenjunge, ein *ra'i*, wie ihn die Mutter nannte, ein bekannter und in seinen Kreisen in São Paulo hoch verehrter Ingenieur werden konnte. Jetzt wollte er nicht mit Doktor angesprochen werden, er fühlte sich mehr zu Hause, trug nicht mehr Schlips und Jackett. Benahm sich auch nicht wie ein Gast. Er war ein Sohn, der ins Elternhaus und an den Ort seiner Kindheit zurückkehrt. Er sinnierte in der Hängematte, als Vater und Mutter fast gleichzeitig nach Hause kamen. Zana sah ihn als erste, beugte sich als erste über ihn und küßte ihn, ging aber gleich wieder weg, weil sie aus Omars Zimmer ein Stöhnen hörte.

»Ich muß nachsehen, was mit deinem Bruder ist«, sagte sie aufgeregt. »Halim, sieh mal, wer hier überraschend gekommen ist.«

Der Vater schimpfte, die Stadt stehe unter Wasser, im Zentrum herrsche Hektik und Chaos, die Cidade Flutuante sei von Soldaten umstellt.

»Überall sind die«, sagte er, während er den Sohn in die Arme nahm. »Sogar auf den Brachflächen sitzen Trauben von Soldaten in den Bäumen...«

»Weil die Grundstücke im Zentrum in Besitz genommen werden wollen«, antwortete Yaqub lächelnd. »Manaus will größer werden.«

Halim wischte sich das Gesicht trocken, sah dem Sohn in die Augen und sagte matt:

»Ich wünschte mir etwas anderes, Yaqub... Ich bin schon so groß geworden, wie ich groß werden mußte...«

Yaqub wandte den Blick ab, sah in den Regen und stand auf, doch Rânias Stimme erlöste ihn aus der Verlegenheit. Sie war erschrocken über das Militär im Hafenviertel, doch bei Yaqubs Anblick vergaß sie das politische Unwetter im Land. Halim ließ die beiden allein. Die Mutter kümmerte sich um den kranken Sohn, sie verbrachte Stunden in seinem Zimmer, und wenn sie die Tür aufmachte, hörten wir ihre Stimme klagen: »Omar ist in den Regen gekommen, wegen Laval, diesem verrückten Dichter, ist er krank geworden.« Sie spannte im Zimmer des Sohnes eine Hängematte auf, unterbrach Rânias Unterhaltung mit Yaqub: »Ich muß einen Arzt kommen lassen, der arme Omar kann kaum seinen Speichel schlucken.« Yaqub beobachtete nur aus dem Augenwinkel, was Zana tat. Er war ihr gegenüber nicht herzlich; er zeigte eine gewisse Distanziertheit, die weder Neutralität noch Fremdheit bedeutete. Er erwies sich als ein Meister der Balance in angespannter Situation. In seiner Jugend hatte er nicht reagiert, als ihm ein Glasscherben die linke Wange zerschnitt; aber mit der Narbe im Gesicht hatte er sich auch nicht so abgefunden, wie man hinnimmt, vom Schicksal gezeichnet zu sein. Meine Mutter fand, Yaqub wirke immer energischer, immer entschlossener, »zur Attacke bereit, wie die Schararaka.« Sie ahnte, daß er etwas im Schilde führte, und ich war mir nicht sicher, ob die beiden sich nicht heimlich außerhalb des Hauses treffen wollten. Sie wechselten kurze Blicke, fast blitzartig, aber ich bemerkte Domingas' Lächeln.

Am meisten beeindruckte mich in jenen Tagen, wie besessen Yaqub arbeitete. Und auch sein Mut. Den größten Teil des Abends über arbeitete er, der Tisch im Wohnzimmer war übersät mit karierten Blättern voller Zahlen und Zeichnungen. Morgens stand er um fünf auf, wenn nur Domingas und ich schon auf den Beinen waren. Um sechs forderte er mich auf, mich zum Frühstück an den Tisch zu setzen. Er trank warme Milch mit Tapioka, aß gebratene Bananen, Arme Ritter und Mangokompott; er aß fast gierig, beschmierte sich Mund und Hände. Um diese Tageszeit war der Duft vom feuchten Laub, von den Fruchtbüscheln an den Palmen, den reifen Brotfrüchten intensiver zu spüren. Yaqub liebte es, auf den Sonnenaufgang zu warten, zu beobachten, wie sich die Farbe der Vegetation veränderte, wenn sie langsam aus der Dunkelheit ins Tageslicht trat. Das war ein Moment, wo er es nicht eilig hatte. An jenem Morgen sagte er leise: »Diesen Tagesanbruch vermisse ich. Den Duft... den Garten.« Dann erzählte er mir von seiner Arbeit; zweimal im Monat fuhr er an die Küste von São Paulo, wo er Hochhäuser baute. »Irgendwann kommst du mich einmal besuchen, dann nehme ich dich mit und zeige dir das Meer.«

Das war ein Versprechen, aber mir bedeutete die Zukunft nicht viel, das Meer war weit weg, meine Gedanken galten dem Dasein hier, den Tagen und Nächten der Gegenwart, den geschlossenen Türen der Schule, dem Tod von Laval. Wußte Yaqub davon? Er bemerkte, daß ich unruhig, traurig war. Ich sagte zu ihm: ich hätte Angst, ich stünde kurz vor dem Schulabschluß. Ein Lehrer sei ermordet worden, Antenor Laval... Er wurde nachdenklich, schüttelte den Kopf. Dann sah er mich an: »Ich habe auch einen Freund... er war mein Lehrer in São Paulo...« Er brach ab, sah mich an, als würde ich nicht verstehen, was er sagen wollte. Vielleicht hatte Yaqub damals, als er bei den Patres zur Schule gegangen war, Laval gekannt.

Er wußte, daß Manaus zu einer besetzten Stadt geworden war. Die Schulen und Kinos waren geschlossen, Motorboote der Marine patrouillierten in der Bucht des Rio Negro, und die Radiosender brachten Kommuniqués des Militärkommandos der Amazonas-Region. Rânia mußte den Laden schließen, weil der Streik der Hafenarbeiter zu einer Auseinandersetzung mit der kasernierten Polizei geführt hatte. Halim legte mir nahe, Lavals Namen nicht außer Haus zu erwähnen. Auch andere Namen wurden nicht mehr genannt. Der schwarze Trauerflor, der einen Teil der Schulfassade bedeckte, war abgerissen worden, und die Türen des Gebäudes blieben wochenlang verschlossen.

Trotzdem ließ Yaqub sich von den grünen Fahrzeugen rings um die Plätze und Manaus Harbour herum, von den Männern in grüner Uniform auf dem Flughafen und den Avenidas nicht einschüchtern. Selbst ein grüner Teufel hätte ihn nicht einschüchtern können. Ich wollte nicht aus dem Haus gehen, ich verstand nicht, warum das Militär in Brasilien geputscht hatte, aber ich wußte, daß es überall Verschwörungen, Truppenbewegungen, Proteste gab. Gewalt. Das alles machte mir angst. Aber er bestand darauf, daß ich ihn begleitete. »Ich war auch mal beim Militär, ich bin Offizier der Reserve«, sagte er stolz.

An dem Nachmittag, als wir losgingen, um Gebäude und Denkmäler im Zentrum zu fotografieren, blieben wir auf der Praça da Matriz vor der Kathedrale stehen, und ich mußte an die Messe für Laval denken, die verbotene Messe. Während Yaqub fotografierte und sich Notizen machte, ging ich die Wege auf dem Platz ab und setzte mich auf eine von den dicken Wurzeln eines Ficusbaums umrankte Steinbank. Ich war von der Nachmittagshitze benommen, hatte einen trockenen Mund, die Lippen klebten mir zusammen. Aus dem Mund der Bronzeengel am Brunnen lief kein Wasser. Neben der Kirche blieb ich stehen, um mich auszuruhen und die Vögel im Gehege zu beobachten. Ich merkte, daß sie aufgeregt waren, sie flatterten wie von Sinnen hin und her, aber gleich darauf lenkte mich ein Summen wie von Schmeißfliegen ab, ein tiefes, monotones Geräusch, das immer lauter wurde, und als ich zur Straße hin blickte, erstarrte ich, denn ich sah einen Jeep voller Bajonette. Ich dachte an Laval, wie er im Musikpavillon zusammengeschlagen und getreten und dann zum Teich geschleift worden war. Ich wartete ab, bis das Militärfahrzeug verschwand, doch da kam schon das nächste und dann noch eins. Immer noch mehr, und dazu Lärm wie Gewitterdonner. Die Soldaten schrien, brüllten Hurrarufe, ein Stimmen- und Hupkonzert schreckte den ganzen Platz auf. Es war ein Lastwagenkonvoi, der von der Praça General Osório kam und zum Kai hin fuhr. Ich beobachtete aus dem Augenwinkel das Geruckel dieses grünen Monsters über die Steinpflasterstraße, mir wurde schlecht, ich spürte einen stechenden Schmerz im Kopf und gleich darauf Brechreiz, als ich die Schlange grüner Fahrzeuge sah, die gar kein Ende nehmen wollte. Der Boden bebte immer stärker, jetzt heulten Sirenen und Gebrüll in meinem Kopf, und Gewehrläufe zielten auf die Kirchentür, wo meine Schulkameraden die Arme hoben, sich zu Boden warfen oder fielen, und dann zielten sie auf Laval, der sich in dem Gehege voller toter Vögel in Zuckungen wand, die rechte Hand um die abgewetzte Tasche geklammert, mit der linken versuchte er, nach den Blättern zu greifen, die brennend durch die Luft flatterten. Ich wollte in das Vogelgehege hineinlaufen, aber es war verschlossen, und ich konnte noch Laval ganz nah von mir sehen, sein Gesicht vor Schmerzen verzerrt, der Kragen blutdurchtränkt, der Blick traurig und der Mund offen, doch unfähig, etwas zu sagen. Er verschwand in der plötzlich hereingebrochenen Dunkelheit, und ich fing an, nach Yaqub zu schreien, ich schrie wie ein Wahnsinniger, und dann sah ich meine Mutter vor mir, die Hände an meinen heißen Wangen, ihr Blick aus weit aufgerissenen Augen war brennend und starr. Halim und Yaqub standen hinter ihr und schauten erschrocken auf mich. Ich zitterte vor Fieber, war schweißgebadet. Ich fragte nach der Messe für den Lehrer, sie übergingen meine Frage. Meine Mutter wich nicht von meiner Seite, das war das einzige Mal, daß ich sie Tag und Nacht neben mir hatte. Sie ließ alles stehen und liegen, die ganze tägliche Schufterei, ging nicht einmal nach oben, um nach Omar zu sehen.

In den letzten Tagen, die Yaqub in Manaus verbrachte, kam er mich mehrmals besuchen. Er setzte sich auf einen Hocker, strich mir über den Arm und die Stirn, sagte, ich hätte etwas Fieber. Ich sehe noch sein besorgtes Gesicht, höre noch seine Stimme, er wolle einen Arzt holen, er werde alles bezahlen. Domingas lehnte ab, sie vertraute auf ihren Kopaivabalsam, auf ihre Heilkräuter. Ich blieb ein paar Tage im Bett und freute mich, als ich erfuhr, daß Halim sich mehr um seinen unehelichen Enkel gekümmert hatte als um seinen ehelichen Sohn. Er betrat nicht einmal die Schwelle zu Omars Zimmer. Zu mir kam er mehrmals, und einmal brachte er mir einen Füllfederhalter mit, ganz und gar versilbert, ein Geschenk zu meinem achtzehnten Geburtstag. Nicht einmal Yaqub hatte an das Datum gedacht, aber was er für den Arzt nicht ausgegeben hatte, gab er Domingas, und dieses Mal nahm sie es an. Es war ein unvergeßlicher Geburtstag, meine Mutter, Halim und Yaqub an meinem Bett, alle sprachen von mir, von meinem Fieber und meiner Zukunft. Der andere Kranke oben im Haus wollte mir vor Eifersucht die Feier meiner Volljährigkeit stehlen. Wir hörten Stöhnen, Schreie, Schläge, Metallgeklapper, einen Höllenlärm. Wutentbrannt hatte Omar den Nachttopf und den Spucknapf mit Fußtritten traktiert, den ganzen Raum verwüstet, als wollte er sein eigenes Zimmer verfluchen. Nein, das konnte er nicht einfach hinnehmen, er konnte nicht zulassen, daß ich auch nur einen einzigen Tag das Haus beherrschte. Er hustete, tobte, schlug gegen die Tür, konnte sich nicht auf den Beinen halten, kippte das Bett um, riß die Fenster auf, meinte zu ersticken. Rânia lief mit Kompressen und Essen die Treppe hinauf und hinunter. Zana wich nicht von seiner Seite; sie verübelte Domingas und Halim, daß sie nicht nach Omar gesehen hatten. Meine Mutter ging ihn nicht besuchen. Halim konnte das Gesäusel zwischen Zana und dem Sohn nicht ertragen. In meinem Zimmer sagte er immer wieder bedrückt: »Verstehst du das?« Als spräche er mit sich selbst oder vielleicht einem Abwesenden, einem Unbekannten. Als Yaqub, zur Abreise bereit, in mein Zimmer trat, hob Halim den Kopf. Ich wußte nicht, ob ich Yaqub jemals wiedersehen würde. Er mochte keine langen Verabschiedungen; er faßte mich an den Händen und sagte, er werde mir schreiben und mir Bücher schicken. Dann gab er dem Vater die Hand, sagte, er habe es eilig, aber Halim nahm ihn fest in die Arme und fing an zu weinen, stand gebeugt da, den Kopf an Yaqubs Schulter, und stammelte, von Schluchzern unterbrochen: »Dies ist dein Zuhause, mein Sohn...«

Nur selten hatte ich Halim so traurig erlebt, die Augen im faltigen Gesicht zusammengekniffen, die runzligen Hände um Yaqubs Rücken geklammert. Sie verließen gemeinsam mein Zimmer, und ich stand auf, um sie vom Fenster aus zu beobachten. Zana und Rânia erwarteten sie auf der Veranda. Halim bat seinen Sohn, noch ein paar Tage zu bleiben, mit seiner Frau wiederzukommen. Yaqub versprach, bei seinem nächsten Besuch werde er seine Frau mitbringen. Ich hörte seine tiefe Stimme: »Keine Sorge, Mutter, wir gehen dann ins Hotel.«

»Wie bitte, ins Hotel? Hast du das gehört, Halim? Unser Sohn will sich mit seiner Frau verstecken... Wie ein Fremder, obwohl er hier zu Hause ist...«

Halim ging mit einer Handbewegung weg, sie sollten ihn in Ruhe lassen.

»Meine Frau ist nicht verpflichtet, die Tobsuchtsanfälle eines Kranken zu ertragen«, sagte Yaqub laut.

Zana schluckte den Satz. Sie konnte alles schlucken, um eine Auseinandersetzung zwischen den Zwillingen zu vermeiden. Sie begleitete Yaqub zur Tür, und anschließend ging sie die Treppe hinauf, langsam und zögernd, als bremsten die Gedanken ihre Schritte. Ich schlummerte den restlichen Vormittag und wachte von einem Brummen auf, das ein paar Sekunden lang konstant blieb, dann leiser wurde und schließlich ganz verstummte. Es war Yaqubs Flugzeug, das gerade abgehoben hatte. Die Mittagsmaschine in den Süden, wie es damals hieß.

Ich hatte das Gefühl, daß ich Yaqub nicht wiedersehen würde. Ich fragte meine Mutter, worüber sie sich unterhalten hatten, als er zu ihr ins Zimmer gekommen war. Was hatten sie miteinander? Ich brachte es fertig, sie zu fragen, ob Yaqub mein Vater sei. Omar konnte ich nicht ertragen, alles, was ich sah und wahrnahm, alles, was Halim mir erzählt hatte, genügte für mich, ihn zu verabscheuen. Ich verstand nicht, warum meine Mutter ihm nicht ein für allemal die Meinung sagte oder wenigstens seine Nähe mied. Warum mußte sie sich so demütigen lassen? Sie sagte, ich solle mich ausruhen, ich solle diese Tage im Bett zur Erholung und zum Lesen nutzen. »Du bist so schmal, ganz gelb...«, sagte sie, die Hände an meinen Wangen. Domingas überspielte meine Frage, so gut sie konnte, sie wollte mich mit dem letzten Satz trösten, den sie vor Verlassen meines Zimmers sagte. Um die Gesundheit des anderen schien es schlimmer zu stehen. Er war krank; ich schon auf dem Weg der Besserung. Lavals Tod war für Omar und mich ein schwerer Schlag. Sein Stöhnen und seine heftige Reaktion wirkten übertrieben, aber der Tod des Lehrers hatte ihm zugesetzt.

Antenor Laval war Omars Freund gewesen, ein noch engerer Freund als Chico Keller. Eine beinah heimliche Freundschaft, so wie seine beiden Liebesgeschichten oder wie alles, was ihm Lust, Verlangen und Selbstvertrauen verschaffte. Er war ein Gefangener dieser verbotenen

Freuden. Er konnte Laval nicht vergessen und blieb auch nach der Abreise des Bruders hinter seiner Tür. Seine Klausur hatte etwas Aufrichtiges. Er schrieb ein »Manifest gegen die Putschisten« und las es laut vor. Das war couragiert, und es war ein Jammer, so viel Courage in einem fast leeren Raum zu vergeuden, denn als einziger hörte ich seine mutigen Sätze mit all den harten Worten.

Als er aus seinem Zimmer herauskam, sah er aus wie der zerlumpte Mann, den ich auf dem Bootssteg hatte auf mich zukommen sehen. Der gleiche starre, verschreckte Blick eines Eingesperrten, ein Alptraumblick, verloren in tiefster Finsternis.

Dann fing er plötzlich an, verfaultes Obst im Garten aufzusammeln, Obst und Laub, das er zu einem Haufen zusammenfegte und in Säcke stopfte. Domingas wollte ihm helfen, aber er stieß sie wütend und brüsk zurück. Er harkte die Erde, setzte Palmschößlinge und stutzte widerspenstige Äste, die sich von der Baumkrone wegdrehten. Er sammelte das wurmstichige Obst ein, vertrödelte aber Zeit mit einer ausgehöhlten Brotfrucht, indem er die Fliegen und Larven in dem gelben Fruchtfleisch beobachtete. Es war merkwürdig, ihn so zu erleben, so nah bei unseren Zimmern, barfuß und schmutzig. Er konnte kaum mit dem Rechen umgehen, er kämpfte, Hände und Füße rot und geschwollen, der Körper wund und verbrannt von den vielen Bissen der gefräßigen Ameisen.

Omars seltsamer Anfall erlaubte mir, samstags zu lernen, aber ich fürchtete immer, für irgendeine Arbeit im Haus oder im Laden gerufen zu werden. Manchmal mußte ich meine Lektüre unterbrechen und Fleisch beim Schlachter Quim kaufen oder ein Dessert zu irgendwelchen Leuten bringen; dann wartete ich eine ganze Weile an der Haustür der Nachbarn, denn sie gaben die Platte oder Schale nicht leer zurück. Dieser Austausch von Aufmerksamkeiten verdarb mir den Samstagnachmittag, und vielleicht haßte ich deshalb all diese Höflichkeit. Auf dem Rückweg nahm ich ein Stück Torte und eine Scheibe Kuchen beiseite und brachte sie Domingas. Ich machte das auch, um sie zu schonen, denn samstags war sie schon beim Aufstehen erschöpft, hatte Rückenschmerzen und eine dünne Stimme. Am Wochenanfang nahm sie sich vor, alles zu schaffen, jeden Winkel im Haus zu putzen, und den von Galib gebauten Hühnerstall säuberte sie nur deshalb nicht, weil Zana es verbot; im ängstlichen Tonfall der Abergläubischen sagte sie: »Nein, den Hühnerstall meines Vaters darf niemand betreten... das kann Unglück bringen.« Aber um alles andere im Haus kümmerte Domingas sich mit Hingabe, und anscheinend sorgte sie sich um Omar, der stundenlang in der Sonne verbrachte. Von meinem Fenster aus beobachtete ich verstohlen, wie er ungeschickt Äste kappte, Unkraut hackte, trockenes Laub zusammenhäufte. In seiner plötzlichen Begeisterung für Gartenarbeit ließ er sich nur zu gerne ablenken. Immer wieder legte er Rechen und Buschmesser weg und bewunderte die Schönheit unseres Gartens: den Hokkovogel vom Rio Negro, den Domingas so liebte, auf einem Ast hoch oben im alten Kautschukbaum; ein Chamäleon, das bedächtig den Stamm des Brotfruchtbaums hinaufkroch, bis es vor der Nesthöhle der von ihrer Mutter beschützten jungen rotbäuchigen Trogons innehielt. Am Zaun las Omar die Jambusen und roten Blüten auf, die vom Nachbargrundstück heruntergefallen waren. Die kleinen rosa Früchte sammelte er in den Händen, in die anderen, die reifen roten, fleischigen, schlug er hungrig die Zähne. Die Mädchen aus der Armensiedlung neckten ihn, machten sich über ihn lustig. So ein großer Mann, krabbelt auf allen vieren, schnuppert an den Blüten, zieht am Ingábaum und lutscht die weißen Beeren aus. Mitunter blieb er auch stehen, um in der Erde zu graben, nur um des Grabens willen, ich glaube, um den kräftigen Geruch der Feuchtigkeit nach dem Regen zu spüren. Er genoß diese Freiheit, und man bekam Lust, es ihm nachzumachen.

An einem Samstagnachmittag, als ich Omar bei seiner Beschäftigung zusah, ließ Rânia mir ausrichten, ich solle zum Laden kommen und ihr helfen, Kartons mit Waren im Lagerraum zu stapeln.

In der Rua dos Barés waren wenige Leute unterwegs, im Lautsprecher der Radiostation Voz da Amazônia spielte ein bekannter Bolero, und wir hörten im Laden den Nachhall der Musik. Sie schloß die Tür ab, damit uns niemand störte. Wir schwitzten stark, sie mehr als ich. Und sprachen kaum ein Wort. Ich schleppte so viele Kartons, daß der Raum oben schließlich vollgestopft war. Nichts paßte mehr in Halims Refugium. Rânia schaltete das Licht ein, sah sich das Durcheinander an und disponierte um – sie beschloß, den ganzen Laden aufzuräumen, und wollte mit dem Lagerraum anfangen. Ihr Gesicht, Hals und Schultern glänzten vor Schweiß. Ich schleppte die Kartons wieder nach unten, dann beschloß sie, das alte Blechzeug, die vergammelten Netze, verrosteten Angelhaken, den Rolltabak, die Zollstöcke, die Laternen wegzuwerfen. Den ganzen Krimskrams ihres Vaters wollte sie loswerden, warf sogar Sachen aus dem letzten Jahrhundert in den Müll, wie die Miniaturwasserpfeife, die Halims Onkel gehört hatte. Nichts war ihr zum Wegwerfen zu schade. Sie ging mit wilder Entschlossenheit vor, wohl wissend, daß sie eine Vergangenheit begrub. Es war schon spät abends, als wir uns im Lagerraum an die Arbeit machten. Wir fegten den Fußboden und polierten ihn mit dem Bohnerbesen, nahmen die alten Regalbretter ab und säuberten die Wände. Sie war erschöpft, schweißgebadet, wollte aber noch die Waren kontrollieren. Als sie sich vorbeugte, um einen Karton mit Bettlaken zu öffnen, sah ich ihre bloßen braunen, schweißnassen Brüste in der ärmellosen weißen Bluse. Rânia verharrte in dieser Stellung, und ich war wie gelähmt bei ihrem Anblick, wie sie da gebückt vor mir stand, mit nackten Schultern, Armen und Brüsten. Als sie sich aufrichtete, sah sie mich sekundenlang an. Ihre Lippen bewegten sich, und ihre sinnliche Stimme sagte langsam: »Wollen wir aufhören?«

Sie atmete schwer. Und wich weder meinem Körper noch meiner Umarmung aus, meinem zärtlichen Streicheln, den Küssen, nach denen ich mich schon so lange gesehnt hatte. Sie forderte mich auf, das Licht auszuschalten, und wir verbrachten Stunden in dem stickigen Raum. Dieser Abend war einer der schönsten meines ganzen Lebens. Hinterher kam sie ins Erzählen, ganz entspannt, sah dabei nur mich an mit ihren großen mandelförmigen Augen. Ihr fünfzehnter Geburtstag, das große Fest, das es nicht gegeben hatte. Es sollte in der Villa der Benemous stattfinden, Talib wollte auf der Laute spielen, Estelita ihre Kristallgläser ausleihen. Aber Zana sagte das Fest im letzten Augenblick ab. »Niemand begriff, warum, nur meine Mutter und ich kannten den Grund«, sagte Rânia. »Zana kannte meinen Freund, den Mann, den ich liebte... Ich wollte mit ihm mein Leben teilen. Meine Mutter schlug Krach, wurde ungehalten, sagte, einer von dieser Sorte sei kein Umgang für ihre Tochter... sie werde nicht erlauben, daß er zu meinem Fest komme. Sie bedrohte mich, wenn sie mich mit ihm sähe, würde sie einen Riesenskandal machen... ›So viele Anwälte und Ärzte interessieren sich für dich, und du suchst dir so einen Habenichts aus...‹ Mein Vater hat noch versucht, mir zu helfen, er hat alles mögliche getan, Zana angefleht, sie solle nachgeben, ihn akzeptieren, aber es half nichts. Sie war stärker, sie hat meinen Vater immer bezirzt. Ich habe alle diese Verehrer verschmäht... manche kommen noch heute her, tun so, als wollten sie etwas kaufen, und kaufen dann schließlich die alten Ladenhüter... die Reste... alles, was ich im Laufe des Jahres nicht verkaufe. Jetzt ist das hier mein Reich... über all das hier bestimme ich«, sagte sie und sah auf die Wände des Ladens. Wir schwiegen eine Weile im Halbdunkel; in dem schwachen Licht des Lagerraums war ihr Gesicht kaum zu sehen. Sie forderte mich auf zu gehen, sie wollte allein sein, vielleicht im Laden schlafen. Es war nach zwei Uhr nachts, und ich wußte, daß ich kein Auge zutun würde. Ich dachte nur an Rânia, an ihre Stimme, ihre Schönheit, die ich von nahem gesehen hatte, ganz nah, wie vielleicht niemand sonst. Wer der Mann war, in den sie sich verliebt hatte, das habe ich nie erfahren. Ich hätte gern viele Samstage im Laden verbracht und ihr geholfen, aber sie forderte mich nie wieder auf.

Zana fand es vermutlich merkwürdig, daß ich in meinem kleinen Zimmer saß und lernte, während ihr Sohn sich abrackerte. Ein einziges Mal, um die Mittagszeit, sah ich, wie der Vater den Sohn beobachtete, der die Erde umgrub, Säcke mit altem Laub schleppte, sich verausgabte. Er tat ihm nicht leid. Er bemerkte bitter: »Seltsam, wie er schwitzt, wie er sich anstrengt, nur um in der Nähe der Mutter zu sein.«
 Eines Tages gab es eine Szene, über die Zana sich schämte. Zahia und Nahda, Talibs Töchter, kamen ins Haus gestürmt und fingen sofort an zu kichern. Sie kicherten und hielten sich nervös die Hände vors Gesicht. Wir hörten das Gekicher und das Klimpern der Goldreifen, die die Mädchen am Arm trugen. Die Mutter erschien im Wohnzimmer, und statt sie nach dem Grund für das Lachen zu fragen, blickte sie in den Garten: Ihr Sohn stand nackt da, hatte die Arme um den Kautschukbaum gelegt und schabte mit artistischer Langsamkeit an seinem Stamm. Wollte er aus dem uralten Baum Gummimilch zapfen? Als er merkte, daß die Mutter ihn beobachtete, ließ er vom Baum ab, faßte sich zwischen die Beine und befühlte sich die Leiste. Fing an zu stöhnen, verzog das Gesicht zu einer furchterregenden Grimasse. Zahia und Nahda hörten auf zu lachen und starrten mit großen

Augen auf ihn. Dann verließen sie das Haus. Er schrie, brüllte wie ein Wahnsinniger, preßte die Hände auf die Schenkel. Zana rief nach Domingas, gemeinsam gingen sie zum Baum, meine Mutter begriff sofort, warum er schrie. Omar hatte Schmerzen. Er zog die Grimasse, weil er pinkeln wollte, biß sich auf die Lippen und schabte wieder am Baumstamm. »Sein *ramêmi* ist völlig vereitert«, sagte Domingas. Zana sah sie erschrocken an: »Was soll das heißen? Bist du verrückt?« Meine Mutter schüttelte den Kopf: »Sie wissen das nicht... Das ist nicht das erste Mal, daß er sich diese Krankheit geholt hat.« Zana wollte es nicht glauben. Der trickreiche Gärtner schlich sich nachts hinten durch den Zaun davon... Dieses Mal hatte es ihn schlimm erwischt, eine galoppierende Gonorrhöe, wie man damals sagte. Die beiden Frauen nahmen Omar mit ins Badezimmer, behandelten ihn, umwickelten seinen *ramêmi* mit Gaze. Er mußte zum Arzt gehen und ertrug zwei Spritzen ins Gesäß. Als er von der Apotheke zurückkam, ging er schief wie ein Papagei. Die Behandlung zuhause war nicht sanfter. Zana wartete, bis Halim das Haus verlassen hatte, Domingas kochte Wasser mit *crajiru*-Blättern auf, und Omar hockte sich neben die Schüssel und wurde von seiner Mutter behandelt. Er drückte auf die Leisten, wand sich, knirschte mit den Zähnen, verschüttete den Sud, wollte weglaufen. Zana nahm ein frisches Handtuch und fing mit der Behandlung von vorn an. Danach ging es ihm etwas besser. Wir wußten, wann er nachts pinkelte, weil er dann brüllte. Es war furchtbar. »Wer hat dir das angehängt?« fragte Zana. Er antwortete nicht. Mit leidendem Blick flehte er die Mutter an. Das Engelchen. Er verriet doch nicht die Huren. Er hackte weiter Unkraut, harkte trockenes Laub zusammen. Wenn er das ganze Haus mit seinem Gebrüll aufweckte, fragte Halim erschrocken: »Was ist nun passiert?« Zana beruhigte ihn mit einer Lüge: »Unser Sohn hat Migräne, laß ihn in Ruhe, die Schmerzen gehen vorbei.«

»Migräne? Und dann jault er wie ein räudiger Hund?«
Er konnte das Gebrüll des Sohnes nicht ertragen und erst recht nicht die Lügen seiner Frau. Mitten in der Nacht ging er aus dem Haus, er wußte, wo er in den Kneipen von Educandos befreundete Nachtschwärmer antraf. Tagsüber entwischte er immer häufiger, wartete nicht einmal die Siesta ab, um die Füße vor die Tür zu setzen. Zana ließ mich nicht in Ruhe, klopfte an meine Zimmertür, schimpfte, ich könne noch mein Leben lang lernen, ich solle auf der Stelle hinter Halim herlaufen.

Ganz allein machte er sich auf den Weg, schlurfte mit seinem Stock in der heißen Sonne. Seinen Orientierungssinn besaß er noch, er konnte auf eine Hütte zeigen und sagen, welcher Bekannte dort wohnte, konnte in entlegensten Gebieten blind umherlaufen, auf dem Boulevard Amazonas, der Praça Chile, dem Friedhof, am Englischen Wasserreservoir. Wenn ich ihn nicht im Raum über dem Laden auf seinem Flechtstuhl fand, folgte ich seinen Spuren von Kneipe zu Kneipe längs des ganzen Flußufers. Meine Suche zog sich Stunden hin; tatsächlich aber versteckte er sich nicht, irrte nur ziellos, enttäuscht umher, wie ein Ballon, der erschlafft, bevor er die Wolken erreicht. Manches Mal setzte sich Halim, wenn er nach Hause kam, auf das graue Sofa und sagte leise: »Issa Azmar ist tot... und der Nachbar neben dem Laden ist auch tot, der Portugiese aus der Rua Barão de São Domingos... wie hieß er doch? Balma, ja, so hieß er... Sie haben nicht mal die Messe abgewartet... das Haus wird schon abgerissen... Wir haben bei Balma zu Hause Billard gespielt... Weißt du noch?«

Er sprach vor sich hin, klopfte dabei mit dem Stock auf den Fußboden und nickte zur Bekräftigung. Zana versuchte ihn zu korrigieren: »Issa ist schon lange tot, und Balma hat den Laden verkauft und ist nach Rio gezogen.« Er redete weiter: »Tannus war ganz verrückt nach der Kleinen von Balma... Er ließ uns Billard spielen und ging

mit ihr bei den Zuckersäcken im Keller knutschen...
Bildhübsch war die Kleine... feurige Augen, rundes Gesichtchen... Wirklich bildhübsch! Balmas Haus... jetzt ist da nur noch ein Loch in der Straße... ein großes Loch ohne jeden Schatten.«

Zana paßte auf ihn auf, aber er entwischte mit einer Lüge: »Ich gehe im Laden vorbei, Rânia braucht mich.« Er zog ohne festes Ziel los, gelegentlich ging er auf einem der Pontons mitten auf dem Fluß einen trinken. Wenn es regnete, kam er klitschnaß nach Hause, hustete, spie aus, machte das ganze Haus schmutzig. Er vermied, zum Sohn im Garten hinauszuschauen. Wünschte sich den anderen herbei. »Wo ist Yaqub? Warum kommt er nicht mit seiner Frau?« Er mochte Lívia, der Alte. Er brüskierte seine Frau, denn er aß die Leckereien, die Lívia ihm aus São Paulo schickte, verschmähte aber das Essen im Haus. Das war eine Beleidigung für Zana, doch das kümmerte ihn nicht mehr. Er stopfte sich mit den Mandeln und Datteln von der Schwiegertochter voll. Verschlang sie aber nicht mehr lustvoll gierig, er knabberte mit trauriger Miene, kaute mißmutig, den Blick in weite Ferne gerichtet.

Eines Nachmittags, als er gleich nach der Siesta losgezogen war, fand ich ihn am Ufer des Rio Negro. Er stand neben seinem Freund Pocu, umringt von Anglern, Fischern, Bootsführern und fliegenden Händlern. Fassungslos sahen sie zu, wie die Cidade Flutuante abgerissen wurde. Die Bewohner beschimpften die Arbeiter, sie wollten nicht von dem kleinen Hafen, dem Fluß wegziehen. Halim schüttelte empört den Kopf, daß all die kleinen Hütten abgerissen wurden. Er hob seinen Stock, fluchte und rief: »Warum tun die das? Kommt, das müssen wir verhindern«, aber die Polizisten verwehrten ihnen den Zugang. Es verschlug ihm die Sprache, und als er sah, wie die Tavernen und seine Lieblingskneipe, A Sereia do Rio, mit Axthieben zerschlagen wurden, kamen ihm die Tränen. Lange weinte er, während die Arbeiter die Stege demontierten, die Taue zwischen den schwimmenden Stämmen zerschnitten, die dünnen Holzpfähle brutal zerhackten. Die Dächer krachten zusammen, Sparren und Latten fielen ins Wasser und trieben vom Ufer des Rio Negro fort. Alles wurde an einem einzigen Tag zertrümmert, das ganze Viertel verschwand. Die Pfähle schwammen auf dem Wasser, bis die Dunkelheit sie verschluckte.

Ein einziges Mal nur war meine Suche vergeblich. Am Vormittag des Heiligabend 1968 ging er aus dem Haus, und wir alle rechneten damit, daß er am frühen Abend zurück wäre, beladen mit Päckchen voller Geschenke und bereit, Reis mit Linsen, gebratene Lammkeule und andere Köstlichkeiten zu essen, die Zana und Domingas vorbereiteten. Als die Nachbarn am späten Nachmittag hereinschauten und nach ihm fragten, sagte Zana: »Ihr kennt doch Halim! Er tut so, als wäre er verschwunden, aber plötzlich taucht er wieder auf...« Bevor es dunkel wurde, rief Talib an, sein Freund sei nicht zum weihnachtlichen Backgammonspiel gekommen, er gehe ihn nun suchen. Talib und ich suchten an vielen Orten, von den Hängen in Educandos bis zu den Kneipen in São Raimundo, dann gab Talib auf, er ahnte, daß Halim nicht so bald nach Hause kommen würde. »Wenn einer sich verstecken will, dann bietet ihm die Nacht Schutz«, sagte er.

Zana wollte Aufsehen vermeiden und rief nicht die Polizei. Er werde schon irgendwann nach Hause kommen, sagte sie. »Sein Platz ist hier, bei mir, seit jeher«, sagte sie immer wieder. Bei anderen Gelegenheiten hatte sie sich nicht davon erschüttern lassen, daß Halim ziellos umherlief, weil er sich über seine Enttäuschung lieber außer Haus tröstete. Aber nun nahte das Weihnachtsmahl, und um Mitternacht aßen wir schweigend. Ein trauriges Weihnachtsmahl, mit wenig Unterhaltung, ohne Halims Stimme und den Lärm seiner Freunde, die er immer einlud. Zana rührte das Essen nicht an, sie wollte noch etwas warten.»Er weiß, daß mir dieser Abend etwas bedeutet... Er ist immer nach Hause gekommen, noch nie weggeblieben...« Sie blieb allein am Tisch sitzen, den Blick auf den Stuhl am Kopfende gerichtet, seinen Platz.

Wir warteten bis spät in die Nacht auf ihn. Meine Mutter und ich in unseren Zimmern hinten. Rânia und Zana im Obergeschoß, im Bett liegend, bei offenen Türen, auf jedes Geräusch horchend. Es schlug zwei Uhr nachts, Halim war nicht gekommen. Gegen drei hörte ich das Schnarchen meiner Mutter, fast ein tiefes Pfeifen, ein Blasen. Irgendwo krächzte ein Steißhuhn; ich schaute hinaus in den Garten, von dem Vogel keine Spur. Dann hörte ich den dumpfen Ruf eines Madenfressers, mir wurde melancholisch, trübe zumute. Die dunklen Baumkronen überdachten den hinteren Teil des Hauses. Ein seltsames Geräusch strich durch die Nacht, vielleicht eine Beutelratte, die eine Hühnerstange witterte, oder Fledermäuse, die an süßen Jambusen fraßen. Ich weiß noch, daß mir die Wörter in dem Buch, das ich las, vor den Augen verschwammen und dann ganz verschwanden. Auch das Buch wurde von der Dunkelheit verschluckt. Über meinen kleinen Tisch gebeugt, nickte ich ein. So gegen fünf Uhr morgens (oder etwas später, denn von hinten kamen die ersten Anzeichen, daß die Armensiedlung erwachte, und die Nacht verlor allmählich etwas von ihrer Schwärze) weckte mich ein Geräusch. Ich sah einen Lichtschimmer in der Küche und eine Gestalt. Eine Frau. Zanas rechte Hand erschien, vom Licht einer Kerze beleuchtet. Sie ging langsam hinaus, in der einen Hand eine Schüssel, in der anderen die brennende Kerze. Sie ging durch das Wohnzimmer und blieb an der Treppe stehen, bevor sie hinaufstieg. Sie blieb stehen, sah sich um und stieß einen furchtbaren Schrei aus. Die Schüssel zerschellte auf dem Fußboden, die Kerze zitterte in ihrer Hand. Domingas kam aus ihrem Traum und schien in einen Alptraum zu stürzen, ihr verschlafenes Gesicht verwandelte sich zu einer entsetzten

Maske. Gemeinsam gingen wir zum Wohnzimmer – da saß mit verschränkten Armen Halim auf dem grauen Sofa. Zana tat einen Schritt zu ihm hin, fragte, warum er auf dem Sofa geschlafen habe. Dann, etwas weniger zitternd, schaffte sie es, das Kerzenlicht auf ihn zu richten, und brachte es noch fertig, eine zweite Frage zu stellen: Warum war er so spät nach Hause gekommen? Dann fiel sie auf die Knie, rief mit arabischem Akzent seinen Namen, berührte schon mit beiden Händen sein Gesicht. Halim antwortete nicht.

Er saß so still da wie nie zuvor.

Verstummt, für immer.

8

An einem Oktobernachmittag, ungefähr zwei Monate vor Halims Tod, verschwand Omar. Es war entsetzlich heiß, die Oktobersonne betäubte uns, Schläfrigkeit lähmte uns wie eine Narkose.

Omar arbeitete in dieser Hitze, ausgerechnet er, der soviel Sonne gar nicht vertragen konnte. Er häutete sich mehrmals, wurde zu einer Art Menschentier, bekam fast eine Lederhaut, verfärbte sich rot, fahl und schließlich kupferbraun. Wie lange wollte er noch den Gärtner, den Putzmann spielen? Wie lange würde die Selbstgeißelung dieses Schwächlings dauern? Das Ganze ging schon viel zu lange, und ich betete, er würde sich wieder in seine endlosen nächtlichen Vergnügungen stürzen, sich vielleicht gar ein für allemal betrinken und nie mehr aus der roten Hängematte aufstehen. Aber nein. Er blieb bei seiner Arbeit. Nicht einmal an den heißesten Tagen des Jahres suchte er Schatten, um sich da zu schinden. Er kasteite sich. Sein Körper schwoll an, auf der ganzen Haut und an den Zehen bildeten sich schorfige Schrunden. Es fehlte nur, daß ihm anstelle der Arme Flügel wuchsen. Das Engelchen. Der Heilige im Haus.

Als Domingas Omar an diesem Oktobernachmittag vermißte, regte Zana sich nicht auf. Sie ging in den Garten, hob den Kopf und rief nach dem Sohn. Von hoch oben, wo er sich versteckt hatte, gab er ein Lebenszeichen – er breitete die Arme aus, schaukelte auf einem dicken Ast, zwitscherte wie ein Vogel.

»Solche Dummheiten hat er schon immer gern gemacht«, sagte Zana. »Als er ein Junge war, forderte er alle heraus und kletterte auf den höchsten Ast. Der arme Yaqub kam immer um vor Angst...«

In den Kautschukbaum war er scheint's gestiegen, um sich auszuruhen und nachzudenken, oder vielleicht auch, um die Welt von oben zu betrachten, so wie die Gottheiten, die Vögel und die Affen. Hier unten war die Welt weniger gemütlich, voller Ameisenhaufen, Ungeziefer und Hexenbesen; die Termitenbauten wuchsen über Nacht, bildeten dunkle Hügel am Holzzaun und an den Baumstämmen. Omar vergaß immer, sie zu zerstören, und ich wußte, daß diese Arbeit mir überlassen wurde. Irgendwann mußte ich über die großen braunen Haufen Petroleum gießen und sie anzünden. Es war mir nicht unangenehm, zuzusehen, wie ein ganzes Insektenvolk im Feuer zappelte und, von den Flammen geröstet, darin umkam. Damit endete mein Zerstörungswerk aber noch nicht. Ich schnitt die abgestorbenen Büsche und Pflanzen ab, und anschließend riß ich alles aus, Stengel, Wurzeln, alles. Die Löcher im Boden wurden zu unterirdischen Scheiterhaufen; die Heuschrecken und die großen Blattschneiderameisen mitsamt ihrer Königin verbrannten auch. Es war ein großes Schauspiel, wenn diese Familien, organisiert wie ordentliche, disziplinierte Armeen, in Flammen aufgingen. Und welch ein Vergnügen zu erleben, wie eine ganze Insektenhierarchie zu Asche wurde. Für einige Zeit war die Erde diese Plagen los. Wenn es auf unserem Eckchen im Garten hier und da rauchte, bedeutete das für uns Erleichterung. Omar mied den Kontakt mit dem Feuer; er hatte Angst. Er konnte Asche in seiner Nähe nicht ertragen, die verbrannte Materie, die der restlichen Vegetation im Garten Nahrung gab.

Er konnte auch nicht den Anblick des toten Vaters im Haus ertragen, auf dem grauen Sofa sitzend, von wo aus er immer den betrunkenen oder vom Schlaf geräderten Sohn in der roten Hängematte gesehen hatte. Dasselbe Sofa, auf das Halim sich für ein paar Minuten erschöpft, keuchend gesetzt hatte, nachdem er seinen Sohn geohrfeigt und angekettet hatte. Daran muß er, Omar, in dieser Nacht gedacht haben, nachdem er von dem lauten Weinen der Frauen im Haus aufgewacht war. Als Omar die

Treppe herunterkam, verstand er nicht gleich, wollte nicht verstehen, was geschehen war. Er sah auf dem Sofa den einzigen Mann, der ihn mit einer Ohrfeige entehrt hatte. Wie ein von Haß oder einem ähnlichen Gefühl gepacktes Kind fing er an zu schreien. Ganz außer sich schrie er: »Will er seinen Sohn nicht anketten? Sich nicht den Schweiß vom Gesicht wischen? Warum rührt er sich nicht und redet mit mir? Will er da so sitzen bleiben und glotzen wie ein toter Fisch?«

Geschrei in der Nacht. Omars Geschrei. Rânias, Domingas' Weinen. Zana hielt sich die Hände vors Gesicht; sie saß auf dem Fußboden, inmitten der Schüsselscherben, dicht bei Halim, vermutlich unfähig zu begreifen, wie das geschehen war. Niemand hatte in dieser Nacht Halim ins Wohnzimmer kommen sehen. Er mußte spät nachts gekommen sein, mit den leisen Schritten eines verletzten alten Mannes, der sich zum Sterben von allem und jedem zurückzieht. Omar erschreckte uns mit seiner Wut, den Zeigefinger Halims Gesicht entgegengestreckt, auf die fast geschlossenen, leblosen Augen des Vaters gerichtet, der mit heruntergesunkenem Kopf dasaß. Rânia stand wie erstarrt, sie war hilflos, konnte den Bruder nicht am Schreien hindern, ihn nicht davon abhalten, daß er dem Vater unter das Kinn faßte und seinen Kopf anhob. Der Witwer Talib kam gerade noch rechtzeitig, um einen Kampf des lebenden Sohnes mit dem toten Vater zu verhindern. Es wurde schon Tag, als Talib und seine beiden Töchter ins Wohnzimmer stürzten und Omar vom Vater wegrissen. Omar wehrte sich, strampelte und schrie, und ich konnte es nicht ertragen, daß er vor dem toten Halim so den starken Mann spielte. Ich gab Talib und seinen Töchtern ein Zeichen, trieb Omar aus dem Wohnzimmer und zerrte ihn in den Garten. Ihn packte die Wut, er griff nach einem Buschmesser, bedrohte mich. Ich schrie noch lauter als er: er solle doch auf mich losgehen, mich abschlachten, der Feigling. Das Messer zitterte in seiner rechten Hand, während ich noch ein paarmal wiederholte: »Feigling...« Er verstummte, in der Hand das Buschmesser, mit dem er sonst den Gärtner spielte. Er wagte es, mir in die Augen zu sehen, und von seinem Blick wurde mein Zorn nur noch größer. Er wich zurück, hockte sich unter den alten Kautschukbaum, blickte erschreckt zur Wohnzimmertür, von wo Domingas uns beobachtete. Sie rief mich, nahm mich in die Arme und bat mich, wieder herein zu kommen.

Talibs Töchter breiteten ein Laken über dem grauen Sofa aus, auf dem der verstorbene Halim lag.

»Faßt seinen Körper nicht an und weint nicht hier«, sagte Talib dreimal.

So, liegend und in ein weißes Laken gewickelt, war der Vater der Zwillinge bereit, das Haus zu verlassen. Zahia und Nahda hoben das Laken an einer Ecke an und betrachteten den Verstorbenen, der ihnen bei den abendlichen Festen soviel applaudiert hatte. Sie, die Tänzerinnen, wußten auch, Halim wäre lieber im ehelichen Schlafzimmer oder beim Tanzen mit Zana gestorben, das hatte er selbst immer bei ihren Geburtstagsfesten gesagt.

Talib murmelte ein Gebet auf arabisch, meine Mutter kniete sich vor den kleinen Altar. Aber sie konnte nicht beten. Sie ging in ihr Zimmer, wollte allein sein. Als Talib und seine Töchter gingen, verschloß Zana die Haustür und beugte sich weinend über Halim, dann zog sie das Laken weg und hielt sich seine Hände ans Gesicht, legte sie sich auf den Rücken, als umarmte sie ihn. »Du darfst nicht von hier weggehen, aus diesem Haus... von mir«, flüsterte sie. Rânia versuchte sie zu trösten, aber sie ließ nicht von ihm ab, und während der Totenwache sprach sie immer weiter von Halim, erinnerte sich an die Liebesgedichte, seinen entflammten Blick, seinen nach Wein riechenden Körper, die qualvollen Pausen, bis die Stimme wieder zum angemessenen Timbre fand. Von Freundinnen umringt, sprach die Witwe weinend, voller Schmerz, verdrängte das Geflüster einer Totenwache, beschrieb den jungen Halim in dem Zimmer einer billigen Pension, in der Einwanderer und fliegende Händler abstiegen. »Da wohnte so um 1920 diese Bohnenstange, ein dünner Kerl, der mit der Zeit Fleisch ansetzte, bis er breitschultrig war«, sagte Zana. Weil er so fleißig seinen Krimskrams verkaufte, kannte er bald die halbe Welt. Er und sein Freund Toninho, Cid Tannus, ein armer Schlucker, der den Reichen spielte – er trug eine farbige Weste und eine Seidenkrawatte, rauchte Zigarren und Zigarillos, die ihm die Gummibarone spendierten. Die beiden erschienen mit den größten Unschuldsgesichtern der Welt in Galibs Restaurant. Ein durchtriebener Kerl, dieser Tannus! Als wüßte niemand, daß er sich in das Häuschen der Ausländerinnen, gleich neben dem Justizpalast, nach oben schlich. Er schleppte Halim in das kleine Stadthaus der Polinnen. Alle wußten das, Zanas sämtliche Freundinnen wußten Bescheid, was ihr Verehrer trieb. »Einen Christen, du mußt einen reichen Christen heiraten«, rieten sie ihr. Daraufhin ging Halim nicht mehr mit Cid Tannus aus. Er, Tannus, hat sich sein Leben lang amüsiert. Zum Karneval kostümierte er sich, tanzte beim Straßenumzug als Stimmungsmacher, um ein Haar hätte er Halim ins Junggesellendasein mitgezogen.

Sein Blick folgte dem Mädchen, das von Tisch zu Tisch ging, bis sie eines Tages unter einem Teller einen Umschlag fand. Zana hat Halim nie erzählt, daß sie die Ghasele gelesen hatte, auch Galib hat das nie erfahren. Sie las die Verse und gab den Umschlag dem Vater mit den Worten: »Der Hausierer hat das hier auf seinem Tisch liegenlassen.« So lachte und weinte sie bei der Totenwache. Lachte schluchzend, halb erstickt, sagte, sie habe daran gedacht, den Umschlag wegzuwerfen, aber die Neugier war stärker als die Apathie, stärker als die Mißachtung und Gleichgültigkeit. Zum Glück hatte sie die Verse gelesen – wie wäre ihr Leben ohne diese Worte geworden?

Ohne den Klang, den Rhythmus, die Reime der Ghasele? Und all das, was aus dieser Mischung entsteht: die Bilder, die Vorstellungen, der Zauber. Edelstein und Seligsein, Düfte und laue Lüfte, Geschmeide und Seide. Sie preßte die Lippen zusammen, sprach die Verse, über ihren toten Mann gebeugt. Nein, sie hatte es nicht fertiggebracht, die Gedichte nicht zu lesen, allein in ihrem Zimmer, nach dem Essen. Und sie war erbebt, als sie eines Tages sah, wie der junge Mann im Speisesaal all die Verse sicher und voller Inbrunst auswendig vortrug, so wie ein Schauspieler mit einem guten Gedächtnis. Dies erzählte sie immer wieder während der Totenwache und der Beerdigung ihres Mannes, und sie sagte es auch zu Hause, sprach es allein vor sich hin, während sie die im Garten verstreuten Schoten des Heuschreckenbaums aufsammelte.

Nach Halims Tod begann der Verfall des Hauses. Omar ging zur Beerdigung, hielt sich aber auf Abstand, so großen Abstand, daß der Bruder, obwohl nicht anwesend, beim Abschied von dem Vater gegenwärtiger zu sein schien als er. Yaqub hatte einen Blumenkranz auf den Friedhof schicken lassen, mit einem Nachruf, den Talib übersetzte und laut vorlas: *Zum Gedenken an meinen Vater, der selbst in der Ferne immer bei mir war.*

Halims Freunde waren gerührt. Als Omar seine Mutter weinen sah, zog er sich vom Grab des Vaters zurück.

Wenige Wochen nach der Beerdigung nahm sie sich den Sohn vor. Es kam für ihn unerwartet, und was er sich anhören mußte, erschreckte und verunsicherte ihn. Er hatte es in seinem Verhalten gegenüber dem toten Vater zu weit getrieben, zu ihm Sachen gesagt, daß es einen schaudern konnte. Ihren toten Mann beleidigen, das ließ Zana nicht zu. In der Nacht, in der Halim gestorben war, hatte sie zu Omars absurdem Monolog geschwiegen, aber seinen ausgestreckten Finger vor dem Gesicht des Toten hatte sie nicht vergessen, auch nicht den unverschämten Ton, die gemeinen Worte gegenüber einem Mann, der weder mit einer Bewegung noch mit einem Blick reagieren konnte.

Sie traf ihn hockend an, halb versteckt, in der Hand ein Buschmesser, er wollte gerade von der Sonne versengte Kaladien und Dieffenbachien beschneiden; Blätterhaufen hier und da sollten am Ende des Nachmittags in einen Sack gestopft werden. Durch die Ritzen im Zaun beobachteten die Kinder aus der Armensiedlung Omar bei der Arbeit. Nur in Unterhose, überall Kratzer und Wunden, spielte er den Sklaven. Die Kinder fingen an zu pfeifen; dann bewarfen sie ihn mit Mangokernen, die mit klatschendem Geräusch auf ihm landeten. Über Haufen von Laub und Zweigen springend, rannte Omar an den Zaun. »Verdammte Hurenbrut«, brüllte er und bedrohte die Kinder mit einer obszönen Geste. Als der Schatten der Mutter den Zaun verdunkelte, verstummte er.

»Schluß jetzt damit, den Bedauernswerten zu spielen und dir mit dieser miserablen Gärtnerarbeit Hände und Arme zu zerschinden«, fuhr sie ihn schroff an. »Du hast jetzt keinen Vater mehr... also such dir eine Stelle und hör auf damit, dich wie ein Arbeitsloser zu benehmen.«

Er drehte sich zur Mutter um und starrte sie ungläubig an. Zana nahm ihm das Buschmesser aus der Hand und bohrte es in die Erde. »Geh und sieh dich im Spiegel an... Dein Vater konnte es nicht ertragen, dich so zu sehen... Er konnte nicht ertragen, daß du dein Leben so vergeudest... So schändlich von dir beschimpft zu werden, das hatte er nicht verdient... Ein Toter...« Sie brach ab und ging laut weinend ins Wohnzimmer. Als er zu ihr kam und sie zu streicheln versuchte, weigerte sie sich, mit ihm zu sprechen. Sie wich mit dem Kopf aus, ließ ihn mit den Händen in der Luft stehen. Er ging weg, im Spiegel sah er seinen Körper voller Pusteln und Schrammen. Dann stieg er die Treppe hinauf, den Blick auf die Mutter gerichtet, versuchte noch immer, sie für sich einzunehmen an diesem Nachmittag, als sie ihn mit schroffen Worten überrascht hatte und seinem Streicheln ausgewichen war.

Omar ging nicht wieder in den Garten. Er ließ das trockene Laub, die wurmstichigen Früchte und die morschen Äste liegen. Jagte nicht mehr die Beutelratten, schlug sie nicht mehr tot wie ein von Bösartigkeit besessenes Kind. Ich sah ihn nicht mehr allein im Garten sitzen und die Zuckervögel beobachten, wie sie über die Wedel der Assaipalmen hüpften, oder das leuchtende Rot der Kotingas bewundern, die an den kleinen süßen Früchten pickten. Das genoß er immer, bevor er sich an die Gärtnerarbeit machte. Und ließ sich dabei eine ganze Weile Zeit. Manchmal, wenn der Garten im hellen Licht der Äquatorsonne lag, lächelte er fast fröhlich. Die neuen Sachen, die Zana ihm gegeben hatte, wollte er nicht anziehen. Rânia forderte ihn auf, im Laden zu arbeiten, sprach ihn mehrmals an, bis er schließlich den Mund aufmachte, gelbe, spitze Zähne sehen ließ und in dröhnendes, durch das Rasseln einer chronischen Bronchitis noch lauteres Gelächter ausbrach.

»Mit dir zusammen arbeiten? Du kannst doch nicht einen Schritt tun, ohne deinen Bruder zu fragen«, sagte er.

Rânia wußte, daß Omars Aversion gegen Routine und feste Arbeitszeiten tief saß; sie wußte, daß er eine raffinierte Art hatte, mit der größten Selbstverständlichkeit die Früchte der mühevollen Arbeit anderer zu verzehren. Er mußte sich überhaupt nicht verstellen, er empfand auch nicht die Spur Schuldgefühl, vom Schweiß der drei Frauen des Hauses zu leben. Und deshalb kehrte er ohne jedes Schuldgefühl in die Nächte von Manaus zurück. Wenn er frühmorgens nach Hause kam, wartete die Mutter nicht auf ihn. Er erlebte Zana als Trauernde, schwermütig auf dem grauen Sofa sitzend, wo Halim sie so leidenschaftlich umschlungen hatte. Omar konnte die Schweigsamkeit der Mutter nicht ertragen, ihre tiefe Trauer seit Halims

Tod, konnte nicht ertragen, daß sie immer häufiger die Nachmittage in ihrem Schlafzimmer verbrachte, Besuch aus dem Weg ging, über irgend etwas grübelte. Ich sah sie auf einem Hocker neben dem Stamm des Heuschreckenbaums sitzen, halb von der Sonne beschienen. Sie ging kaum aus dem Haus, sonntags brachte sie dem verstorbenen Halim Blumen und kam klagend zurück, niemand konnte ihr ein Lächeln entlocken. Aber sie erkundigte sich nach Omar, immer wußte sie, um welche Zeit der Sohn nach Hause gekommen war, ob es ihm gut ging. Sie bat Rânia, ihm Geld zu geben, und mittags, wenn Omar aufstand, hörte sie sich seine Geschichten an. Das Café Mocambo hatte geschlossen, die Praça das Acácias verwandelte sich in einen Basar. Allein am Tisch sitzend, erzählte er von seinen Streifzügen durch die Stadt. Die allertraurigste Neuigkeit: das Verônica, das lila Bordell, hatte auch zugemacht. »Manaus ist voller Ausländer, Mama. Inder, Koreaner, Chinesen... Im Zentrum wimmelt es von Leuten aus der Provinz... Alles in Manaus verändert sich.«

»Das stimmt... nur du änderst dich nicht, Omar. Du läufst noch immer zerlumpt herum, sieh dir deine Kleidung an, dein Haar... Und die Zeiten, zu denen du nach Hause kommst...«

Sie sprach ruhig, ein wenig stockend, und dann sah sie den Sohn lange an, stille Traurigkeit im Blick. Er versuchte durchaus, sie für sich einzunehmen. Legte ihr kleine Geschenke in die Hängematte, hier oder da mitgenommen oder an den Ständen auf der Praça dos Remédios gekauft – eine Kalebasse mit einem aufgemalten roten Herzen, eine Kette aus schwarzen und roten Kernen. Nichtigkeiten. Er schnitzte den Namen der Mutter in das Paddelblatt, das er in seinem Zimmer aufbewahrte. In großen Buchstaben, über andere Frauennamen hinweg. Am Abend ihres Geburtstags schenkte er Zana einen Strauß Heliconien.

»Komm, wir gehen eine Fischplatte essen, nur wir beide, in einem Restaurant auf dem Fluß.«

»Mein größter Wunsch ist Frieden zwischen meinen Söhnen. Ich möchte euch zusammen sehen, hier im Haus, bei mir... Und sei es nur für einen Tag.«

Sie gingen nicht essen. Zana ließ den Blumenstrauß auf dem Tisch stehen, stieg die Treppe hinauf und zog sich in ihr Zimmer zurück, sie wollte niemanden sehen. Tagelang ging das so, sie ließ nur ihren Blick sprechen, trieb Omar durch ihr Schweigen in die Enge. Er wollte nichts von Yaqub hören, der Name des Bruders brachte ihn um den Verstand. Frühmorgens, bei Tagesanbruch, bevor ich mein Fenster öffnete, lehnte Omar am Kautschukbaum und brummelte: »Was will sie? Frieden zwischen ihren Söhnen? Niemals! In dieser Welt gibt es keinen Frieden...« Er sprach vor sich hin, und ich weiß nicht, wen er meinte, als er sagte: »Du hättest abhauen sollen... Stolz, Ehre, Hoffnung, das ganze Land... alles dahin...« Er sah mich nicht an, rührte sich auch nicht, als ich aus dem Zimmer kam. Er blieb hocken, als wäre er auf die Erde gefallen, den Blick dorthin gerichtet, wo die Mutter seit jeher auf ihn gewartet hatte. Ich dachte, Omar würde sich endgültig aufgeben, für den Rest seines Lebens dort, an den Stamm des alten Baumes gelehnt, sitzen bleiben. Er kam nun früher nach Hause, machte keine Späße mit Rânia, rief auch nicht nach Domingas in dem pomadigen, halb zynischen Ton, den wir sonst immer um die Mittagszeit gehört hatten.

Dann, eines Samstags, betrat Omar, kurz nachdem es dunkel geworden war, in Begleitung eines Mannes das Haus. Alle hörten Omars Stimme. Zana wurde von einem ausländischen Akzent angelockt. So früh zu Hause, ihr Sohn, und dann noch mit einem Fremden! Die Unterhaltung der beiden zog sich hin, bis Zana herunterkam, den Besuch begrüßte und in den Garten ging, meine Mutter zu holen, damit sie ihr half, einen Imbiß zu bereiten.

Domingas fühlte sich nicht wohl und lehnte den Fremden ab, sowie sie ihn mit seinem gierigen Blick im gelassenen Gesicht auf dem grauen Sofa sitzen sah. Daß ein Fremder auf Halims Platz saß, gefiel ihr gar nicht. Domingas' Unmut kam mir wie ein Omen vor.

Rochiram, der Besuch, war ein Inder und sprach langsam, flüsterte auf englisch und spanisch die Sätze, die er seiner Meinung nach auf portugiesisch sagte. Wenn er den Mund aufmachte, hatte man den Eindruck, er werde ein großes Geheimnis erzählen. Omar hatte ihn in der Bar des Hotel Amazonas kennengelernt, wo das Trio Uirapuru samstags Boleros und Mambos spielte. Ich betrachtete neugierig diesen kleinen, dunkelhäutigen Mann mit einer Nase wie ein junger Tukan, in billigen Hosen, Hemd und Schuhen. Aber der goldene Rubinring auf seiner rechten Hand war mehr wert, als ein einfacher Mann in zehn Jahren Schinderei verdiente. Auf sein Gesicht trat ein gewolltes, mechanisches Lächeln, fast alles an ihm war das Gegenteil von Spontaneität. Dieser Mann mit dem einstudierten Auftreten sah sich jeden Winkel im Haus an; er merkte, daß er Zana für sich einnahm und daß es eine Chance für gegenseitiges Vertrauen gab. Von nun an kam er häufiger ins Haus, immer zusammen mit Omar. Er brachte Zana Geschenke mit, chinesische Vasen, silberne Tabletts, indische Figuren. Meine Mutter servierte mißgelaunt Guaraná und zog sich gleich wieder zurück. Zana kam nach und nach aus ihrer Klausur heraus, löste die Zunge, entwickelte Interesse an dem Freund des Sohnes. Wenn Omar nicht in der Nähe war, erwähnte sie den Namen des anderen, zeigte Fotos von Yaqub: »Er ist ein bedeutender Ingenieur, einer der besten Statiker in Brasilien.« Wenn sie Omars Schritte auf der Treppe hörte, wechselte sie das Thema: »Mein Sohn läßt sich nicht mehr so gehen... Was eine Freundschaft doch bewirken kann.« Dann bat sie Rochiram, etwas über sich zu erzählen. Der Inder sprach wenig, befriedigte aber Zanas Wißbegier. Er war ständig unterwegs, baute Hotels auf verschiedenen Kontinenten. Er wohnte in provisorischen Heimatländern, sprach provisorische Sprachen und schloß provisorische Freundschaften. Wurzeln schlugen an den verschiedenen Orten nur die Geschäfte. Er hatte gehört, daß Manaus mit seiner Industrie und seinem Handel großen Aufschwung erlebte. Er hatte den Betrieb in der Stadt gesehen, die Leuchtreklamen mit Inschriften auf englisch, chinesisch und japanisch. Und festgestellt, daß sein Spürsinn ihn nicht getäuscht hatte. Wenn Zana Rochirams Kauderwelsch nicht verstand, fragte sie ihren Sohn: »Was will der Ausländer jetzt sagen?« Omar übersetzte ins Portugiesische, beendete die Unterhaltung, er hatte es eilig, wollte mit Rochiram weg. Zana drängte, sie sollten doch noch etwas bleiben, Omar weigerte sich, er müsse mit dem Inder zu diversen Stellen. Wohin? Das verriet er nicht. An dem Vormittag, als Rânia Rochiram zum Mittagessen einlud, wurde er blaß. Während des Essens rieb er sich nervös die Hände, er fürchtete, die Mutter könnte Yaqubs Namen erwähnen. Rânia versuchte ihn abzulenken, er wurde der Schwester gegenüber schroff und Rochiram gegenüber reserviert. Erst am Ende der Mahlzeit, als der Inder bemerkte, er wolle in Manaus ein Hotel bauen, sprach er, ohne seine schlechte Laune zu verbergen. »Ich bin Senhor Rochiram behilflich, ein Grundstück am Fluß zu finden«, sagte Omar kurz angebunden, bevor er vom Tisch aufstand.

Domingas war unbehaglich zumute bei diesem Ausländer, der fremdartiger war als wir alle zusammen. Sie sagte zu mir: »Omar ist ganz verändert. Der hat sich auf irgend etwas eingelassen, und jetzt weiß er nicht weiter...«

Sein Blick kam mir merkwürdig vor, und ich wunderte mich, daß ihm aufgefallen war, daß Domingas beim Mittagessen fehlte. Er fragte sie, ob sie irgendeinen Verdacht habe. Meine Mutter äußerte sich nicht näher. Sie sagte:

»Dein Freund gefällt mir nicht. In der ersten Nacht, nachdem er hier war, habe ich von Halim geträumt.«

Omar wollte davon nichts hören, er floh den Schatten des Vaters, nicht einmal in den Träumen anderer Menschen wollte er ihm begegnen. Er brachte Rochiram nicht mehr ins Haus, er wartete draußen auf ihn und ging dann schnell weg. Er versteckte sich mit dem Inder, war ständig mißtrauisch, sah meine Mutter von der Seite an, beobachtete sie, belauerte sie, um vielleicht ein Geheimnis zu hören.

Später erfuhr ich, welchen Verdacht Omar hegte. Zana bat mich, einen Brief an Yaqub zu tippen. Sie kam mit einer Schreibmaschine in mein Zimmer und diktierte, was sie im Sinn hatte. Sie sprach von Omars Freund, einem indischen Magnaten, der in Manaus ein Hotel bauen wolle. Die beiden Söhne könnten zusammen arbeiten: Yaqub könne das Gebäude planen, Omar dem Inder in Manaus helfen. Sie habe schon selbst mit Rochiram gesprochen und ihn gebeten, über die Sache Stillschweigen zu bewahren. Ihr großer Traum war, daß die Zwillinge sich versöhnten. Dieser Gedanke beherrschte sie, und seit Halims Tod schreckte sie mitten in der Nacht aus dem Schlaf hoch. Wer konnte wohl verstehen, wie sehr Halim ihr fehlte? Wie sehr sie litt? Sie wollte nicht bis an ihr Lebensende mit ansehen, daß die Zwillinge sich wie Feinde haßten. Sie war nicht die Mutter von Kain und Abel. Niemand hatte zwischen ihnen Frieden stiften können, weder Halim noch ihre Gebete, nicht einmal Gott. Yaqub sollte also darüber nachdenken, er, der doch gebildet und so klug war. Er, der so Großes in seinem Leben geleistet hatte. Er sollte ihr verzeihen, daß sie ihn allein in den Libanon hatte reisen lassen. Sie hatte Omar nicht gehen lassen, weil sie geglaubt hatte, fern von ihr würde er sterben.

Zana hielt sich lange bei dem Thema auf, drückte sich in Abschweifungen und Andeutungen aus. Ich hörte die

Stimme der schuldbewußten, von Gewissensbissen geplagten Mutter und schrieb. Zwischendurch fragte sie, ob die Worte sie nicht verrieten. Erregt wie bei einem Sündenbekenntnis sah sie mich an, als stünde Yaqub vor ihr. Und wenn sie eine Pause machte, schien sie auf eine Antwort zu warten und zu befürchten, der Sohn bliebe stumm.

Sie unterschrieb auf arabisch, schickte den Brief ab und ging in den folgenden Tagen im Geist jede Zeile durch, die sie diktiert hatte. Sie zweifelte an den eigenen Worten, wußte nicht, ob sie sich zu beiläufig oder zu deutlich ausgedrückt hatte, ob ihr Sohn verstehen würde, worum sie ihn am meisten bat: um Verzeihung. Ich gab ihr den Entwurf des Schreibens, und sie las ihn leise. Eines Nachmittags sah ich, wie sie, allein im Wohnzimmer sitzend, den Brief einem imaginären Halim vorlas. Anschließend fragte sie: Wird Yaqub das verstehen? Wird er seiner Mutter verzeihen?

Dann, fast einen Monat später, überreichte Rânia der Mutter einen Umschlag, den Yaqub an den Laden geschickt hatte. Es war ein Brief von wenigen Zeilen. Weder nahm er die Entschuldigung an, noch lehnte er ab, ihr zu verzeihen. Der Streit mit Omar sei eine Sache zwischen ihnen beiden, schrieb er und fügte hinzu: »Gebe Gott, daß er auf zivilisierte Weise beigelegt wird; falls es zu Gewalttätigkeiten kommt, wird es eine biblische Szene.« Aber er interessierte sich für den Hotelbau, überging jedoch die Beteiligung des Bruders. Der Brief endete mit einem nackten Gruß, ohne jedes Beiwort. Die Mutter las das Wort laut und murmelte: »Ich bitte um Verzeihung, und er verabschiedet sich mit einem Gruß.«

Die Erwähnung der Bibel allerdings machte ihr größere Sorgen. Ihr wurde klar, daß Omar Rochiram absichtlich nicht mehr mitgebracht hatte, sie begriff, warum ihr Sohn mißtrauisch war und, ständig auf der Hut, Mutter und Schwester belauerte. Sie bat Rânia, ihm alles zu erzählen. Rânia zeigte ihm Yaqubs Brief – das sei keine Intrige der Mutter, sondern der Versuch, die Söhne zu einen. Omar las den Brief und fing an zu lachen, als wolle er sie alle verspotten. Aber der spöttische Ton verging: »Was meint der Klugscheißer mit *biblischer Szene*, hm, Rânia? Und was versteht dein Bruder unter zivilisiert?«

Rânia ließ sich nicht einschüchtern, regte sich aber auch nicht auf. »Das weiß ich nicht«, sagte sie. »Ich weiß nur, daß ihr zusammen in einem Bauunternehmen arbeiten könntet...«

»Bauunternehmen?« fiel Omar ihr wütend ins Wort, brüllte, *er* habe Rochiram kennengelernt, *er* habe den Inder ins Haus gebracht und sich um einen Bauplatz für das Hotel gekümmert. Rânia wünschte sich die Brüder in der Nähe, wollte beide um sich haben. Wenn sie beieinander wären und durch die Arbeit verpflichtet, dann hätte ihr Leben mehr Sinn. All ihr Bemühen, Omar zu beruhigen, war vergeblich. Sie glaubte, früher oder später würde er ihren runden, braunen Armen nicht widerstehen können; sie würden sich wie ein Liebespaar nach einem Streit in der Hängematte aneinander kuscheln. Er erlag nicht der Verlockung. Wir erlebten, wie er das Geld, das er als Kommission für den Grundstückskauf für das Hotel verdient hatte, mit vollen Händen ausgab. All die Flaschen mit teuren Alkoholika, die er leerte und dann in den Garten oder auf den Verandaboden warf! Die Geschenke, die er für seine Mädchen kaufte und dann irgendwo herumliegen ließ, als wären sie nutzlos oder als spielte das alles überhaupt keine Rolle mehr. Das Leinenkleid und die beiden chinesischen Seidenblusen, die er Domingas mit den Worten schenkte: »Jetzt kannst du die Lumpen, die sie dir aus São Paulo geschickt haben, in den Müll werfen.« Mit den anderen Frauen sprach er nicht mehr, nur einmal brach es in Gegenwart der Mutter unvermittelt cholerisch aus ihm heraus: »Eine biblische Szene, ja?

Dann wollen wir doch mal sehen, ob der Klugscheißer die Bibel wirklich kennt.«

Keiner reagierte auf die Sticheleien gegen seinen Bruder. Mutter und Tochter wechselten wortlos Blicke, und dieses machtvolle, komplizenhafte Schweigen war stärker als Omars Wut. Sie ließen ihn reden, so als wäre Yaqub ihnen gleichgültig, und es war seltsam, wie passiv sie blieben, als Omar verlangte, im Wohnzimmer dürfe kein einziges Foto von seinem Bruder zu sehen sein.

Einige Zeit lang ging er allen aus dem Weg, widmete sich nur seiner Verschwendungssucht und seinem Haß.

Ich wußte nicht, was sich in den letzten Wochen getan hatte, das Geflüster zwischen Zana und Rânia konnte ich nicht verstehen, auch nicht die Zeichen und Blicke entschlüsseln, die sie wechselten, aber ich hörte Yaqubs Namen und den Namen des Hotels heraus, in dem er wohnte. Ich wunderte mich, daß er in einem so bescheidenen Hotel abgestiegen war, im Grunde ein heruntergekommenes Haus in einer der ältesten Gegenden von Manaus. Ich hatte es kennengelernt, als Domingas mit mir zur Praça Pedro II. spazierengegangen war, wo die ausländischen Matrosen hinter den Huren rund um die Insel São Vicente herliefen. Das Hotel, am Ende einer engen Straße versteckt, lag scheinbar weitab von den Menschenmengen und dem Trubel im Zentrum, nun voller Geschäfte, die wie Pilze aus dem Boden schossen. Yaqub wohnte dort, in dieser ruhigen, gewundenen Straße, so anonym wie ihre über die Hektik der Stadt erschrockenen Bewohner. Ich erzählte das Domingas und fragte sie, ob er zurückfahren würde, ohne uns zu besuchen. Meine Mutter widersprach gleich nervös – aber nein, das glaube sie nicht, er werde sie besuchen kommen, ich könne damit rechnen, er werde kommen.

Alle im Haus schienen sich unbehaglich zu fühlen. Zana und Rânia diskutierten nur hinter verschlossener

Tür; in meiner Nähe unterhielten sie sich flüsternd, so sanft wie der Flügelschlag eines Schmetterlings. Fünf oder sechs Tage ging das so, und ich weiß noch, daß es an einem Donnerstag die ganze Nacht regnete, und am Morgen hatte es im Haus durchgeregnet. Von der Wohnzimmerdecke lief in dicken Rinnsalen schmutziges Wasser, der Garten hatte sich in einen Sturzbach verwandelt. In der Armensiedlung hinter uns herrschte Aufregung und Tumult: Die Häuschen standen unter Wasser, und seit dem frühen Morgen halfen Domingas und ich, das Wasser aus den Fluren zu kehren und das Mobiliar aus den armseligen, schlammverdreckten Zimmern zu räumen. Wir kehrten von dort zurück mit dem Weinen der Kinder im Ohr und dem Eindruck, daß unsere Nachbarn alles verloren hatten. Am späteren Vormittag hellte eine schwache Sonne die Stadt auf, das Blattwerk glänzte noch grüner, und ein lauer Windhauch raschelte in den großen Blättern des Brotfruchtbaums. Im Haus Stille: Zana war zu einem vertraulichen Gespräch mit der Tochter in den Laden gegangen. Domingas zog sich um. Als sie aus ihrem Zimmer kam, trug sie ein neues Kleid, war parfümiert, hatte die Lippen rot angemalt. Ihr Blick verbarg nicht, daß sie unruhig war. Ich sah, wie sie den Kopf zum Wohnzimmer wandte und das Gesicht verzog – Omar war gerade nach unten gekommen und trank eine Tasse Kaffee. Es kam selten vor, daß man ihn so früh auf den Beinen sah. Das für ihn wie jeden Morgen zubereitete Essen rührte er nicht an. Er suchte das Wohnzimmer ab, rannte nach oben und trommelte gegen Zanas Schlafzimmertür. Als er herunterkam, teilte er mit, ohne Domingas anzusehen, er werde nicht zum Mittagessen kommen. Ungekämmt, schlampig gekleidet, mit grimmigem Gesicht verließ er das Haus. Meine Mutter sah der schwankenden Gestalt nach, die sich bewegte, als träte sie mit Tatzen auf. Domingas stand unentschlossen zwischen der Küche und dem Wohnzimmer, dann hob sie den Kopf und sagte: »Das Wetter ist noch immer scheußlich.«

Ich fing an, Gräben zu ziehen, damit das Wasser im Garten abfließen konnte und nicht zu Brutstätten für Insekten wurde. Die Erde war bedeckt mit toten Eidechsen und Heuschrecken, Früchten und Laub; aus der Sikkergrube neben dem überschwemmten Hühnerstall kam Fäulnisgeruch. Nach und nach wärmte die feuchte Luft den Garten auf, aber die Sonne, nur schwach zwischen dicken Wolken, konnte die Spuren der Regennacht noch nicht tilgen.

Vor elf Uhr erschien Yaqub, er werde nicht lange bleiben, nur eine Stippvisite, um seine Sehnsucht zu stillen und das Haus wiederzusehen, bevor er nach São Paulo zurückkehre. Er war einfach gekleidet. Mit seinem nach hinten gekämmten schwarzen Haar, der aufrechten Haltung und dem gesunden Aussehen wirkte er wesentlich weniger gealtert als Omar. Er hatte Mathematikbücher für mich mitgebracht und für Domingas Kleider. Er fragte nicht nach Zana. Sagte nur: »Ich war auf dem Friedhof, beim Grab…« Er sprach den Satz nicht zu Ende. Um abzulenken, blickte er auf den Tisch voller Obst und Leckerbissen zum Frühstück und fragte mit einer Spur Ironie: »Das alles für mich allein?« Er setzte sich und aß, was der Bruder nicht angerührt hatte; dann rief er mich, öffnete eine Aktentasche und breitete auf dem Tisch Blätter mit Zeichnungen von Tragbalken, Säulen und Metallgittern. Er betrachtete meine mit Erde verschmutzte Gestalt und ließ den Blick auf meinen Händen verweilen. Sein Blick schüchterte mich nicht ein, aber ich weiß nicht, ob es der Blick eines Vaters war. Er hat meinen Blick nie erwidert. Vielleicht hat sein Ehrgeiz mich in meiner Ungewißheit bestärkt, vielleicht hat aber auch sein großer, übergroßer Ehrgeiz ihm nicht gestattet, mir offen in die Augen zu sehen. Er sagte, er habe die Statik eines Hotels berechnet, das in Manaus gebaut werden solle: »Du darfst nicht dein Leben lang im Garten arbeiten und Geschäftsbriefe für Rânia schreiben.«

Meine Mutter hörte diesen Satz und sah mich ein paar Sekunden lang stolz an. Als sie den Blick von mir abwandte, nahm ihr Gesicht wieder den alten, halb mißtrauischen, halb ängstlichen Ausdruck an. Die beiden gingen in den Garten, und während sie sich unterhielten, streichelte er eine Brotfrucht. Die Hand wanderte von der kugeligen Frucht zu Domingas' Kinn, er lachte ungezwungen, mit triumphierender Miene, und in diesem Augenblick war er meiner Mutter noch näher. Als er sie umschlang, verhehlte Domingas nicht ihre Sorge – sie sagte, er müsse gehen. Yaqub runzelte die Stirn: »Ich bin hier zu Hause, ich werde nicht weglaufen...« Meine Mutter flehte ihn an, sie könnten irgendwo hingehen, einen Spaziergang machen. Er setzte sich in die Hängematte, rief sie zu sich, aber sie wollte nicht. Nun wirkte sie sehr beängstigt, schaute unentwegt zum Wohnzimmer, zum Flur. Sie sprachen nicht mehr. Die Rufe und Klagen aus der Armensiedlung hallten durch die Stille dieses drückenden Spätvormittags.

Dann erblickte ich ihn – größer als der Zaun, seine Gestalt wuchs, wurde riesig, die rechte Faust geballt wie ein Hammer, der Blick lodernd im wutentbrannten Gesicht. Er keuchte, beschleunigte sein Tempo. Als ich aufschrie, machte Omar einen Satz, riß die Hängematte hoch und begann auf Yaqub einzuprügeln, ins Gesicht, auf den Rücken, den ganzen Körper. Ich stürzte mich auf Omar, wollte ihn festhalten. Er trat und schlug den Bruder, beschimpfte ihn als Verräter, als Feigling. Ein paar Leute aus der Siedlung sammelten sich im Garten und näherten sich der Veranda. Mit schnellem Griff packte ich Omars Hand. Er schüttelte mich ab. Merkte, daß er von mehreren Männern umringt war und zog sich langsam, auf die rote Hängematte starrend, zurück. Ich sah noch, wie er ins Wohnzimmer rannte und in Rage die Zeichnungen zerriß; er zerriß alle Zeichnungen, schmetterte das Geschirr auf den Fußboden und verschwand durch den Flur.

Yaqub krümmte sich in der Hängematte, er konnte nicht aufstehen. Sein Gesicht schwoll an, der Mund hörte gar nicht auf zu bluten, die Lippen voller Risse und Blasen. Er stöhnte, tastete sich mit der rechten Hand die Stirn, den Rücken, die Schultern ab. Zwei Männer aus der Siedlung und ich halfen ihm aus der Hängematte, er konnte kaum gehen. Zwei Finger seiner linken Hand hingen wie Haken, und sein gebeugter Körper zitterte. Domingas begleitete ihn in ein Krankenhaus, und bevor sie gingen, bat sie mich, den Tisch abzuräumen, das zerbrochene Geschirr in den Müll zu werfen und die Hängematte im Waschtrog einzuweichen. Ich versteckte Yaqubs zerrissene Zeichnungen in meinem Zimmer.

Als meine Mutter zurückkam, spülte sie schnell die Hängematte aus und hängte sie in ihrem Zimmer auf. Die Küche ließ sie sein, sie wollte kein Mittagessen machen. Yaqubs Zustand sei nicht ernst, sagte sie – die linke Hand allerdings lädiert, zwei Finger gebrochen. Er werde drei Zähne verlieren, das Gesicht sei nicht zu erkennen, er habe furchtbare Schmerzen im Rücken und in den Schultern. Er habe sie gebeten, den Mund zu halten, sich irgend etwas auszudenken, Zana zu sagen: »Dein Sohn mußte dringend nach São Paulo zurück.«

Zana schluckte Domingas' Geschichte nicht. Sie ging in Omars Zimmer, wühlte hier und da, fand Yaqubs Paß, den er ihm gestohlen hatte. Nachdenklich betrachtete sie das Foto des Ingenieurs, die ernste Miene, die dichten Augenbrauen, die sterngeschmückten Schulterklappen des Reserveoffiziers. Ich merkte ihr ihren mütterlichen Stolz an und eine Spur schlechtes Gewissen in ihrem Blick. Das Schuldgefühl, das sie plagt, dachte ich. Sie wußte nicht, was sie mit dem Paß anfangen sollte, ging ziellos umher, als könnte das Dokument sie irgendwohin führen. Sie setzte sich auf das graue Sofa, steckte sich das Dokument in die Bluse, und als sie, die Hände über Kreuz auf der Brust, den Kopf hob, weinte sie. Ihre geröteten Augen starrten auf den kleinen Altar, dann schweifte ihr Blick zu der nun leeren Veranda.

Er mußte dringend abreisen? Warum? fragte Zana immer wieder, als ergäbe sich aus der Wiederholung eine Antwort. Sie fragte nach Yaqub, suchte aber Omar. Sie sprach kaum mit Rânia, schlug wegen jeder Nichtigkeit um sich und grübelte stundenlang darüber, wo Omar sein mochte. Jetzt gab es keinen weiblichen Dämon – es wäre einfacher gewesen, zu den Nachbarinnen zu sagen: »Diese verrückten Weiber nehmen uns unsere Jungen weg, unseren ganzen Reichtum.« Worte, die sie in anderen Situationen gesagt hatte, als Dália, die Silberne Frau, vor uns allen getanzt hatte; als die andere, Pau-Mulato, mit Omar auf einem alten Boot gewohnt und geglaubt hatte, sie werde ihr Leben lang ziellos umherfahren, den Uferbewohnern aus der Hand lesen und elendigen Existenzen eine glorreiche Zukunft vorhersagen. Sie beide, Omar und Pau-Mulato, würden sich an Bord des Bootes oder an menschenleeren Stränden verlustieren, wenn auch von einem dichten, mächtigen Schatten beobachtet.

Zanas Traum, die Söhne vereint zu sehen, in nicht möglicher Harmonie – er hatte sich zerschlagen. Sie rekapitulierte ihren minuziösen, schlauen Plan. »Meine Söhne sollten ein Bauunternehmen gründen, Omar hätte eine Beschäftigung gehabt, eine Arbeit, ich war sicher...« Sie rief meine Mutter zu sich, sagte: »Omar hat den Kopf verloren, sein Bruder hat ihn betrogen. Ich weiß Bescheid, Domingas... Yaqub hat sich mit diesem Inder getroffen, hat alles heimlich gemacht, meinen Omar übergangen, er hat alles verdorben...« Domingas hörte es sich an und ging, ließ Zana allein über Yaqubs Intrigen schimpfen.

Wenige Tage nach der Prügelei erschien Rochiram im Laden, um mit Rânia zu sprechen. Er wirkte wie ein

Fremder, erzählte Rânia nach der Begegnung. Er faßte sich kurz, erwähnte die Zwillinge mit keinem Wort. Sagte auf spanisch: »Hier ist ein Angebot, die Sache abzuschließen.« Er überreichte ihr einen versiegelten Umschlag und ging. Sie ahnte, was der Umschlag enthielt; dennoch, als sie den Brief in meiner Gegenwart las, wurde sie blaß. Rochiram verlangte ein Vermögen für das, was er Yaqub für die Planung des Baus und Omar als Kommission für das Grundstück schon im voraus gezahlt hatte. Außerdem hatte er bei diesem Geschäft viel Zeit verloren, er wollte kein Hotel mehr bauen, und schon gar nicht zusammen mit den Zwillingen. Er drohte ihr mit einem Prozeß, um sein Geld zurückzubekommen, schrieb, er kenne inzwischen einflußreiche Leute, »die Mächtigsten in der Stadt«. Rânia bat in ihrer Antwort um eine Frist: »Ein paar Monate, um die Dinge zu ordnen.«

Sie erzählte der Mutter von Rochirams Forderungen. Sagte, sie würde alles tun, um zu verhindern, daß Yaqub gegen Omar prozessiere.

»Dieser Inder ist ein Gauner«, sagte Zana. »Ein Blutsauger! Was habe ich an Essen für diesen undankbaren Menschen gemacht... Habe es ihm fast in den Mund geschoben, diesem gelben Schmarotzer! Der hat die Zukunft meines Sohnes zerstört!«

Sie färbte sich nicht mehr das Haar, die weißen Strähnen gaben ihr ein Alter, dem ihr fast noch faltenloses Gesicht widersprach. Meine Mutter wollte nicht mit ihr beten, ihr aber auch nicht näher von Omars Gewaltausbruch berichten. »Yaqub konnte nicht reagieren, dazu hatte er keine Zeit«, sagte sie. Zana sah sie von der Seite an – mit ziemlich merkwürdigem Blick. Aber Domingas ließ sich nicht einschüchtern. Sie lächelte, als schwebte sie über den Dingen, und ließ die Herrin perplex vor dem Altar allein.

Domingas machte sich Sorgen um Yaqub, wartete auf Nachricht von ihm, aber er erschien ihr nur in einem nächtlichen Alptraum, in dem meine Mutter Omars Schritte hörte und sah, wie seine Gestalt am Zaun auftauchte und er brutal auf seinen Bruder einschlug. Der Gedanke an das entstellte Gesicht quälte sie. Aber anscheinend machte ihr auch Omars Hilflosigkeit zu schaffen. An den Kautschukbaum gelehnt, auf den Omar geklettert war, sagte sie: »Den beiden ist das Verhängnis in die Wiege gelegt.«

9

Ich sah, wie Domingas' Kräfte schwanden, wie ihr der Haushalt immer gleichgültiger wurde, wie sie sich nicht mehr um die Orchideen kümmerte, die sie früher liebevoll besprüht hatte, um die Vögel, die sie in den Baumkronen beobachtet und dann nachgeschnitzt hatte. Ihre Hände schafften es kaum mehr, von dem harten Holz Späne abzuschneiden, und sie hatte auch keine Lust mehr, aus Palmfasern Zöpfe zu flechten. Die letzten Tiere, die sie geschnitzt hatte, sahen aus wie kleine unvollendete Kreaturen, Fossilien aus einer anderen Zeit. Sie wirkte nicht so alt wie so viele andere Hausmädchen, die mit gerade fünfzig Jahren schon am Ende sind. Ich bat sie, sich auszuruhen, aber sie legte sich erst abends hin; fiel in die Hängematte, wollte nur mich bei sich haben. Das uralte Buch, das Halim ihr geschenkt hatte, rührte sie nicht mehr an, ein dickes, eingeschlagenes Buch mit Abbildungen von Tieren und Pflanzen, deren Namen sie auswendig kannte – Tupi-Wörter, die sie Yaqub vorgesprochen hatte, wenn sie abends zusammen allein in Domingas' feuchtem Zimmer saßen.

Unsere Gespräche wurden seltener, und wenn sie frei hatte, saß sie auf dem Fußboden oder lag reglos in der Hängematte. Nur ein einziges Mal stimmte sie, als es Abend wurde, ein Lied an, das sie in ihrer Kindheit am Rio Jurubaxi gehört hatte, bevor sie nach Manaus ins Waisenhaus gekommen war. Ich hatte gedacht, sie hätte sich den Mund versiegelt, aber nein – sie machte den Mund auf und sang auf Nheengatu die kurzen Refrains einer monotonen Melodie. Als Kind war ich beim Klang dieser Stimme eingeschlafen, ein Schlaflied, das sanft durch meine Nächte wehte.

An einem Sonntagnachmittag lud mich meine Mutter zu einem Spaziergang zur Praça da Matriz ein. Nicht weit davon lagen in Manaus Harbour die großen Frachter, die die Boote und Kanus erdrückten und den Blick auf den Urwald verdeckten. Die vielen Vögel in der Mitte des Platzes, einstmals die Freude der Kinder, gab es nicht mehr. Nun war es still in dem Vogelgehege, das mich früher so fasziniert hatte. Auf den Treppenstufen der Kirche bettelten Indios und Leute aus dem Landesinnern. Domingas wechselte ein paar Worte mit einer Indiofrau, aber ich konnte das Gespräch nicht verstehen; als die Glocken sechsmal schlugen, bekreuzigten sich beide. Meine Mutter verabschiedete sich von der Frau, ging allein in die Kirche, betete. Dann gingen wir zum Manaus Harbour, bis ans äußerste Ende des Kais. Im Hafen herrschte große Betriebsamkeit mit all den Stauern, Kränen und Gabelstaplern. Ein Mann erkannte uns und winkte. Es war Calisto, ein Nachbar aus der Armensiedlung. Barfuß, nur in Shorts, wartete er auf die Anweisung, Kartons mit elektronischem Gerät zu entladen. Ich wußte nicht, daß er sonntags im Hafen arbeitete. Calisto hatte sich aus Estelita Reinosos Klauen befreit, aber nun mußte er eine andere Bürde tragen.

Domingas wollte nicht bleiben. »Das ist mir hier zu laut und zu hektisch«, sagte sie und kehrte unserem Nachbarn den Rücken. In der Gegend um den Hafen herum war es ruhiger. Auf dem Bürgersteig in der Rua dos Barés schliefen Familien aus dem Hinterland. Ich sah den geschlossenen Laden und wies auf den Lagerraum, wo Halim, ans kleine Fenster gelehnt, aus seinem Leben erzählt hatte. Meine Mutter wollte sich auf die niedrige Mauer am dunklen Fluß setzen. Sie schwieg ein paar Minuten, bis das Tageslicht endgültig verschwunden war. »Als du geboren wurdest«, sagte sie, »hat Seu Halim mir geholfen, er wollte mich nicht aus dem Haus haben... Er hat mir versprochen, daß du zur Schule gehen würdest. Du warst sein Enkel, du solltest nicht auf der Straße landen. Er war bei deiner Taufe dabei, als einziger ist er mitgegangen.

Und er hat mich sogar gebeten, den Namen für dich aussuchen zu dürfen. Nael, sagte er, so wie sein Vater hieß. Ich fand den Namen seltsam, aber er wollte ihn unbedingt, da hab ich ihn gelassen... Seu Halim. Bei ihm ist wohl auch einiges im Leben schiefgelaufen... Ich habe gemerkt, daß er dich sehr gern hatte. Ich glaube, er hatte auch seine Söhne gern. Aber über Omar hat er sich immer beschwert, der hat Zana die Luft genommen, hat er immer gesagt.« Ich spürte ihre Hände auf meinem Arm; sie waren schweißkalt. Sie umarmte mich, küßte mich auf die Wange und senkte den Kopf. Sagte leise, wie gern sie Yaqub habe... Schon seit der Zeit, als sie mit ihm gespielt habe, mit ihm spazieren gegangen sei. Omar wurde eifersüchtig, wenn er sie zusammen in ihrem Zimmer sah, bald nachdem der Bruder aus dem Libanon zurückgekommen war. »Mit Omar wollte ich nicht... Eines Nachts kam er in mein Zimmer, mit seinem üblichen Radau, war betrunken, verroht wie ein Tier... Er packte mich, mit seiner ganzen Kraft als Mann. Er hat mich nie um Verzeihung gebeten.«

Sie weinte, konnte nicht weitersprechen.

Von nun an bewachte ich die Hängematte, in der meine Mutter schlief, ich machte mir Sorgen um sie. Sie ließ sich nicht von Zanas Hektik anstecken, die abwechselnd Rache schwor, dann wieder schwermütig wurde, eine Kombination aus unvereinbaren Gefühlen. Wochenlang vermischte Zana die Gegenwart mit der Vergangenheit, die Erinnerungen an den Vater und Halim mit Omars Abwesenheit. »Mein Vater...«, sagte sie, legte die Hände auf das Foto von Galib und beklagte, daß der Libanon so weit weg vom Amazonas war. Abbas' Ghasele, die sie sonst in ihrem Zimmer las, sprach sie jetzt laut vor sich hin, und diese Worte bildeten einen Ruhepol in ihrem Wahn. Aber das Bild vom verschwundenen Omar verfolgte sie. Sie machte sich Vorwürfe, weil sie den Brief an Yaqub geschrieben hatte. Sie bezeichnete Yaqub als unerträglich, der zusammengeschlagene Sohn wurde zum Aggressor. Rânia sagte zu ihr, die Brüder hätten doch niemals zusammen im selben Haus gewohnt, aber die Zeit würde schon dafür sorgen, daß sie sich beruhigten. Die Zeit und die Trennung.

»Nichts auf dieser Welt kann einen betrogenen Mann beruhigen«, sagte Zana.

»Vielleicht bereut Yaqub es irgendwann«, sagte Rânia. »Er wird niemanden verfolgen.«

Die Mutter sah sie traurig an und antwortete mit heiserer, aber fester Stimme:

»Du hast nie mit einem Mann gelebt, und erst recht nicht mit einem Sohn.«

Rânia verstummte.

Nun hatte Zana keinen Mann, der ihr hätte helfen können, und daß Domingas sich so zurückzog, machte sie noch hilfloser. Talibs Töchter kamen sie besuchen; Nahda hielt Zanas Hände, und Zahia schwatzte, um sie abzulenken. Zanas verlorener Blick beunruhigte sie. An dem Vormittag, als Cid Tannus und Talib erschienen, sagte sie ohne Einleitung, es sei nicht gerecht, es sei überhaupt nicht gerecht, daß ein Bruder vor dem anderen davonlaufe. »Ihr müßt meinen Sohn finden, ihr müßt Omar zu mir zurückbringen. Tut das um Halims willen.«

Talib, der Familie enger verbunden, ließ den Blick auf dem einzigen Teller am Kopfende des fürs Mittagessen gedeckten Tischs ruhen. Der Teller, das Besteck und das Glas für Omar waren nicht abgeräumt worden. Bevor er ging, murmelte der Witwer: »Gott schließt die eine Tür und öffnet die nächste.«

Eines Tages, als Zana morgens in weinerlicher Stimmung war, gab sie Rânia die Anweisung, alles aus dem Tresor zu nehmen, all die alten Papiere, die Halim darin aufbewahrt hatte. Dann ließ sie einen Fuhrmann und vier Träger kommen – sie sollten den Eisenkasten da mitnehmen, den verfluchten Tresor ins Gebüsch werfen. Die Erinnerung an den angeketteten Sohn.

Ich begleitete den Fuhrmann und die Träger zum Laden, wo Rânia uns erwartete. Als ich nach Hause kam, hatte sich Zana, in böse Erinnerungen versunken, in ihr Zimmer zurückgezogen. Es war fast Mittag, und meine Mutter war nicht in der Küche. Ich fand sie in Omars Hängematte, die sie in ihrem Zimmer aufgehängt hatte. Die Hängematte hatte ihre ursprüngliche Farbe eingebüßt, das Rot, nun matt, war lediglich eine alte Sehgewohnheit. Ich sah ihre trockenen Lippen, das rechte Auge geschlossen, das andere von einer grauen Haarsträhne verdeckt. Ich schob die Strähne beiseite, sah das andere geschlossene Auge. Ich schaukelte die Hängematte, meine Mutter rührte sich nicht. Sie schlief nicht. Ich sah den Körper, der langsam hin und her schwang, und fing an zu weinen. Ich setzte mich auf den Fußboden neben sie und blieb wie betäubt, erstickt sitzen. Während ich sie in der schaukelnden Hängematte betrachtete, dachte ich zurück an die Nächte, als wir engumschlungen im selben kleinen Zimmer geschlafen hatten, das nach Kakerlaken roch. Jetzt war ein anderer Geruch, der Geruch nach Holz und Harz vom Heuschreckenbaum, stärker. Die aus dem Holz vom Kuhbaum geschnitzten kleinen Tiere standen auf dem Regal aufgereiht. Poliert schimmerten dort Vögel und Schlangen. Die Menagerie meiner Mutter – Miniaturen, die ihre Hände in Nächten und aber Nächten beim Schein einer Öllampe geformt hatten. Die zarten Flügel eines *saracuá*, des schönsten Vogels, auf einem echten, in einer Blechdose verankerten Ast sitzend. Weit gespreizte Flügel, schlanke Brust, den Schnabel erhoben, ein Vogel, der davonfliegen will. Mit jeder Faser und all ihrer Kraft hatte meine Mutter anderen gedient. Jene Worte hatte sie bis zum Ende für sich behalten, aber das Geheimnis, das mich so umtrieb, nicht mit in den Tod genommen. Ich betrachtete das Antlitz meiner Mutter und dachte an Omars Brutalität.

Draußen piepsten Vögel, und durch das Fenster sah ich

gebogene Äste und reife Früchte auf der schmutzigen Erde im Garten liegen. Ich hörte auf, die Hängematte zu schaukeln, und streichelte die schwieligen Hände meiner Mutter. Dann rief Zanas Stimme nach Domingas, drei, vier Rufe von oben aus dem Haus, und anschließend waren Schritte auf der Treppe zu hören, dann immer näher, im Wohnzimmer, in der Küche, auf dem Laub im Garten, dann Zanas erschrockener Blick auf das Gesicht mit den geschlossenen Augen. Sie rüttelte an der Hängematte, dann fiel sie auf die Knie und umarmte Domingas.

Ich konnte mich nicht von Domingas losreißen. Ein Junge aus der Armensiedlung sollte Rânia eine Nachricht bringen. Ich schrieb: »Meine Mutter ist gerade gestorben.«

Damals habe ich vergeblich versucht, etwas anderes zu schreiben. Aber die Wörter scheinen auf den Tod und das Vergessen zu warten; sie verharren wie begraben, versteinert, im Wartezustand, bis sie später, langsam glühend, in uns den Wunsch entfachen, Episoden zu erzählen, die die Zeit zerbröselt hat. Und die Zeit, die uns vergessen läßt, ist auch die Komplizin der Worte. Erst die Zeit verwandelt unsere Gefühle in wahrhaftigere Worte, sagte Halim bei einem Gespräch, als er häufig zum Taschentuch griff, um sich den Schweiß abzuwischen von der Hitze und dem Zorn darüber, wie seine Frau sich an den jüngeren Zwilling klammerte.

Ich bat Rânia, meine Mutter im Grab der Familie, neben Halim, beisetzen zu lassen. Sie war einverstanden, bezahlte alles anstandslos; wieviel Komplizenschaft in dieser großzügigen Geste lag, habe ich nie erfahren. Meine Mutter und mein Großvater hatten, Seite an Seite unter der Erde, ein gemeinsames Ende gefunden. Sie, die beide von so weit her gekommen waren, um hier zu sterben. Noch heute, nach so langer Zeit, besuche ich das Grab der beiden. An einem Sonntag entdeckte ich Adamor, das

Froschbein, auf dem Friedhof. Wir schauten uns kurz an; ich konnte nur sein Gesicht sehen, der Rest von ihm steckte in einer Grube. Aber gleich darauf hob er wieder die Arme und arbeitete weiter. Er war einer der Totengräber.

10

Das Haus leerte sich und wurde binnen kurzer Zeit alt. Rânia hatte einen Bungalow in einer der Neubausiedlungen auf den abgeholzten Flächen im Norden von Manaus gekauft. Der Umzug sei unvermeidlich, sagte sie zur Mutter. Warum, erklärte sie nicht, aber Zana reagierte scharf – nie werde sie aus ihrem Haus ausziehen, lieber würde sie sterben als sich von ihren Pflanzen, dem Wohnzimmer mit dem Altar der Heiligen, dem morgendlichen Gang durch den Garten zu trennen. Das Viertel, die Straße, den Ausblick von ihrem Zimmerbalkon, das alles wollte sie nicht aufgeben. Wie sollte sie ohne die Rufe der Verkäufer leben, die ihre Fische, Holzkohle, Waffeln und Früchte anpriesen? Ohne die Stimmen der Leute, die schon frühmorgens Geschichten erzählten: der und der liege krank zu Bett, jener Politiker, gestern noch ein Habenichts wie andere auch, sei über Nacht reich geworden, einer aus der feinen Gesellschaft habe Bronzestatuen von der Praça da Saudade entwendet, der Sohn von dem hohen Tier beim Gericht habe ein Mädchen vergewaltigt; Nachrichten, die nicht in der Zeitung standen, aber von den morgendlichen Stimmen von Tür zu Tür getragen wurden, bis die ganze Stadt es wußte. Wenn Rânia aus dem Laden nach Hause kam, schleuderte ihr die Mutter gleich entgegen: »Du kannst in deinen Bungalow ziehen, ich weiche keinen Schritt von hier.«

Es war in dieser Zeit, daß Zana zum erstenmal stürzte und um den Arm und das linke Schlüsselbein einen Gipsverband bekam. Trotzdem hängte sie Halims Kleider auf die Leine, stellte seine Schuhe auf die Veranda, legte seine Hosenträger und den Gehstock aufs graue Sofa. Das machte sie an sonnigen Tagen, am späten Nachmittag sammelte sie alles wieder ein und setzte sich an den Tisch, rechts vom Kopfende, wo das Mittagsgedeck für den

Sohn stand. Abends rief sie nach Domingas, ich erschrak, lief ins Wohnzimmer und fand sie vor dem Altar stehend, den Rosenkranz in der rechten Hand.

Rânia konnte es nicht mehr ertragen, daß die Mutter mit Gespenstern lebte. Sie bekam Beklemmungen, wenn sie an Rochirams Drohung dachte, und fürchtete, irgendwann würde sie das Haus verkaufen müssen, um die Schulden zu bezahlen. Sie wollte weit weg von dort wohnen, auch fern vom Trubel im Zentrum der Stadt. Wenn ein starker Regenguß niederging, brach im Hafen Escadaria und in der Rua dos Barés das Chaos aus. Während ich auf das Dach kletterte, um es mit einer Plane abzudecken, bemühte sich Rânia, die Waren im Lagerraum zu retten. Auf dem Bürgersteig vor dem Laden verzehrten die frisch von den Flußoberläufen Eingetroffenen die Reste aus der Markthalle Adolpho Lisboa. Rânia gab ihnen ein paar Münzen, damit sie weggingen, aber andere kamen nach und legten sich dort schlafen. Manchmal kam bei einem Wolkenbruch einer ihrer ehemaligen Verehrer in den Laden, machte den Fußboden schmutzig und verließ den Laden gedemütigt durch Rânias Verachtung. Aber abends klopfte er noch an der Haustür, flehte, sie möge herunterkommen, setzte mit betrunkener Stimme zu einer Serenade an, erschien am nächsten Morgen wieder im Laden, nüchtern, als wäre nichts gewesen, und wollte, von Rânias großen Augen betört, den teuersten Stoff kaufen. Andere Männer sahen, daß sie allein arbeitete, und glaubten, es wäre ein leichtes, sie zu verführen. Sie ließ sie kaufen, ihr Geld ausgeben, dann lächelte sie den nächsten Kunden an. Wenn ich im Laden war, verschwanden diese unerwünschten Leute.

Dann zog sie aus, verließ das Haus und ihr Zimmer. Jeden Morgen auf dem Weg zur Rua dos Barés besuchte sie die Mutter. Sagte zu ihr: »Der Bungalow ist ein Schmuckstück, Mama. Dein Zimmer ist das geräumigste, es gibt einen kleinen Garten für die Tiere, die Pflanzen und eine kleine Terrasse, wo man die Hängematte aufspannen kann...«

Nun lebten Zana und ich allein im Haus, ich im Zimmer hinten, sie im Schlafzimmer im Obergeschoß. Ich konnte ungestörter lesen und arbeiten, denn sie hatte es aufgegeben, das Haus in Ordnung zu halten. Besuch kam selten und blieb nicht lange, von Zanas impulsivem Verhalten oder ihrem Schweigen vertrieben. Als Estelita Reinoso das Wohnzimmer betrat, um große Töne zu spukken, wartete Zana gar nicht erst ab, bis die Nachbarin sich gesetzt hatte, sie sagte gleich: »Deine Nichte, diese aufreizende Person, die hat hier immer herumgelungert und war hinter meinen Söhnen her.«

Estelita wich erschrocken zurück.

»Ganz richtig, Lívia, die Tochter deiner Schwester... Du weißt genau, wen sie geheiratet hat... Bei einer Kinovorführung in deinem Keller hat sie sich meinen Sohn geangelt. Yaqub hat geheiratet wie ein Kardinal, ohne Erfahrung mit einer Frau. Heimlich hat er geheiratet, in São Paulo, weit weg von der Familie, wie ein Tier... Da siehst du, was die beiden mit Omar gemacht haben.«

Estelitas herrische Stimme. Ich machte ihr die Tür zum Gehen auf und lachte ihr ins Gesicht, mit einem Lachen, auf das ich lange gewartet hatte, und so frech ich nur konnte, denn ich wußte, daß die Reinosos aus der feinen Gesellschaft der neuen Zeiten verbannt waren.

»Ich will niemanden mehr sehen«, sagte Zana, wenn es an der Tür klopfte. Nur mit einem Besuch hatte sie Geduld – mit der alten Matriarchin Emilie, die selten vorbeikam. Wenn sie erschien, hörte Emilie sich alles an, alle Klagen, und dann sprach sie auf arabisch, ziemlich laut, aber ruhig, ganz unaufgeregt. Ich lauschte dieser Stimme, ihrer reizvollen, fremdartigen Melodie; und ich beobachtete diese Frau, noch so rüstig am Ende ihres Lebens, ihre konzentrierte Aufmerksamkeit, ihre liebevollen Worte, wohl Redensarten aus einer fernen Zeit. Ich dachte an

Halim, an seine wohlüberlegten Worte, mit denen er bis zum Schluß versucht hatte, Zana zu erobern, sie von Omar zu befreien.

Nach und nach erzählte Zana mir Dinge, die vielleicht kaum einer wußte: In Biblos lautete ihr Taufname Zeina. In Brasilien lernte sie, noch ein Kind, Portugiesisch und änderte ihren Namen. Ich erfuhr mehr über Galib und Halim und auch über meine Mutter. Domingas veränderte sich sehr, nachdem sie schwanger geworden war. Sie verbrachte Stunden in Gedanken versunken. »Das hättest du sehen sollen... ganz in sich gekehrt, bis Halim vorsichtig ihre Tür öffnete und fragte: ›Woran denkst du?‹ ›Wie? Ich?‹ So antwortete deine Mutter erschrocken... Sie schärfte ein kleines Messer und nahm sich ein Stück Holz, daraus machte sie die Tiere. Halim sagte zu mir: ›Diese Kleine... Bei Gott, irgend etwas ist mit ihr passiert...‹ Was hat deine Mutter den Nonnen im Waisenhaus für Arbeit gemacht! Sie war aufsässig, wollte zurück in ihr Dorf, da an dem Fluß... Hätte man sie dort, am Ende der Welt, allein aufwachsen lassen sollen? Also bot Damasceno mir die Kleine an, und ich hab sie genommen. Armer Halim! Er wollte niemanden hier im Haus, keinen Menschen. Immer wieder sagte er: ›Das ist bestimmt mühsam, anderer Leute Kind aufzuziehen, ein Niemandskind.‹ Als du geboren wurdest, habe ich ihn gefragt: ›Und was ist jetzt, wollen wir uns noch ein Niemandskind aufhalsen?‹ Halim wurde böse, du seist kein Niemandskind, sagte er, du gehörtest zur Familie...«

Sie sprach stockend und stellte selbst die Fragen: »Auf dem Teppich? Ob wir uns auf dem Teppich, auf dem er betete, geliebt haben? Klar, tausendmal... Du hast uns doch heimlich beobachtet, Junge, oder?«

Ich zuckte zusammen, als sie das sagte. Sie hatten mich gesehen, hatten gemerkt, daß ich da war? Vielleicht störte es sie nicht, vielleicht war es ihnen nicht peinlich. Vermutlich lachten sie über mich. Ein Niemandskind! Zana vergaß die aufsässige Domingas und dachte an die andere zurück, die langjährige Haushilfe und Köchin, die Gefährtin beim Gebet, die Frau, meine Mutter.

Als sie verstummte, merkte ich, daß ihr Lebenswille nun im Alter, ohne den geliebten Sohn, offenbar nachließ. »Omar, kommt er nicht zurück?« fragte sie mit flehendem Blick, als könnte ich ihren Traum Wirklichkeit werden lassen, bevor es zu Ende ging. Ganze Nachmittage lag sie in der Hängematte des Sohnes. Sie briet Fisch auf dem Holzkohlegrill, küßte Omars Foto, sagte: »Wo bleibst du so lange, mein Schatz? Warum? Die anderen sind schon weg, jetzt sind nur noch wir im Haus, nur wir beide ...« Sie trug seine Hängematte in sein Zimmer, und nachts verbreitete eine erstickte Stimme Schmerz im Haus. Sie weinte so sehr, die Hände am Kopf, das ganze Gesicht tränennaß, daß ich den Atem anhielt, ich dachte, sie würde jeden Moment sterben. Sie öffnete nicht mehr die Fenster ihres Schlafzimmers, verlangte auch nicht von mir, daß ich den Garten und den Fußboden der Veranda säuberte. Der kleine verstaubte Altar war voller Geckos und toter Käfer, die Kacheln an der Stirnwand verschmutzt, das Bild der Schutzheiligen gelblich verfärbt. Fünf Wochen ging es so, und das genügte, um das Haus verkommen zu lassen, als wäre es nicht bewohnt.

Dann, an einem Nachmittag im März (es hatte stark geregnet, und Rânia hatte mich geholt, um einen verstopften Gully freizumachen), blieb ein Mann in einem Mantel vor dem Schaufenster stehen, blickte in den beleuchteten Laden und ging, eine Matschspur auf dem Fußboden hinterlassend, langsam hinein. Es war Rochiram. Das pomadige, nach hinten gekämmte Haar ließ sein Gesicht, nun mit einer Goldrandbrille geschmückt, seriöser wirken. Die grünlich eingefärbten Brillengläser verbargen die Augen, und das vor allem ließ ihn anders aussehen. Rânia hörte die Worte, die sie erwartet hatte: Zanas Haus im Tausch für die Schulden der Brüder. Dennoch war sie überrascht, als er hinzusetzte: »Ihr Bruder, der Ingenieur, ist voll und ganz einverstanden.«

Wenige Tage später hielt ein Lastwagen vor dem Haus, und die Möbelpacker besorgten den Umzug in Rânias Bungalow. Zana schloß ihre Zimmertür ab, und vom Balkon aus sah sie die grüne Plane über den Möbeln ihres Heims. Sie sah den Altar und die Heilige, zu der sie abends gebetet hatte, und all die Dinge, die zu ihrem Leben vor und nach der Heirat mit Halim gehört hatten. Nichts blieb in der Küche und im Wohnzimmer zurück. Als sie herunterkam, gähnte das Haus sie wie ein Abgrund an. Sie ging durch das leere Wohnzimmer und hängte Galibs Foto dort an die Wand, wo sich die Form des Altars abgezeichnet hatte. Helle Flecken auf den nackten Wänden erinnerten an das, was nicht da war.

Ich kaufte ein, und Zana kochte auf dem Holzkohlegrill, so wie damals, als ihr Vater das Restaurant hatte. Sie ging benommen umher und stockte vor der Tür zu Domingas' Zimmer. Blieb ein paar Minuten so stehen, manchmal ging sie hinein, legte sich in die schmutzige Hängematte, in der Omar sich nach seinen nächtlichen Orgien gefläzt hatte. Und wartete auf den Besuch, der nicht kam.

Zana ging, ohne das Ende zu erleben. In den Bungalow ihrer Tochter nahm sie die Hängematte und Omars sämtliche Sachen mit, das Foto ihres Vaters und die Möbel aus ihrem Schlafzimmer. Nur Halims Kleider ließ sie an einem verrosteten Eisenständer hängen.

Ich blieb allein im Haus, und mit mir die Geister derer, die hier gewohnt hatten. Welche Ironie, alleiniger Herr, und sei es nur für kurze Zeit, über eine stattliche Villa in der Nähe von Manaus Harbour zu sein. Herr über die Wände, die Decke, den Garten und selbst die Badezimmer. Ich dachte an Yaqub, an das Porträt des jungen Offiziers, dessen stolzes Gesicht der Zukunft entgegenlächelte.

Sie blieb über eine Woche weg; sehr früh an einem Sonntag tauchte sie wieder auf, den linken Arm erneut in Gips. Rânia bat mich, ich solle mich um ihre Mutter kümmern, während sie zum Markt ging. »Hol ein Mädchen aus der Armensiedlung zum Saubermachen und laß Zana nicht allein«, sagte sie.

Ich holte niemanden, Zana wollte keine Fremden im Haus. Sie ging nach oben, lüftete in ihrem Zimmer, nahm die Hosen des verstorbenen Halim und hängte sie über ihre Armschlinge. Ich sah sie in Omars Zimmer knien und zu Gott flehen, ihr Sohn möge zurückkommen. Sah sie in ekstatischer Inbrunst beten, Omar möge am Leben bleiben. Ich sah die dunklen Schatten um die trüben Augen, die sich bis zu den Augenbrauen hinzogen. Der Schmerz, ihre große Sehnsucht nach Halim und Omar zerstörte die Schönheit ihres Gesichts. Yaqubs Namen hörte ich nicht aus ihrem Mund. Den fernen Sohn, der einen glorreichen Weg gegangen war, hatte sie aus ihrem Wortschatz verbannt. Dann lehnte sie ab, sich beim Hinuntergehen von mir helfen zu lassen, sagte, sie wolle allein auf der Veranda sitzen, ich solle mir ihretwegen keine Gedanken machen. Ich ging in mein Zimmer, die Lektüre eines Buches lenkte mich ab. Als ich Rânias Gesicht am Fenster sah, war mir klar, daß Zana verschwunden war. Ich suchte das ganze Haus ab, stieß die Tür zu ihrem Zimmer auf und fand sie erst in einer Ecke im Garten – im ehemaligen Hühnerstall, wo Galib das Geflügel für die Speisenkarte des Biblos gemästet hatte. Zana lag auf trokkenem Laub, über dem Leib Halims Kleider, der eingegipste Arm schon rot angelaufen. Ich holte die Nachbarn zu Hilfe, um sie in meiner Hängematte tragen zu können. Sie strampelte, schrie: »Ich will nicht weg von hier, Rânia... Es nützt nichts, ich verkaufe mein Haus nicht, du Undankbare... Mein Sohn kommt zurück.« Sie hörte nicht auf zu schreien, verärgert über das Schweigen der Tochter, wütend über den einzigen Satz, den Rânia ganz ruhig sagte: »Du wirst dich bei mir eingewöhnen, Mutter.«

Das machte es noch schlimmer. Sie versuchte, mich abzuschütteln, fast wäre sie aus der Hängematte gefallen, es war ein einziges Drunter und Drüber, bis es uns gelang, sie ins Auto zu setzen. Sie weinte, als hätte sie furchtbare Schmerzen. Sie kam nie mehr zurück. Sie legte sich in einem anderen Zimmer ins Bett, weit weg vom Hafen, in dem Haus, in dem sie nicht zu Hause war.

Nachher erfuhr ich von der inneren Blutung, und ich habe sie noch in einer Klinik in Rânias Viertel besucht. Sie erkannte mich, sah mich an. Dann flüsterte sie Namen und Wörter auf arabisch, die ich kannte: das Leben, Halim, meine Söhne, Omar. Ich sah ihrem Gesicht die Mühe, die Anstrengung an, einen Satz auf portugiesisch zu sagen, so als wäre von nun an nur noch die Muttersprache in ihr lebendig. Aber als Zana nach meinen Händen griff, brachte sie stammelnd heraus: Nael... mein lieber Junge...

11

Sie starb, während ihr Jüngster auf der Flucht war. Den Umbau des Hauses hat sie nicht mehr erlebt, dieser und andere Schrecken sind ihr durch den Tod erspart geblieben. Die portugiesischen Azulejos mit dem Bild der heiligen Schutzpatronin wurden herausgerissen. Und das klare Muster der Fassade, ein harmonisches Ensemble aus geraden und geschwungenen Linien, wurde mit einem aberwitzigen Stilmischmasch übermalt. Die Fassade, zuvor durchaus akzeptabel, verwandelte sich in eine Horrormaske, und das Bild, das ich vom Haus im Kopf hatte, wurde binnen kurzem zunichte gemacht.

An dem Abend, als die Casa Rochiram eröffnet wurde, waren die Fenster voller Tand und Talmi, importiert aus Miami und Panama. Es war ein rauschendes Fest, und in der Straße spuckten schwarze Limousinen Politiker und hochrangige Militärs aus. Angeblich waren sogar einflußreiche Leute aus Brasília und anderen Städten dabei, zu denen Rochiram gute Beziehungen hatte. Nur aus unserer Straße sah ich niemanden, noch nicht einmal die Reinosos. Die Menschenmenge draußen bestaunte mit offenem Mund die Silhouetten derer, die in den strahlend hellen Räumen einander zuprosteten. Viele harrten im Freien aus, warteten bis zum Tagesanbruch und schnappten sich die Reste des pompösen Festes. Manaus wuchs rasend schnell, und jener Abend war ein Markstein des sich ankündigenden Luxus.

Bei der Planung des Umbaus ließ der Architekt einen Seitengang frei, einen schmalen Weg, der zur Rückseite des Hauses führt. Das Stück, das mir zugefallen ist, klein und dicht an der Armensiedlung, ist dieses Eckchen im Garten.

»Dein Erbe«, murmelte Rânia.

Spät bricht sich die Güte Bahn, doch sie kommt? Später erfuhr ich, daß Yaqub es so bestimmt hatte; er wollte mir das Leben erleichtern, so wie er das seines Bruders ruinieren wollte. Er hatte Zana einen Brief geschrieben, Domingas' Tod sei ihm sehr nahegegangen, die einzige Person, der er bestimmte Geheimnisse anvertraut habe, die einzige, die in seiner Kindheit immer zu ihm gehalten habe. In ihrer beider Leben habe es Gemeinsamkeiten gegeben, die Zana hartnäckig ignoriert habe. Er erklärte nicht, warum es mit dem Hotelbau nicht geklappt hatte, schrieb nur, jetzt sei es klüger, das Haus und einen großen Teil des Grundstücks an Rochiram zu verkaufen. Falls dies nicht geschehe, müsse Omar die Konsequenzen tragen.

Rânia zeigte den Brief nicht der Mutter. Sie wußte nicht, hat nie erfahren, ob es zwischen Yaqub und Rochiram eine geheime Abmachung gab. Sie begriff, daß durch den Hausverkauf Omar verschont bleiben würde. Ich war Zeuge, als Rânia die Mutter drängte, den Kaufvertrag zu unterschreiben.

»Bist du verrückt? Mein Haus ... an einen Gauner verkaufen? Sieh dir doch an, was er mit Omar gemacht hat.«

»Unterschreib, Mama, zum Wohl deiner Söhne ... um Schlimmeres zu vermeiden. Man kann nie wissen, was sonst passiert ...«

Aber Zana unterschrieb erst in der Klinik, und das war wohl ihr letzter Versuch, die Söhne zu versöhnen.

Später erfuhr Rânia, daß Yaqub an dem Tag, an dem er zusammengeschlagen worden war, die Nacht über eigentlich im Krankenhaus in Manaus hatte bleiben wollen. Er war auch dort, sah sich aber gezwungen, früher nach São Paulo zurückzufliegen. Bei Anbruch der Dunkelheit fuhr er heimlich, begleitet von einem Arzt, zum Flughafen. Denn am selben Nachmittag war Omar ins Krankenhaus eingedrungen und hätte sich um ein Haar noch einmal auf den Bruder gestürzt. Yaqub schrie, als er ihn auf der Station erblickte. Omar wurde aus dem Krankenhaus geworfen, mit Gewalt zerrte man ihn nach draußen, dann schwankte er in der feuchten Hitze davon. Er wurde noch gesehen, wie er ins Cabacense ging, um einen zu trinken. Dort erzählte er einer Männerrunde von seiner jüngsten Großtat, erzählte in hämischem, brutalem Ton. Danach verschwand er. Angeblich suchte er noch im Hafen Escadaria nach Pau-Mulato, und nur dank Rânias Eingreifen wurde er nicht festgenommen. Sie bestach Polizisten und Kommissare, überreichte ihnen Geldscheine in verschlossenen Umschlägen mit den Worten, sie möchten Omar in Ruhe lassen, ihn nicht einsperren. Ihn laufen lassen. Cid Tannus und Talib schrieben an Yaqub, er möge Omar verzeihen oder zumindest alles vergessen. Yaqub antwortete keinem von beiden. Rânia stellte bald fest, daß der Bruder in São Paulo Anwälte eingeschaltet und veranlaßt hatte, gegen Omar vorzugehen. Zeugen gab es zur Genüge: Ärzte und Krankenschwestern, die eine Attacke im Krankenhaus verhindert hatten. Und noch den Bericht über Yaqubs ärztliche Untersuchung, bevor er nach São Paulo abflog.

Nach und nach fand sie heraus, daß der ferne Bruder sich den passenden Moment zum Handeln ausgerechnet hatte. Yaqub hatte den Tod der Mutter abgewartet. Dann hatte er blitzschnell wie ein Panther zugeschlagen. Die Flucht wurde für Omar noch schlimmer. Dieses Mal versuchte er nicht, den Fängen der Mutter zu entkommen, sondern der Verfolgung durch Justizbeamte. Er wechselte von einer Pritsche zur nächsten, übernachtete in verschiedenen Schlupfwinkeln, bei irgendwelchen Saufkumpanen. Er wußte, daß es Kugeln hageln würde, wußte, daß er in der Falle saß. Welcher Affe hat ihn dann gebissen? Mir nichts, dir nichts verließ er sein Versteck und wagte sich hinaus. Cid Tannus sah ihn oben in Colina in einer Kneipe, in der er früher mit Pau-Mulato verkehrt hatte. Dann erfuhr er, daß er sich in der Pensão dos Navegantes einquartiert hatte und Partys für Mädchen aus dem Hinterland gab. Rânia bekam Besuch von Besitzern von Pensionen und billigen Absteigen. Besuch und Drohungen. Omars Schulden, der Radau, den er machte, sagten sie. Er kam spät nachts nach Hause, mit einem Mädchen unterm Arm, die beiden jaulten bis zum Morgen, daß die anderen Gäste nicht schlafen konnten. Beim nächsten Mal würden sie die Polizei rufen. Er verschwand aus der Pensão dos Navegantes, aus allen Schlupfwinkeln. Rânia verlor die Spur ihres Bruders, glaubte, er befinde sich an irgendeinem Strand oder See, warte in Ruhe ab, bis sie seinen Namen reingewaschen hatte. Inzwischen wurde er wegen diverser Delikte gesucht, es regnete Anzeigen gegen ihn, denn Rânia konnte nicht sämtliche Schulden des Bruders begleichen. Sie wußte, sie mußte Geld sparen für das, was noch kommen würde.

12

Früher oder später holen die Zeit und der Zufall alle ein. Die Zeit hatte keinen einzigen Vers von Laval auf dem Boden des Musikpavillons an der Praça das Acácias getilgt. Ein paar Jahre später, in den ersten Apriltagen, vereinte ein Zufall Omars Schicksal mit Lavals. Ich hatte Rânia versprochen, ihr eine lästige Arbeit zu bringen, mit der sie mich beauftragt hatte. Ich fand den Laden verschlossen vor, niemand konnte mir sagen, wo sie war. In den letzten Tagen hatte sie das Geschäft in der Mittagszeit immer geschlossen und sich auf die Suche nach dem Bruder gemacht. An diesem Aprilnachmittag nieselte es schon, als sie ihn auf der Praça das Acácias erblickte. Sie erstarrte. Er war mager, gelblich verfärbt, seit einer Woche nicht rasiert, das krause Haar wie eine Mähne. Die Arme voller Schrammen, die Stirn von Beulen angeschwollen. Die hohlen, flackernden Augen erweckten den Eindruck eines haltlosen Menschen, dem dennoch der Wille oder die Kraft, etwas Verlorenes wiederzufinden, nicht vollends abhanden gekommen war. Rânia blieb keine Zeit, auf ihn zuzugehen. Sie hörte es knallen, sah Menschen laufen, sie ließen ihre Regenschirme fallen, die dann über die Wege auf dem Platz rollten. Erst sah sie drei Polizisten, gleich darauf fünf, dann noch mehr. Eine Razzia. Sie sah, wie Omar sich hinter den Stamm eines *mulateiro* hockte. Die Polizisten suchten die Gegend ab, alle mit vorgehaltener Waffe. Sie schossen nicht mehr. Wollten sie ihn töten oder ihm nur einen Schrecken einjagen? Nun trieb Wind Regenböen über den Platz, die Praça das Acácias lag offen wie eine Bühne. Sie wußten, daß Omar reagieren konnte. Und er reagierte, auf seine Weise – er lachte den Schergen ins Gesicht. Der Schlag mit dem Kolben an den Kopf eröffnete seinen Einzug in die Hölle. Er stürzte rückwärts und wurde zum Fahrzeug gezogen, gezerrt. Rânia lief zum Bruder, sah auf seinem Gesicht einen breiten roten Streifen, den der Regen nicht abwusch. Sie fragte die Polizisten, wohin sie ihn brachten, stritt mit ihnen, wurde brutal zurückgestoßen. Im Gefängnis hatte er wochenlang Kontaktsperre. Ein Anwalt und Rânia bemühten sich, mit Omar zu sprechen, aber die Gewalt war unerbittlich. Rânia schickte den Gefängniswärtern Beutel voller Geschenke, bat um Nachricht vom Bruder und flehte sie an, ihn nicht zu foltern. Dann erfuhr sie, daß Omar ein paar Tage im Gefängnis der Militärkommandantur gesessen hatte, und ich ahnte, daß seine Freundschaft zu Laval ihn praktisch zum politischen Häftling machte.

An dem Morgen, als er, von Polizisten eskortiert, zum Gericht geführt wurde, stellte Rânia fest, daß sie allein war. Sie durfte ihn im Gericht nicht umarmen, aber mit ihm sprechen, und hörte, wie er von seinem Abstieg direkt in die Hölle berichtete. Die Tage waren wie die Nächte, jeder Tag eine noch finsterere Fortsetzung der Nacht. Wenn es stark regnete, standen die Zellen unter Wasser, Omar schlief im Stehen, das schmutzige Wasser reichte ihm bis über die Knie, und wenn die Kurzschwanzaale seine Beine streiften, empfand er mehr Abscheu als Angst. Es ekelte ihn vor der schleimigen Haut der dunklen, schlickverdreckten Süßwasseraale, die sich auf dem Zellenboden schlängelten, wenn das Wasser ablief. Nur gut, daß er an dunklen Tagen nichts sehen konnte. Manchmal wippte vor dem Fensterschlitz in der Wand ein Palmwedel, und er stellte sich den Himmel und seine Farben vor, den Rio Negro, die Weite des Horizonts, die Freiheit, das Leben. Er mußte sich die Ohren zuhalten, das Summen der Insekten, die Schreie der Häftlinge waren unerträglich, als finge das alles nirgends an und hörte nirgends auf. Unvorstellbar, wie der Bruder in einer schmutzigen Zelle des Gefängnisses hausen mußte, auf das sie früher immer fast beiläufig geblickt hatte, wenn sie über die

Eisenbrücken ging, um den Kleinhändlern in den bevölkerungsreichsten Vierteln von Manaus Sandalen und Textilien zu verkaufen.

Omar wurde zu zwei Jahren und sieben Monaten Haft verurteilt. Er durfte nicht hinaus, bedingte Strafaussetzung wurde ihm nicht zugestanden. »Nur Haut und Knochen... Als wäre mein Bruder kein Mensch...«, erzählte Rânia weinend. Erregt sagte sie, sie werde an Yaqub schreiben. »Er hat meine Mutter betrogen, er hat alles genau kalkuliert und uns hinters Licht geführt.« Sie war mutig – aus ihrer lebenslänglichen Klausur, der Einsamkeit einer für immer alleinstehenden Frau schrieb sie Yaqub, was niemand zu sagen gewagt hatte. Sie hielt ihm vor Augen, daß Rache jämmerlicher sei als Vergebung. Hatte er sich nicht schon gerächt, indem er den Traum der Mutter begraben hatte? Er hatte nicht miterlebt, wie sie starb, davon wußte er nichts, würde es nie erfahren. Zana war in dem Bewußtsein gestorben, daß ihr Traum begraben war, daß eine Schuld auf ihr lastete. Sie schrieb, daß er, Yaqub, der Gekränkte, der Abgelehnte, auch der Härtere, der Brutalere sei und danach beurteilt werden müsse. Sie drohte, ihn für immer zu verachten, alle seine Fotos zu verbrennen und den Schmuck und die Kleider zurückzugeben, die er ihr geschenkt hatte, falls er nicht darauf verzichtete, Omar zu verfolgen. Sie machte ihre Drohungen Punkt für Punkt wahr, denn Yaqub verließ sich darauf, daß Schweigen besser wirkte als eine schriftliche Reaktion.

Um diese Zeit zog ich mich von Rânia zurück. Ich wollte es nicht. Ich hatte sie gern, mich reizten die Widersprüche einer Frau wie sie, so menschlich und so weltabgewandt, so weltenthoben und so ehrgeizig zugleich. Die Erinnerung an die Nacht, die wir zusammen verbracht hatten, an die Leidenschaft unserer Begegnung ließ mich immer noch erschauern. Aber sie war gekränkt, nahm mir übel, daß ich mich heraushielt, daß ich ihren eingesperrten Bruder verachtete. Im Grunde wußte sie, womit ich mich plagte, was mich innerlich verzehrte. Sie mußte wissen, was Omar meiner Mutter, was er uns beiden angetan hatte. Ich hörte auf, für sie zu arbeiten, schrieb keine Geschäftsbriefe mehr, lief nicht mehr los, um verstopfte Gullys freizumachen, Kartons zu stapeln, Waren an der Haustür zu verkaufen. Ich ging zur Welt der Waren auf Abstand, das war nicht meine Welt, war es nie gewesen.

Omar kam aus dem Gefängnis, kurz bevor er die volle Strafe abgesessen hatte. Seine Entlassung verdankte er dem von Rânia zusammengesparten Geld. Talib traf ihn einmal, er sagt, er habe nur von der Mutter gesprochen. Als der Witwer mit ihm zum Friedhof, zu Zanas Grab gehen wollte, habe er verzweifelt geweint.

Rânia tat alles, um an ihn heranzukommen, aber Omar wich ihr aus, er mied die Schwester und sämtliche Nachbarn. Ein paar Monate lang wurde er noch hier und da gesehen, wie er nachts durch die Stadt strich. Was stellte Rânia nicht alles an, um ihm Geld zu schicken und ihn damit zu sich zu locken, ihn zurückzuerobern. Sie träumte davon, ihren Bruder bei sich im Haus zu haben, das Zimmer, in dem die Mutter geschlafen hatte, sollte er bekommen.

In den Briefen, die Yaqub mir schickte, sprach er nie von dem Bruder oder von Rânia, streifte nicht einmal das Thema. Es waren kurze, unregelmäßige Briefe, in denen er mich bat, auf die Gräber von Halim und meiner Mutter Blumen zu legen. Er fragte, ob ich etwas benötige und wann ich ihn in São Paulo besuchen komme. Über zwanzig Jahre schob ich den Besuch vor mir her. Das Meer, das er mir versprochen hatte, wollte ich nicht sehen. Die Blätter mit Yaqubs Plänen, die Omar in seiner Wut zerrissen hatte, hatte ich längst in den Müll geworfen. Ich hatte mich für die Zeichnungen von dem Rohbau mitsamt seinem Metallgeflecht nie interessiert, auch nicht für die Mathematikbücher, die Yaqub mir so stolz geschenkt hatte. Ich suchte Abstand zu diesen Zahlen, der Bautechnik und dem von Yaqub gepriesenen Fortschritt. In den letzten Briefen sprach er nur von der Zukunft und mahnte auch noch eine Antwort an. Dieses ewige Geschwätz von der Zukunft. Ich habe nur einen einzigen Brief aufbewahrt. Besser gesagt, nicht einmal das – ein Foto, auf dem er und meine Mutter zusammen lachend in einem Boot vor der Bar da Margem sitzen. Sie fast noch ein junges Mädchen, er fast noch ein Kind. Ich habe das Gesicht meiner Mutter ausgeschnitten und dieses kostbare Stück Papier aufbewahrt, das einzige Bild, das mir von Domingas geblieben ist. Ich kann ihr Lachen erkennen, das sie so selten gezeigt hat, und sehe ihre großen mandelförmigen Augen vor mir, die verloren irgendwohin in die Vergangenheit blicken.

Ich konnte und kann mich immer noch an die wenigen Stunden erinnern, in denen Yaqub und ich zusammen waren, daran, daß er in meinem Zimmer war, als ich krank war. Aber schon lange vor seinem Tod vor fünf oder sechs Jahren war der Wunsch, von den beiden Brüdern Abstand zu bekommen, viel stärker als diese Erinnerungen.

Omars wahnsinnige Leidenschaftlichkeit, seine Maßlosigkeit gegenüber allem und jedem auf dieser Welt waren nicht weniger zerstörerisch als Yaqubs Pläne – die Gefährlichkeit und Schmutzigkeit seines berechnenden Ehrgeizes. Verlustgefühle empfinde ich gegenüber den Toten: Halim, meiner Mutter. Heute denke ich, ich bin Yaqubs Sohn und doch nicht, und womöglich war er sich dessen genauso wenig sicher wie ich. Was Halim sich so glühend gewünscht hatte, haben seine Söhne wahrgemacht: Keiner von beiden hatte Kinder. Manchmal erfüllen sich unsere Wünsche nur in anderen, die Alpträume aber gehören uns selbst.

Damals, als Omar aus dem Gefängnis kam, habe ich ihn noch einmal an einem späten Nachmittag gesehen. Das war unsere letzte Begegnung.

Es ging ein solcher Wolkenbruch nieder, daß die Stadt lange, bevor es dunkel wurde, ihre Türen und Fenster schloß. Ich weiß noch, daß ich an diesem düsteren Nachmittag unruhig war. Ich hatte gerade meine erste Unterrichtsstunde in dem Gymnasium gegeben, das ich selbst besucht hatte, und war im Regen zu Fuß hierher gekommen, vorbei an Straßengräben, in denen sich der Müll sammelte, an den Aussätzigen, die dicht gedrängt unter den belaubten *oitizeiros* hockten. Mit Entsetzen und Trauer betrachtete ich die Stadt, die immer weiter wuchs und sich zugleich verstümmelte, sich vom Fluß und Hafen abwandte, sich nicht mit ihrer Vergangenheit aussöhnen wollte.

Ein Blitz hatte in der Casa Rochiram einen Kurzschluß verursacht. Der indische Kramladen lag an dem von schweren, tiefhängenden Wolken verdüsterten Nachmittag stockdunkel da. Ich ging in mein Zimmer, dieses selbe Zimmer an der Rückseite des früheren Wohnhauses. Ich hatte die von meiner Mutter geschnitzte Menagerie an mich genommen. Es war alles, was von ihr geblieben war, von der Arbeit, die ihr Freude gemacht hatte – das einzige, was ihr abends die Würde zurückgab, die sie tagsüber nicht besaß. Das dachte ich, während ich die kleinen Tiere aus dem Holz eines *pau-rainha* betrachtete und betastete, die mir früher nur wie Miniaturnachahmungen der Natur vorgekommen waren. Heute sehe ich in ihnen seltsame Lebewesen.

Ich hatte damit begonnen, Antenor Lavals Papiere zu sortieren und meine Gespräche mit Halim aufzuzeichnen. Ich verbrachte einen Teil des Nachmittags mit den Worten des nie veröffentlichten Dichters und der Stimme des Mannes, der Zana geliebt hatte. Ich ging von dem einen zum anderen, und dieser Wechsel, das Spiel aus Erinnerungen und Vergessen, bereitete mir Freude.

Der Sturzregen, der über Manaus niederging, eine Atempause in der Äquatorhitze, verschaffte mir Erleichterung. Früchte und Blätter schwammen in den Pfützen vor der Tür zu meinem Zimmer. Hinter dem Haus war das Unkraut gewuchert, und der morsche, durchlöcherte Holzzaun bildete keine Abgrenzung mehr zu der Armensiedlung. Seit Zana fort war, hatte ich die wenigen noch vorhandenen Bäume und Kletterpflanzen dem Wüten von Sonne und Regen überlassen. Mich um diese Natur zu kümmern hätte bedeutet, mich der Vergangenheit zu unterwerfen, einer Zeit, die in mir abstarb.

Es regnete und gewitterte noch, als Omar in mein Refugium eindrang. Er kam langsam auf mein Zimmer zu, eine vage Gestalt. Kam noch etwas näher und blieb dicht neben dem alten Kautschukbaum stehen, neben dem mächtigen Baum wirkte er kleiner. Sein Gesicht konnte ich nicht genau sehen. Er blickte hinauf zur Baumkrone, die den Garten überschattete. Dann drehte er sich um, sah nach hinten – da war keine Veranda mehr, die rote Hängematte erwartete ihn nicht. Eine hohe, solide Mauer trennte meinen Bereich von der Casa Rochiram. Barfuß im Wassermatsch wagte er sich weiter vor. Ein Mann mittleren Alters, Omar. Und schon fast alt. Er sah mich an. Ich wartete ab. Ich wünschte mir, daß er die Schande, die Demütigung eingestand. Ein Wort hätte genügt. Vergib mir.

Omar stockte. Sah mich stumm an. So stand er eine Weile da, blickte durch den Regen und das Fenster auf keine bestimmte Stelle, keinen festen Punkt. Es war ein zielloser Blick. Dann wich er langsam zurück, drehte sich um und ging.